존재에 대한 깊은 생각

그대를 포함한 나에 대한 사색

존재에 대한 깊은 생각
그대를 포함한 나에 대한 사색

초판 1쇄 인쇄 | 2012년 4월 5일
초판 2쇄 발행 | 2012년 5월 5일

지은이 | 백정미
펴낸곳 | 함께북스
펴낸이 | 조완욱
디자인 | 강희연

등록번호 | 제1-1115호
주소 | 121-251 서울시 마포구 연남동 566-64
전화 | 02-326-3016~8
팩스 | 02-326-3460
이메일 | harmkke@hanmail.net

ⓒ 2012 백정미

존재에 대한 깊은 생각

그대를 포함한 나에 대한 사색

백정미 지음

함께
BOOKS

C o n t e n t s

PART 2

인간의 출생과 존재이유 • 159

PART 3

인생이란 무엇인가 • 283

우리는 오늘 이곳에 왜 존재하고 있는가,

빗소리가
가슴에
커다란 파문을

일으키면서 칠흑보다 더 깊은 어둠 속을 가득 채우고 있다. 깊은 절망과도 같은 밤의 심장은 지금 무엇을 원하기에 저토록 미치도록 뛰고 있을까. 각혈하는 붉은 핏방울보다 더 탐스런 빗방울들이 시멘트 바닥에 떨어지는 소리를 들으면서 삶에 대하여, 인간에 대하여, 내게 남은 시간에 대하여 생각한다. 살아있으므로 가슴 저리도록 아름다운 사람들. 때로는 피치 못할 사연으로 눈물 흘리기도 하고 턱없는 오해로 서로 미워하기도 하지만 태양처럼 찬란한 시절을 우리는 살아가고 있는 중이다.

내가 존재하는 이유에 대해 사색해본다. 내 존재의 이유에 대해 그것을 다시 한 번 상기시키는 것은 어쩌면 이 책이 잘 완성되기를 바라는 마음이 간절하기 때문일 수도 있다. 존재에 대한 치열한 사색의 글들을 내면에서 끌어내기 위하여 내가 발휘할 수 있는 최고의 지적 역량을 끄집어내야만 한다.

내가 어느 날 문득 존재에 대해 사색하여 깨달음을 얻은 글을 쓰겠다고 느낀 것은 갑작스런 결정은 아니었음을 말하고 싶다. 그것은 오래된 나의 소망이었고 작가가 된 궁극의 목표이기도 하다.

존재에 대해 사색한다는 것은 어렵고도 심오한 명제일 수밖에 없을 것이다. 하지만 이러한 어려움이 예상되는 일을 굳이 하려는 것은 바로 내가 존재하는 이유가 그럴 수밖에 없는 명분을 제공하고 있기 때문이다. 난 여러분에게 보다 나은 삶을 살아갈 수 있는 지혜와 인생의 진리를 가르쳐주어야만 하는 사명을 띠고 존재하고 있는 중이다.

글 쓰는 일이 괴롭고 힘든 적도 많다. 이 일은 내게 너무 버거운 일이 아닌가, 회의도 들었다. 그래서 몇 번이나 작가의 삶에서 도망치려고 시도도 해보았다. 한동안 글을 쓰지 않기도 했고 아예 책을 읽지 않기도 했다. 고뇌하지 않아도 될 다른 직업을 구할까 생각하기도 했다. 지적인 욕망이 내면에서 부글부글 끓어올랐지만 참고 또 참으려고 해보았다. 그러나 그 모든 것은 결국 허사였다. 난 작가로 살아가게 되어 있는 사람이라는 것을 인정할 수밖에 없다. 왜냐하면 글을 쓸 때 내 자신의 존재가치가 빛나는 것을 자각할 수 있기 때문이다.

이제 어디로 도망칠 수도 없다. 난 이 책을 완성시켜야만 한다. 그래서 삶의 자질구레한 일들과 중대한 사건 사고들로부터 고통 받고 있는 이 시대의 모든 사람들에게 용기와 희망을 주어야만 한다.

존재에 대해 사색하는 일은 왜 중요한가. 그것은 우리가 살아가는 이유를 알 수 있게 되기 때문이다. 그리고 어떻게 살아가야 하는지에 대한 올바른 좌표를 제시할 수 있게 되기 때문이다. 마침내 운명의 주사위는 던져졌다. 나는 존재에 대해 뼈를 깎고 피를 토하는 심정으로 사색해서 결과물을 제시하여야만 한다.

나는 누구인가, 인생이란 무엇인가. 이 필연적인 생의 문제를 감히 풀려고 한다. 무모한 도전일 수도 있고 어리석은 모험일 수도 있다. 하지만 인간이라면 누구나 한번쯤 품었을 이 의문을 해소시켜주기 위해 난 작가로서 최대한 노력할 것이다. 어렵겠지만, 많이 힘들겠지만 때로는 글이 잘 써지지 않고 사색이 막혀 고달프겠지만 너무나 행복한 마음으로 사색하고 글을 써나갈 것이다. 나의 사명은 작가로서, 진리를 캐는 일이다. 고달픈 삶이지만 내가 이 길을 걷는 것은 나 이외의 사람들이 내 글을 읽고 힘을 내고 위안을 받는 일은 생각만으로도 참 가슴 따뜻해지는 일이기 때문이다.

봄이 오는 길목에서, 백 정미

PART 1

그대를
포함한
나에 대한
사색

자아란 무엇인가

일단 이 책을 쓰게 되어 매우 영광스럽고 기쁘다는 말을 서두에 남기고 싶다. 나는 지금 존재에 대한 사색이라는 제목 자체만으로도 심장이 쿵쾅거리면서 뛰고 가슴 속 열정이 불기둥처럼 활활 타오르고 있다. 이 시간은 나에게 매우 역사적인 순간이다. 내가 써온 책 중에 가장 치열하고도 지적인 책을 쓸 것이기 때문이다. 이렇게 멋진 주제의 글을 쓴다는 것 자체가 행복하다. 이처럼 지적인 책을 기획하게 하신 그리고 또한 쓸 수 있게 능력과 지혜를 주시는 신께 진심으로 감사한다. 사색, 얼마나 멋진 말인가. 나는 앞으로 적어나갈 모든 글들에 내가 지닌 지적인 능력을 아낌없이 쏟아 부을 계획이다. 나는 위대한 사람은 아니지만 위대한 글을 쓰고 싶은 사람이다.

위대한 글이란 인간에게 살아갈 힘을 주고 인생의 지혜를 전해주고 용기를 주고 희망을 주는 글이라고 믿는다. 우선 첫 장은 그대를 를 포함한 나에 대한 사색으로 주제를 정해보았다. 이 책을 읽으면서 그대도 나와 함께 사색의 즐거움을 나누었으면 좋겠다. 사색은 인간이 교감하는 가장 고차원적 방법이다.

　인간에 대한 사색은 무엇보다도 우선 자아에 대한 이해가 선행되어야만 한다. 그것이 중요한 것은 인간을 이루는 가장 기본적인 요소 중에서도 가장 핵심이 되는 요소이기 때문이다. 자아가 온전하지 못한 사람에게 삶이란 다른 누군가가 만들어놓은 그럴 듯한 허구의 세계에 불과하다. 왜냐하면 그의 인식이 자아에 대한 정체성을 확립하지 못한 채 스스로에 대한 존중과 사랑을 가지지 못하기 때문이다. 자아가 불완전한 사람은 외나무다리 위를 위태롭게 걸어가는 것과 같다. 그의 일상은 가장 중요한 조각을 잃어버린 미완의 퍼즐처럼 난해할 것이다. 자아는 인간을 진정한 인간이게 만드는 가장 작지만 값어치 있는 퍼즐이다. 다른 모든 퍼즐이 있더라도 그 하나의 퍼즐이 없다면 그의 인생은 반드시 어긋나게 되어 있다. 그만큼 자아란 것은 우리에게 없어서는 안 될 커다란 명제인 것이다.

　현대인이 가장 절실하게 고민해야할 것은 경제적인 난제를 해결하는 일이라고 생각하기 쉬운 것이 일반적인 생각이다. 이것은 어느 정도 맞는 말이기도 하다. 경제적 어려움 때문에 삶을 포기하는 사람도 부지기수다. 하지만 경제적인 난제를 해결하는 일 역시 자아를 견고하게 만든 후에야 가능하다는 것을 아는가.

현명한 이들은 우선 자아에 대한 이해를 기반으로 하여서 자기 삶의 둘레를 안전하게 만들어 놓고 있다. 그들이 존경받는 사회 지도층에 있을 수 있는 요인에는 자신이 지닌 자아에 대해 남다른 이해를 하고 있음을 간과해서는 안 된다.

그대가 사회에서 주도적인 위치에 있기를 바라는 것은 당연한 욕구이다. 특히 존경받는 사회지도층이 되고자 하는 것은 모든 사람들의 꿈이라고 해도 지나친 말은 아닐 것 같다. 그것은 자기가 종사하고 있는 분야의 최고가 되는 것이며 내적 외적 성공을 모두 이룬 결과물이기 때문이다. 그들의 공통점은 무엇일까. 그것이 바로 자아와 관련이 있다는 것을 우리는 눈치 채야 한다. 자아가 인간에게 중요한 이유는 앞에서 언급한 것과 같이 스스로에 대한 존중과 사랑이 관련되어 있기 때문이며 자아가 무엇인가를 확실히 알고 자아를 자신의 뜻대로 올바른 방향으로 운용해나가는 사람만이 위대한 업적을 이룰 수 있기 때문이다.

이 세상 어느 누구도 다른 이의 명령에 의해 이리저리 휘둘리는 인생을 살아가고 싶지는 않을 것이다. 자신의 주체성을 찾고 자신이 지닌 최대의 역량을 발휘할 수 있도록 동기를 부여해주는 자아에 대한 이해, 그것은 먼저 자아가 무엇인지를 확고히 규정할 수 있어야만 할 것이다.

자아란 무엇인가. 자아는 자기 내면에 있는 진정한 자기 자신이다. 진정한 나, 세월에 침하되거나 퇴색한 영혼이 아닌 본래의 자신이다. 자아는 아름답고 숭고하고 가치 있다. 자아로 인해 우리는 삶의 황홀한 기쁨을 맛볼 수 있을 것이다. 자아 덕분에 인간은 살아있음의 축복을 헤아리게 되고 죽은 후에도 인생의 기억들을 영원히 향유하게 될 것이다. 건강한 자아는 스스로를 위대하게 만든다. 그리고 또한 혼탁한 세계를 본질적으로 정화시킨다. 가장 순수한 자기 자신의 모습이 바로 자아다.

　자아는 절대적인 '나'이다. 그 어떤 것으로도 대체할 수 없는 유일한 존재이다. 자아란 그런 유일무이한 존재로서 인간의 삶을 뒷받침해주는 든든한 버팀목이라고 할 수 있다. 우리는 단 하나의 자아를 지니고 있으며 그 자아에 의해 자신과 세상을 바라보는 것이다. 자아가 병들고 나약해지면 자신과 세상을 바라보는 시선도 굴절되고 왜곡될 수밖에 없다. 반면 자아가 건강하고 긍정적이라면 자신에 대한 자부심과 긍지를 지니게 될 수 있다. 그리고 세상을 가감 없이 이해할 수 있게 된다.

　자아가 한 개인의 역사를 써내려가는 중추적 역할을 한다고 볼 때 우리는 자아를 보살필 의무가 있는 것이 아니겠는가. 자아에 대한 관심과 사랑이 바로 인생에 대한 열정의 디딤돌이 될 것이다. 자아는 인간을 구성하고 있는 핵심적인 구성요소이자 꿈을 이루게 하는 성공의 지침이며 미래를 함께 할 소중한 동반자이다. 자아는 인간의 참모습이라고 정의할 수 있다.

우리들의 참모습이 자아인 것이다. 그러나 정작 자신의 참모습인 자아를 의식하면서 살아가는 사람은 많지 않다. 왜냐하면 살아가는 일이 감당하기 어려울 정도로 힘겹기 때문이다. 그래서 실로 많은 사람들이 자아를 방치하거나 고의적으로 외면하면서 살아가고 있다. 그렇게 해서 인간은 삶의 공허와 무력감, 자조와 비탄에 빠지곤 하는 것이다. 그것은 모두 자아가 결여된 삶을 살았기 때문에 겪는 고통이다. 그러므로 이제부터라도 그대는 자아에 대해 즉, 자신의 참모습에 대해 사색해야 한다. 나는 무엇을 원하는가, 나는 왜 고통스러워하는가, 내가 가야 할 방향은 어디인가, 내가 추구해야 하는 삶은 어떤 삶인가.

이와같은 존재론적 화두를 자신에게 던져보고 사색함으로써 인생에 대한 방향설정을 할 수 있어야 하는 것이다. 자신의 자아에 대한 사색은 인생길을 인도하는 바람직한 안내자를 만나는 것과 같다.

인간의 자아란, 절대적인 나, 근원적인 나, 최후의 나이다. 자아의 가치는 불가변성이고 자의식에 반드시 반응한다. 우리의 의식이 자아를 성찰하기 시작하고 사색하기 시작할 때 자아는 내면의 음지에서 벗어나 인식의 양지에 제 모습을 드러낼 것이다.

자아에 대한 사색으로 그대의 삶을 윤택하게 하라.

자아를 건강하게 만드는 방법

자아라는 것이 무엇인지 알게 되었다면 이젠 그 자아를 건강하게 가꾸어나가는 비결을 터득해야할 것이다. 자아는 절대적인 나, 진정한 나이며 자신의 참모습이다. 그런 자아를 건강하게 가꾸어나가기 위해 노력해야 하는 것은 어쩌면 지극히 당연해 보이는 일이다. 하지만 우리는 그것을 간과하고 살아가고 있지는 않은가. 자아에 대한 성찰과 보살핌이 결여된 사람에게는 그 어떤 실질적인 행복도 기대하기 어렵다.

그러므로 지극히 의도적으로 우리는 자아를 건강하게 만들기 위해 노력해야 하는 것이다. 자아가 절대적인 나라는 것은 부정할 수 없는 사실이다. 제3의 인물이 지닌 자아는 그의 것일 뿐 자신의 것이 아닌 것이다. 모든 인간은 자신만의 고유한 자아를 지닌 존재다. 내가 지닌 자아는 나를 의미한다. 나라는 인간의 총체적인 대표가 바로 자아다. 그토록 중요한 자아이지만 우리는 한순간의 쾌락이나 탐욕에 넋을 잃고 자아를 병들게 만들곤 한다. 아주 자주 사람들에게 일어나는 현상이다. 인간의 실수는 자아를 방치하는 것이다. 그것은 자기 스스로의 주도권을 상실하는 것과 같다.

자, 그렇다면 어떻게 해야 자아를 건강하게 할 것인가. 그에 대한 답은 이미 우리 모두가 알고 있다. 바로 자아를 병들게 하는 행위를 당장 그만두면 되는 것이다. 내가 보는 관점에서 자아에 해를 끼치는 대표적인 행위는 세 가지가 있다.

첫째가 스스로의 가치에 대한 부정이다.

"난 도대체 제대로 해내는 일이 없어." "내 주제에 어떻게 그 일을 할 수 있겠어." 이렇게 스스로의 가치에 대해 부정하는 일은 자아를 망가뜨리는 제일 큰 요인이 된다. 그대의 자아를 건강하게 만들기 위해서는 자신의 가치에 대해 부정하는 일을 당장 그만두어야 한다. 그대는 지금 있는 그 모습 자체로도 완벽하다. 자신의 가치를 인정하라.

두 번째는 자신의 미래를 의심하는 것이다.

"그 일을 잘 마무리 할 수 있을까. 아니야. 아무리 생각해봐도 무리야. 아마 잘 안 될 거야." 이렇게 앞으로 일어날 일을 부정적으로 예단하고 자신의 미래를 의심하는 것은 자아를 약하게 만드는 중대한 과실이 된다. 이제부터는 자신의 미래에 대한 생각이 들거든 의심하지 말고 믿어라.

"잘 될 거야. 그 일은 잘 해결될 거고 난 더 성장하고 발전할 거야." 이렇게 스스로에 대한 확신을 가지고 믿어준다면 자아는 더욱 힘을 내어서 미래를 향해 달려갈 것이다.

스스로의 개성과 능력으로 고난의 숲을 뚫고 앞으로 나가라. 얼굴이 못생겼어도 좋다. 공부를 못해도 좋다. 영어 실력이 형편없어도 좋다. 혼자여도 좋다. 직장생활에 적응을 잘 못해도 좋다. 그대 자신은 훌륭한 존재다. 그대는 다른 사람들은 흉내도 내지 못할 비범한 재능을 지닌 사람이다. 자신이 가지지 못한 것에 대해 생각하기를 당장 멈춰라. 앞으로는 다른 사람을 부러워할 것도 없고 자신보다 못난 사람에 대해 우월감을 느낄 필요도 없다. 오직 그대의 인생은 그대만이 지닌 고유한 자아와 함께 이루어나가는 유일무이한 시간들이다. 의심은 버려라. 그대의 미래는 태양보다 더 찬란하다. 그렇게 믿고 전진하면 그렇게 이루어질 것이다.

세 번째는 안주하는 것이다.

충분히 성장할 가능성이 있는 사람이 자신이 규정한 조그만 울타리 안에 웅크린 채 꿈을 포기하는 경우, 우리는 그를 가리켜 사회에서 인정받지 못한 자, 도태된 자, 부적응 자 라고 부른다. 그도 처음부터 그렇게 살았던 것은 아닐 것이다. 자신의 무한한 가능성을 미처 깨닫지 못해서 그렇게 자신만의 소심한 구역 안에 안주하고 있는 중이다. 안주하지 마라. 늘 꿈꾸는 삶을 살아라. 인생은 안주하는 자에게는 아무런 것도 해주지 않는다. 끊임없이 도전하고 노력하고 땀 흘리며 운명의 가시덩굴을 헤쳐 나갈 때 비로소 달콤한 성공과 행복의 열매가 주어질 것을 기억해야 한다. 도전하다가 넘어지는 건 창피한 일이 아니다. 도전하다가 실패하는 일은 절망스러운 일이 아니다. 오히려 도전하지 않고 재능을 묵히고 자아를 상심하게 만드는 일이 부끄러운 삶이다. 스스로의 가치를 인정하고 자신의 미래가 찬란하게 완성될 것을 믿고 작은 울타리 안에 안주하지 않고 더 넓은 세계와 지혜의 바다에 기꺼이 뛰어들 준비가 되어 있는가.

구체적인 해답은 언제나 우리의 마음 안에 있다. 자주 시간을 내어 자아를 응시하고 사색하며 자아가 자신에게 전하는 메시지를 들어라.

자아를 통해 삶을 관측하라

삶이란 어느 곳으로 흘러갈지 모르는 불확실성을 지녔다. 그것이 삶의 독특한 매력일지도 모른다. 그러나 그렇기 때문에 인간은 미래에 대한 불안으로 수시로 고통 받을 수밖에 없다. 내일 무슨 일이 벌어질지 모르기 때문에 늘 좌불안석, 고민하고 산다. 오늘 주가가 올랐다고 해서 환호하다가도 내일 대폭락이 될 수도 있음을 우리는 잘 알고 있다. 그래서 인간은 미래에 대한 기대보다는 불안과 두려움을 지니고 오늘을 위태롭게 견디는 경우가 더 많은 것이다.

하지만 그대가 진정 행복한 인생, 보람찬 인생을 살고자 한다면 이제는 두려움에 가득 찬 일상에서 벗어나야 할 것이다. 그러기 위해서는 두려움을 유발하는 모호한 예측시스템을 자신의 의지로 과감하게 바꿀 필요가 있다.

두려움이란 서투른 추론이다. 그것으로 인해 죽음에 다다른 사람도 역사상 그 수를 헤아리기가 어려울 정도다. 육체에 어떤 가해도 가하지 않았음에도 인간은 두려움 그 자체만으로도 숨이 끊어질 수 있다. 그런 두려움조차도 무색하게 만들 능력이 우리에게 있다는 사실을 아는가. 그것이 바로 자아다.

자아가 그대를 힘들게 했던 해묵은 두려움을 제거해 줄 것이다. 자아는 절대적인 나이고 영원불변한 존재다. 자아의 힘에 의해 인간이 자신을 완벽하게 컨트롤 할 때 불가능이나, 두려움, 불확신은 자취를 감추고 사라지게 되어 있다. 그렇다면 어떻게 해야 우리는 삶의 주도권을 쥐고 씩씩하고 당당하게 살 수 있을까. 사색해보자.

그것을 가능하게 하는 것이 바로 자아를 통해 삶을 관측하는 것이다. 자아는 자신이 지금 어디에 있는지 어디로 가는지 어느 곳으로 가야할지를 가장 확실하게 알고 있는 존재다. 나, 이전에 자아는 있었고 우리의 육체가 이 세상에 형성되기 이전에 자아는 이미 형성되어 있었다. 자아는 영혼과 같은 불변성의 존재이므로 자아는 우주의 지혜를 지니고 있다고 볼 수 있다. 인간의 정신은 자아의 일부분에 지나지 않는다. 자아는 육체를 지배하고 영혼을 인도한다. 그렇기 때문에 자신의 자아를 통해 삶을 관측할 때 한 치의 어긋남 없이 인생이 제 궤도를 찾아가게 되어 있는 것이다.

그대가 무슨 일을 하든지 가끔 이런 경우가 생길 것이다. 과연 이 일을 내가 해야 하는가, 하지 말아야 하는가. 내가 그곳을 가야 하는가, 가지 말아야 하는가. 내가 그 사람을 만나야 하는가, 만나지 말아야 하는가. 등 선택의 기로에 서게 되는 일은 헤아릴 수 없이 많이 일어난다. 인생은 선택의 연속선상에서 펼쳐지는 즐겁고 신나는 모험이 아니던가. 그런 선택의 순간에 의지할 곳은 어디인가. 우리의 자아뿐이다.

친구와도 상의하고 선배에게도 의논하고 부모님께도 조언을 구할 수는 있지만 결국에는 자신의 자아에게 답을 구하는 것이 인간이다. 자아를 통해 삶을 관측해야 하는 이유는 간단명료하다. 자아가 바로 본래의 우리 자신이기 때문이다. 자아야말로 우리의 모든 것을 알고 있고 우리가 원하는 것을 가장 정확하게 알고 있기 때문이다. 자신의 자아를 경원시하는 자는 스스로를 홀대하는 것과 같다.

나는 자아와 같이 날마다 삶의 방향을 결정하는 것을 즐긴다. 그 일은 다른 어떤 일보다도 중요한 일이다. 내 지성이 한계에 다다랐을 때, 더 이상 인간적인 생각과 지혜로 해답을 구하지 못할 때, 자아에게 도움을 청한다. 그럴 때 자아는 나의 꺾인 날개를 펼쳐주고 숙여진 고개를 다시 들 수 있게 만들고 미소를 잃어버린 굳은 입술을 열어 웃을 수 있게 해주는 가장 좋은 친구다.

자아를 통해 삶을 관측하지 않았을 때, 나는 늘 얕은 인간적인 지혜와 근시안적인 통찰력으로 삶을 잘 못 이해한 채 길을 잃어버리곤 했다. 그건 순전히 나의 잘못이었다. 내가 자아의 위대함을 인정하고 자아의 신성함과 놀라운 능력을 믿으며 온전히 의지하기 시작하자, 인생은 다시 내가 원하던 방향으로 나아가기 시작했다.

우리는 누구나 삶이 우리가 원하는 대로 흘러갔으면 하는 소망을 지니고 산다. 그것은 감출 수 없는 속마음이다. 하지만 그렇게 손쉽게 인생은 살아지지 않는다. 그것이 모든 고민거리를 만드는 근원이 아니겠는가. 그럴 때 우리에게 어떻게 살아야 올바른 삶인지, 진짜 우리가 원하는 인생이 무엇인지를 친절하게 가르쳐주는 자아가 있다는 사실은 얼마나 고마운 일인지 모른다. 나는 자아가 있으므로 내 인생이 인간다워졌음을 공언할 수 있다.

자아를 통해 삶을 관측하라. 지금 무엇을 해야 할지 모르겠다면 자아에게 물어라. 지금 어디로 가야 할지 모르겠다면 바로 그대 내면에 있는 최고의 지혜인 자아에게 물어라. 지금 누구를 선택해야 할지 모르겠다면 바로 그대의 모든 것을 꿰뚫고 있는 자아에게 물어라.

자신의 자아의 위대함을 믿어라. 그대 인생의 멘토는 그대 자신의 자아다. 그대가 자아를 믿고 의지한다면 자아는 배신하지 않고 그 믿음의 곱절이 넘는 용기와 희망, 사랑과 행복을 되돌려 줄 것이다.

나는 누구인가 1

나는 누구인가. 이 신선하고도 해묵은 질문을 자신에게 던져보지 않은 자 어디 있겠는가. 우리는 태어나면서부터 혼자였다. 홀로서기까지 이십 여 년의 시간이 걸리기는 하지만 그건 어디까지나 경제적인 면에서일 뿐, 실상 우리는 태어나면서부터 홀로서기를 연습해온 것이다. 그래서 자신이 누구인가라는 질문은 평생 따라다니는 의구심이요, 화두가 된다.

사람들은 말한다. 나는 누구지? 나는 도대체 왜 태어난 거야? 나는 무엇을 하고 살아야 하나? 나는 왜 살고 있는 걸까? 이런 질문은 적당한 해답을 도출해내지 않는 한 일생동안 가슴 속에 맴돌게 되어 있다. 그래서 우리는 오늘도 질문한다. 나는 누구인가.

철없는 시절에 난 "나는 누구인가?"라는 자문조차 할 겨를이 없었다. 나는 누구인가보다는 너는 누구인가 라는 질문이 더 편했다. 나보다는 너를 보고 평가하는 것이 우리들의 익숙한 심사다. 나 자신을 바라보면서 성찰하는 일은 괴롭기도 하고 울적해지기도 하는 일이지만 너를 바라보면서 이러쿵저러쿵 시비를 논하는 것은 참 쉬운 일이기 때문이다. 그러나 진정한 삶의 주인공이 되고 사회에 유익한 영향력을 끼칠 사람이 되려면 너를 비평하는 사람이 되기보다는 나를 향해 나는 누구인가라는 질문을 던지는 사람이 되어야 한다.

그렇다면 나, 백 정미는 누구인가. 이번 사색은 나 자신을 향해 던지는 이 짧은 질문에서 비롯된다. 나는 백 정미라는 이름을 지닌 하나의 생명체다. 나는 1971년 늦은 겨울에 해안가 마을에서 태어나 사십 여년을 살아왔고 앞으로 살날이 얼마인지는 모른다. 살아온 날은 헤아릴 수 있지만 살아갈 날은 헤아릴 수 없다. 그러므로 나는 나에게 남겨진 날들을 모르는 사람이다. 이건 누구에게나 공통적으로 해당되는 사항이다. 안심이다. 나만 내게 남겨진 시간을 모르는 것이 아니니까. 하지만 예외적인 경우는 있겠다. 시한부 인생을 선고받은 환자라든가 자살할 사람들은 자신이 얼마나 살다 죽을지 알 수 있을 것이다. 그러나 대부분의 '나'라는 존재들은 자신의 남은 잔여수명을 알 수 없다.

그리고 나, 백 정미는 여자다. 여자란 성은 대한민국에서 언제나 약자였다. 평생 한을 품고 살다 간 조상들은 거의 여자였다고 봐도 과언이 아니다. 그러나 이제는 시대가 바뀌어 여자로서 한을 품기보다는 한 인간으로서 절망하고 좌절하는 일이 있는 경우가 더 많다. 지금도 여자들은 단지 여자라는 이유로 차별을 받기도 한다. 억울하게도 말이다. 그러나 남자 입장에서 보면 이것 또한 여자들의 배부른 투정이라고 하질 않겠나 싶다. 남자들 입장에서 여자들의 삶을 조망해보면 군대도 가지 않고 힘들여 사회생활도 하지 않아도 되니 그야말로 쉽게 사는 것이라고 생각할 수도 있다.

그러나 여자들 입장에서 여자의 일생을 생각해보면 꿈을 펼칠만한 나이가 되면 결혼을 하고 아이를 낳고 육아에 얽매여 직장까지 그만두어야 하는 처지에 이르고 시댁식구들에게 이리저리 채이고 남편과 자식에게 평생 헌신해야 하고 자신의 속옷 한 벌 제대로 맘 편히 사 입지 못하는 안쓰러운 일면이 더 많아 보일 것이다. 반면 남자들의 삶을 관망해보면 아직도 남자들이 살기 편한 시대라는 생각이 지배적으로 든다. 어느 직장에서는 똑같은 일을 하고서도 남 녀 간의 월급이 같지를 않더라는 탄식이 절로 나온다. 남 녀 간의 불평등은 존재할 것이다. 그것이 사회적인 간극이니까. 사회에는 얼마간의 틈이 있다. 그 틈을 메워줄 수 있는 것은 서로간의 신뢰와 이해뿐이다.

그건 그렇고 난 여자다. 그렇지만 난 여자라는 사실에 매우 만족한다. 여자라서 좋은 점은 너무 많다. 여자가 아니라면 생각만 해도 오싹하다. 난 여자인 내가 좋다. 사랑스럽다. 예쁘다. 이렇게 나는 누구인가 라는 질문에 대답할 한 가지 답이 나왔다. 난 여자다. 아니 이건 너무나 평범하다 못해 유치한 답변이 아닌가요. 라고 혹시라도 묻는 독자님이 계시지 않을까 싶다. 그렇지만 그대가 그대 자신에게 질문하였더라도 나는 누구인가에 먼저 남자인지 여자인지 대답한다는 건 결코 우스운 일이 아니다. 우리는 여자이거나 남자이거나 둘 중 하나이기 때문이다.

어떤 굉장한 사색의 결과를 원하는 내면의 내가 웃는다. 장난 그만하고 나는 누구인가라는 이 멋진 질문에 대답해봐. 사실 내가 나는 여자라고 말한 것은 장난이 아니었다. 이 사색의 글들은 모두 쉬지 않고 써내려가므로 생각의 흐름대로 썼을 뿐이다. 내가 잘못했다면 내가 사색에 너무 집중하고 있다는 것이리라. 그렇다면 일반적인 답변을 피해 나만의 답을 구해내고자 한다.

나는 누구인가. 고개를 갸우뚱하면서 사색해본다. 가을햇살이 따스한 오후다. 오후의 햇살이 창가에서 내 사색의 결과를 몹시 궁금해하며 서성거린다. 난 사색의 종결자다. 이런 간단한 답이 나오다니. 그렇다. 백 정미는 사색의 종결자가 될 것이다. 이 세상에서 가장 치열하게 사색하는 사람. 그 사색으로 인해 얻은 지혜를 독자들에게 전파시켜서 그들의 인생에 도움을 주는 사람이 될 것이다.

그러므로 나는 사색의 종결자인 여자다. 이름은 백 정미다. 나이는 마흔 두 살, 좋아하는 색은 초록색, 좋아하는 낱말은 별과 순수.

하고 싶은 일은 글 쓰는 것. 취미는 사색, 특기도 사색. 나는 사색의 최고봉에 오르는 탐험가가 될 것이다. 그 꼭대기에 무엇이 있는지 먼저 가보고 그것들에 대해 낱낱이 기록할 것이다.

　자신을 사색의 종결자라고 말하는 사람이 이 세상에 나 말고 또 있을까. 그래서 재미가 있다. 글 쓰는 일은 이래서 행복하다. 도대체 무슨 말을 하게 될지 나 자신도 모르는 까닭이다. 손가락이 보이지 않을 만큼 빨리 움직인다. 뭐지? 이건 마치 신들린 사람 같다. 글쓰기에 신들린 사색의 종결자이면서 여자! 오늘 나는 누구인가라는 질문에 백 정미는 이렇게 대답하였다.

나는 누구인가 2

나는 누구인가, 이 주제의 위대함 때문에 다시 한 번 더 사색하게 되었다. 사실 이 주제는 책 한 권에도 다 담지 못할 것이다. 그만큼 내 마음을 설레게 하는 물음이다.

나는 누구인가? 질문만으로도 가슴이 터질 것만 같다. 그렇기 때문에 (1)에서 사색하지 못한 것들을 다시 곰곰이 사색해 보고자 한다. 이것은 작가로서의 욕심이다. 만족하지 못했기 때문이다. 그렇다고 (1)을 영영 삭제하고 싶지는 않다. 왜냐하면 (1)은 아주 인간적인 나의 생각이 드러나 있기 때문이다. 그래서 여기에 새로운 사색을 첨부한다.

하루 종일 아팠다. 그것은 육체와 정신의 반란이었다. 한층 쌀쌀해진 날씨는 이제 곧 겨울이 멀지 않았음을 증명하는 것 같다. 그렇다. 우리의 겨울은 아주 가까이에 와 있는 중이다. 머릿속의 세포들에게 무슨 일이 일어난 것일까.

인간은 '나'라는 작은 공간에 갇힌 채 그것이 세상의 전부인 양 살아간다. 그것이 인간의 한계일 수도 있겠다. 그렇지만 그리 걱정할 것은 없다. 인간의 영혼이 육체적 한계를 극복할 수 있을 만큼 자유로울 수 있기 때문이다. 왜 나는 아픈 걸까. 다시 내 자신의 통증의 원인에 대해 분석해본다. 아, 그것은 균열에 의한 것이었다. 정신의 일탈이 아니라 정신 자체에 균열이 생긴 것이다. 이런 정신의 균열은 누구에게나 일어난다. 인간의 정신은 두 가지로 나눠볼 수 있다. 순박한 정신, 퇴폐로 얼룩진 정신. 이런 정신의 분류는 순전히 내 마음대로다. 순박한 정신의 인간으로 존재할 때 우리는 매우 인간적이다. '나'라는 협소한 공간에 갇힌 정신이 아닌 자연계의 일원으로서의 본분을 되찾은 정신은 매우 자유분방하며 유리알처럼 투명하다. 그러나 불행하게도 인간의 정신은 퇴폐적 성향에 기울 때가 더 많다. 정신이 퇴폐로 기울 때 '나' 역시도 퇴폐적 세계에 영혼의 일부를 적시게 된다.

퇴폐적 정신이란 어떤 정신인가. 그것을 관찰해보면 '나'란 존재가 하루 종일 걸어가는 궤적을 유추할 수 있게 된다. 왜냐하면 퇴폐는 실질적 삶, 본래의 일상에 침투한 가장 두드러진 성향이기 때문이다. 그러므로 '나'라는 작은 존재는 퇴폐로 인해 점점 자신의 입지를 늘려가게 된다. 정신이 퇴폐적으로 바뀐다는 것은 이런 것이다. 매우 우울하거나, 매우 귀찮거나, 매우 슬프거나 등. 보통의 감정보다 더 강력한 부정적 감정이 전신을 지배하고 영혼을 마비시키는 상태가 바로 퇴폐적 정신의 인간인 것이다. 우리들은 자신도 모르는 사이에 '나'를 퇴폐적 정신 상태로 내몬다. 그렇게 되면 순박한 정신, 순수함을 지향하던 마음은 지배력을 잃고 인생의 무대 뒤에서 '나'의 부름을 한없이 기다리고 있게 된다.

내가 아픈 이유는 퇴폐적 정신의 지배를 받았음에 틀림없다고 사색한다. 매우 불쾌한 기분이 방안을 가득 채우고 내가 걸어가는 길거리 위에도 도처에 널려 있었기 때문이다. 퇴폐적 인간이 되는 것은 '나'에게 있어서는 치명적인 일이 될 수 있다.

하지만 퇴폐적 정신을 치유할 내면의 치료사가 있다. 그것은 무엇일까. 내면의 치료사는 '나'라는 존재를 극단의 감정에서 건져 올려준다. 만약 이 내면의 치료사가 없다면 '나'는 인생의 대부분을 매우 우울하거나, 매우 귀찮거나, 매우 슬프거나, 매우 불쾌한 등의 극한 감정에 기운을 소진한 채 탈진상태에 이르게 되고 말 것이다. 나는 '나'를 지켜주는 이 내면의 치료사가 있음을 깨닫는다. 그의 이름을 나지막하게 불러본다. 내게 감정의 중용을 유도한 그의 이름은 순수함이다. 순박한 정신은 순수함이 지배하는 정신이다.

순수와 순수함의 차이를 아는가. 순수는 한 때의 상태일 수도 있지만 순수함은 영원히 변치 않는 상태를 말한다. 내면의 치료사가 되기 위해서는 그 상태의 지속여부가 매우 중요하다. 잠깐 순수해서는 곤란하다. 우리는 아주 오랜 기간 순수해야 한다. 아니 평생 순수해야 한다. 그래서 순수하지 못한 것들이 감히 우리의 내면에 발붙일 수 없는 경지에 이를 수 있어야 한다. 순수함은 순수를 농축시켜놓은 엑기스라고 볼 수도 있고 순수가 응축된 환약이라고도 볼 수 있다. 순수의 환약이 순수함이다. 순수의 엑기스가 순수함이다. 순수함은 순박한 정신을 재생시켜서 퇴폐적인 정신으로 매우 괴로워하는 '나'를 되살려준다.

이것은 모두 개인의 사유다. 나는 새롭게 언어를 조각내고 분석한다. 인생이 자기혁신의 과정이라고 생각하는 사람으로서 하나의 낱말이 주어질 때 그것이 의미하는 바를 자유롭게 사색하는 것이야말로 가장 이상적인 혁신에 가깝다고 여기는 까닭이다. 우리는 언어를 혁신해야 한다. 그래서 정신을 혁신하고 인생을 혁신하고 사고를 혁신해야 한다.

이번 장의 주제는 '나'는 누구인가, 이다. 나는 누구? 하고 스스로에게 자문해본다면 사람들은 스스로를 어떻게 규정할까. 위에서 말한 '나'의 분류에 따르면 '나'는 퇴폐적 나와 순박한 나로 나뉠 수 있을 것이다. 그리고 이러한 기조 위에서 출발한 '나'는 용광로 속의 쇳

물처럼 뜨겁게 녹아내리면서 스스로를 다양한 형태로 부활시킬 것이다. 그러므로 이 세상에 똑같은 '나'란 존재하지 않는다. 일란성 쌍둥이라도 샴쌍둥이라도 같은 '나'가 될 수 없는 것이다. 하루 종일 아팠던 이유를 이제야 어렴풋이 알 것 같다. 정신과 육체의 반란이 아니라 어떤 새로운 사유를 하기 위한 진통이었던 것이다.

나는 누구인가라는 장엄한 문제 앞에서 나는 매우 괴로워했던 것이다. 아, 나도 모르게 나는 퇴폐적 정신이 되었었다. 이제 나는 다시 순박한 영혼, 즉 지적으로 매우 순수함에 물든 상태로 회귀해서 자신을 명확하게 반추할 수 있게 되었다. 그러므로 나는 내 자신이 아팠던 이유를 정확히 짚어낼 수 있게 된 것이다.

명료한 정신, 맑은 영혼, 깨끗한 시선은 모두 순박함에서 비롯된다. 그렇다면 '나'는 왜 고통스러웠을까. 새로운 사유는 인간을 고통스럽게 한다. 고통스럽지 않은 사유란 무가치하다. 만일 지금까지 읽은 나의 글들에서 조금이라도 그대가 가치 있다고 느낀 구절이 있었다면 그 부분이야말로 나의 고통의 흔적이 고스란히 투영된 부분이라고 할 수 있다. 그러므로 결론적으로 '나'는 고통을 수반하는 생명체이다. 고통을 유발하기도 하고 고통을 경험하기도 하고 고통을 치유할 수도 있는 것이 바로 '나'다. 모든 고통의 진원지이기도 하고 모든 고통을 치유할 수 있는 기적의 치료사이기도 한 것이 바로 '나'다.

나는 누구인가. 이 심오한 사유의 해답에 나의 사색이 결론을 낸

바에 의하면 '나'란 바로 고통의 진원지요, 고통이 머무는 곳이요, 고통이 사라지는 곳이다. 즉 개인의 모든 역사는 고통을 어떻게 다스리느냐에 따라서 변할 수 있음을 뜻하는 것이다. 또한 퇴폐적 정신을 경계하고 순박한 정신을 지님으로써 인간은 극도의 감정적 공포와 고통으로부터 벗어날 수 있음을 깨닫게 되었다.

'나'는 육체라는 한정된 공간에 갇힌 일시적인 존재가 아니라 무한한 우주의 일원으로서 자신의 고통을 효과적으로 다스려 영원한 지혜를 깨달아야 하는 존재인 것이다.

오늘도 우리는 '나'로 살아간다. 모든 것을 책임져야 하고 결정해야 하는 나이기 때문에 너무 괴롭다. '나'에게만 지나치게 의존하는 사람은 자신을 지치게 만들 것이다. 모든 것을 '나'만 위주로 생각하다보면 자칫 극도의 이기주의자가 될 수도 있다. '나'라는 함정에 빠져서 스스로를 고립시키면서 사는 것은 자신을 아프게 한다. 그래서 우리는 때로 '너'로 살아가는 삶의 지혜를 발휘해야 한다. '너'를 비평하기 위해, 너를 흠집 내기 위해 '너'를 생각하는 것이 아니라, '너'를 진정으로 이해하기 위해, 너를 진정으로 사랑하고 그리워하기에 '너'를 생각하라.

너의 마음, 너의 생각, 너의 정신, 너의 사상을 이해하게 된다면 '나'란 존재는 우리라는 포괄적이고 웅대한 존재에 포함될 것이다. '나'를 고통의 진원지, 고통이 머무는 곳으로 제한할 것인가. '나'를 사랑의 진원지, 사랑이 머무는 곳, 고통이 치유되는 곳으로 만들 것인가. '너'를 향한 가식 없는 관심과 사랑이 바로 우리로 가는 첩경이된다. 우리야말로 '나'가 궁극적으로 지향하는 이상향이라고 생각한다. 나는 오늘도 너에게 간다. 바로 그대에게 내 마음과 내 사상과 내영혼을 전부 드리고 싶다. 그것이 바로 '나'란 사람이다.

그렇다면 우리는 누구인가

　나에 대한 사색의 귀결점이 바로 나는 누구인가이다. 그대도 나는 누구인가에 답해 보는 시간을 가졌기를 바란다. 이제 우리는 나로부터 비롯되는 우리에 대해 생각해보아야겠다.

　우리, 듣기만 해도 뭔가 믿음직스럽고 따뜻하지 않은가. 우리들이라는 대명사속에 들어가면 무슨 일이 일어나도 안전하게 보호받을 수 있을 것만 같다. 우리라는 말을 하면 낯선 사람도 친구처럼 여겨진다. 그렇게 우리라는 말은 인간에게 안정감을 느끼게 하기에 충분하다.

　그렇다면 우리는 누구인가. 눈물 나는 21세기를 살아가고 있는 우리들은 누구일까. 곳곳에서 기상이변이 일어나고 세계증시는 불안하기 그지없고 환경은 오염되어 숨 쉴 공기, 물 한 방울도 귀한 세상이 되어가는 이 지구촌에 사는 우리들은 누구인가. 왜 우리는 하필이면 이곳에 태어나서 마음대로 죽지도 못할 목숨을 부지하기 위해 이렇게 고생하고 살까. 아니면 긍정적인 측면으로 말해서 우리는 왜 이렇게 아름다운 지구상에 태어나서 마음껏 자유를 누리고 꿈을 펼치고 살아가는 걸까. 각자가 처한 상황이 다르다는 것을 알고서도 우리는 결코 서로를 배척할 수 없다. 왜? 우리는 하나니까.

뿌리는 하나지만 두 그루가 되어버린 나무처럼 우리의 근본은 같지만 우주의 법칙상 서로에게서 조금씩 분리되어 있다. 우리는 약간의 거리를 두고 서로를 관찰한다. 우주의 법칙은 지나친 접근을 경계한다. 우리가 우리의 사생활을 간섭하는 이에게 반감을 느끼는 건 우주의 법칙에 적용받은 감정이다. 모든 것들은 사적 공간을 침해받는 것을 좋아하지 않는다. 그래서 우리는 각자의 육체 안에서 생각하고 먹고 마시고 잔다. 얼핏 보면 모두 다른 삶을 사는 것만 같다. 그러나 가까이 가서 들여다보면 결국 우리는 같은 것을 마시고 같은 것을 먹고 같은 것을 추구하면서 사는 것이다. 그러므로 우리는 같다. 그렇지만 우리는 다를 수도 있다. 본질은 같지만 그 환경과 습성에 의해 가치관이 달라지기 때문이다.

하나지만 하나일 수만은 없는 것이 우리다. 우리는 우주에서 왔다. 내가 줄곧 말해온 대로 우리는 우주의 일원이다. 우주에는 숱한 생명체가 있다. 우리가 미처 발견하지 못한 행성도 있을 것이고 항성도 있을 것이며 블랙홀도 있을 것이고 제 2의 태양, 제 2의 지구가 있을 것이다. 하지만 인간은 지구 이외에 어디에도 없다. 우리 인간은 고유한 존재다. 그 누구도 우리를 흉내 낼 수 없다. 아무리 과학이 발달해도 생각하는 인간을 만들어낼 수는 없다. 그러므로 인간의 가치는 이루 말할 수 없을 만큼 높다. 그런데 우리는 하나지만 하나의 존재로 살아가지는 못한다. 개별적인 삶을 부여받고 각자의 자리에서 자신에게 주어진 사명을 다해야 하는 운명을 지닌 것이다. 그렇게 할때 이 세상에 평화가 온다. 누군가가 자신의 본분을 망각하고 제멋대로 행동하게 되면 세상의 평화는 깨지고 혼란과 공포가 시작된다.

우리는 '나'이면서도 나를 버려야 비로소 진정한 자신을 얻을 수 있는 운명공동체이다. 내 자신만 위하여 산다는 것은 우리에게 아무런 도움이 되질 않는다. 그러므로 우리라는 울타리 안에 거주하기 위해 나와 너는 자신의 이기심과 타성과 욕심과 고민과 번뇌, 울분과 분노 등을 기꺼이 버려야 한다. 좋은 열매를 얻기 위해 가지치기를 하는 사과나무처럼 자신의 인생을 좀먹는 것들을 버려라. 나 자신의 일부라고 여겨졌던 부정적인 것들을 버리지 않고서는 우리가 될 수 없다. 만일 그런 사람이 있다면 그는 우리에 속하지 못하고 혼자서 독불장군처럼 세상을 살아가야 하므로 매우 힘겨운 일생을 살아갈 것이다. 우리를 위한다는 것은 결론적으로 자신을 위하는 일이라는 것은 너무나 당연한 논리다. 우리 안에는 나란 존재가 포함되기 때문이다. 내가 빠진 우리는 그들이거나 그 사람들 또는 저 사람들 정도로 확연히 거리감이 느껴지고 만다. 이런 우리들이라는 공동체적 울타리 또는 범주 안에 기거하기 위해서 우리는 긍정적 마인드를 가지고 살아야 한다. 우리에게 이로운 것은 사랑, 배려, 용서, 미소, 이해심 등의 긍정적 가치들이기 때문이다. 그리고 중요한 것은 우리들이 행복해지기 위해 자신의 시간과 노력을 아끼지 말아야 한다는 것이다. 그것은 스스로를 위해 보험을 들어두는 것과 같은 지혜로운 일이다.

문밖을 나서보라. 수많은 우리들이 걸어가고 있을 것이다. 가방을 둘러 맨 학생, 총총거리면서 출근을 서두르는 직장인, 반찬거리를 사러 마트에 가는 주부, 상인 등등. 그 사람들이 나의 새로운 모습이다. 나와 전혀 별개의 사람들이 아니라고 느끼고 그들을 상대하라. 더 이상 그들을 나 이외의 사람들이라는 예외적인 인물로 낙인찍을 이유는 없다. 자신 이외의 사람들을 우리라는 울타리 속에서 만날 수 있을 때 인간의 사회성은 길러지게 될 것이다. 더불어 세상의 모든 짐을 혼자서 짊어지고 가는 것처럼 고단하게 살지 않아도 될 것이다. 그 짐을 자진해서 나누어 짊어질 친구인 우리가 언제나 그대 곁에 있을 것이니까. 우리는 '나'의 또 다른 분신이며 '나'로부터 비롯되는 사랑의 전령사들이다.

우리들의 즐거운 놀이, 마음 읽기

나는 이제 그대와 더불어 '나'와 타인의 경계를 허물고 우리라는 공동체가 되었다. 우리가 살아가는 시간 동안 서로 생채기 내고 우울하게 만들고 화나게 만드는 일들이 전혀 없을 수는 없을 것이다. 그런 서로간의 갈등과 반목 사이에서 인간은 고뇌하게 마련이다. 그리고 그것이 곧 인생살이다. 상대방의 속마음을 한 치의 오차도 없이 정확하게 간파할 수 있는 사람이 도대체 얼마나 될까. 우리가 조금이라도 서로의 마음을 읽을 수 있다면 얼굴 붉힐 일도 훨씬 줄어들게 될 것이다.

지금부터 우리들의 즐거운 놀이 하나를 만들어 보는 건 어떨까. 난 그 놀이의 이름을 마음 읽기라고 말하고 싶다. 대화를 하다보면 일방적으로 혼자서만 떠드는 경우도 있고 무슨 말을 하는지 아무리 이해하려고 해도 상대방의 본심을 감 잡기 어려운 경우가 많다. 그럴 때는 무슨 말을 해야 할 지 난감하다. 잘못 말했다가는 오해를 받을 수도 있고 대화에 집중하지 않고 딴 생각이나 하는 사람으로 비춰질 우려도 있기 때문이다. 인간의 대화는 상호간의 의사를 표현하는 수단이다. 그 수단에 이상이 생기면 오해와 불신이 생겨나게 되어 있다. 그러므로 우리는 다른 사람과 대화할 때 더욱 정신을 가다듬고 그가 말하는 요지를 파악하기 위해 노력해야 하는 것이다. 그렇지 않으면 어떤 오해가 생겨날지 모를 일이다.

대화하지 않을 때도 마찬가지다. 우리들은 은연중에 다양한 몸짓으로 자신의 기분을 드러낸다. 기분이 상하면 평소와는 전혀 다른 패턴의 몸짓이 나온다. 그 몸짓이 보내는 신호를 읽어낼 수 있는 것이 바로 마음 읽기의 기초다. 이것을 능숙하게 하기 위해서는 평상시에 사람들이 하는 행동을 잘 살펴볼 필요가 있다. 즉, 인간에 대한 관심이 있어야 한다는 것이다. 우리들이 하는 놀이 중에 마음 읽기만큼 어렵고도 보람 있는 놀이도 없지 않을까 싶다. 마음을 잘 읽으면 없던 행운도 생길 것이고 마음을 잘 읽지 못하면 없던 불행도 생길 수 있다.

그러면 어떻게 해야 우리는 이 즐거운 놀이를 무난하게 해낼 수 있을까. 이 놀이는 인간의 이성보다는 감성을 요구한다. 감성이란 타인의 감정을 습득하는 비결이 된다. 감성적인 인간은 다른 사람이 슬플 때, 기쁠 때, 화날 때, 실의에 빠져 있을 때, 누군가의 위로가 필요할 때 등을 단번에 알아차릴 수 있다. 우리에게는 누구나 감성이 있다. 다만 너무나 오랫동안 감성의 날을 쓰지 않은 관계로 벌겋게 녹슬어 있는 것이 문제다. 거미줄 친 지하 창고 속에 처박혀 녹슬어가고 있는 감성을 찾아내어야 한다.

어서 잠자던 감성의 촉수를 꺼내어 그대 주변에 있는 사람들의 감정을 조심스럽게 더듬어라. 최대한 조심스럽게 해야 한다. 들키는 순간 이 놀이는 끝나게 된다. 왜냐하면 마음을 읽는다는 것은 최고의 이해심이 발휘되는 순간이고 비밀스러운 작업이 되어야 하기 때문이다. 비밀이 유지될 때 이 놀이는 극치의 만족을 양자에게 모두 선물하게 되어 있다. 또한 상대방의 마음을 읽기 위해서 꼭 필요한 조건이 있다. 그 조건이란 상대방의 과거와 현재와 더불어 미래까지도 유추해볼 수 있는 예리한 시선이다. 그렇게 하기 위해서는 최우선적으로 그 사람의 배경을 이해해야 한다. 그의 어린 시절과 환경, 생각, 이상, 꿈, 좋아하는 것, 싫어하는 것, 두려워하는 것. 등을 충분히 인지하고 있어야 한다. 어떤 사람의 배경에 대해 전혀 모르면서 그를 모두 다 이해했노라고 성급하게 결론 내리곤 하지 않았는가. 상대방을 제대로 모르는 상태에서 그에 대해 판단하는 것만큼 무례한 일도 없다. 그것은 마치 먼발치에서 힐끗 숲을 한 번 보고 그 숲의 생물들이 전부 굶어 죽었다고 말하는 것과 같다. 가까이에 다가가서 보지 않으면 결코 보이지 않는 것은 언제나 있기 마련이다. 심지어 인간은 자신이 제 멋대로 판단한 결과를 토대로 누군가를 이해가 아니라 오해를 하는 경우도 있으니 얼마나 위험한 발상인가. 상대방의 마음을 읽는 일은 상대방의 배경을 숙지하지 않고서는 불가능한 일일 것임을 기억하라.

마음읽기, 이 놀이의 장점은 효과적으로 한 인간과 가까워질 수 있다는 것이다. 자신의 마음을 자상하게 읽어주는 사람을 배척할 사람은 없을 것이다. 우리는 인생살이에서 자신의 삶을 책임지고 살아가는 혼자만의 외로운 섬이다. 홀로 걸어가는 쓸쓸한 인생길에 누군가가 내 마음을 읽어주고 이해해준다면 얼마나 큰 위로가 될 것인가 생각해보라. 그러므로 이 놀이는 인간이 존재하는 한 오래도록 유행할 것이다. 이것은 간절한 필요에 의해서이다. 내면에 숨겨진 아픔과 절망의 목소리를 굳이 말하지 않아도 읽어주는 이가 있다는 건 축복이다. 그런 사람과 함께 한다면 물 한 방울 없는 뜨거운 사막이라도 마음 편안히 여행할 수가 있을 것만 같질 않은가.

이 놀이의 단점은 없는 걸까. 굳이 한 가지 찾아보자면 마음을 읽기 위해 수고를 해야 한다는 것이리라. 수고하지 않은 채 무엇인가를 얻고자 하지 말라. 나는 이 진리를 매일 뼈저리게 느낀다. 노력하지 않고서 무엇인가를 취득하고자 할 때 그 인간이 얼마나 비루해지는지에 대해 사람들은 인식해야 한다. 가치 있는 것은 노력할 때 비로소 얻을 수 있다. 그러므로 우리의 수고는 언제나 열매를 맺고 인정받게 되어 있는 것이다. 마음을 읽는 일도 노력이 필요함은 당연한 일이다. 자신의 마음을 읽기도 어려운데 하물며 타인의 마음을 읽는다는 일은 얼마나 많은 인내와 정성과 시간, 이해심이 필요할 것인가. 그렇더라도 우리는 서로의 마음을 읽는 놀이를 멈추어서는 안 된다. 이 놀이가 멈춰진 순간 지구상의 인류는 멸망하고 말 것이다. 그만큼 마음을 읽는 일은 생존과도 관계가 깊다.

모든 놀이가 그러하듯 마음 읽기 놀이에도 규칙이 있다. 그 규칙을 잘 지켜야 서로에게 이로움을 주는 즐거운 놀이가 될 것이다. 앞에서도 언급했듯이 첫 번째 규칙은 비밀엄수다. 들키지 않게 상대방의 마음을 읽는 것이다.

두 번째 규칙은 이 놀이로 인해 얻은 수확물을 비인간적인 행위의 자료로 활용하지 않는다는 점이다. 상대방이 무엇을 원하는지, 무엇을 두려워하는지. 읽은 후에 그것을 이용해서 상대방을 조정하려거나 사기를 치려거나 하는 것은 비인간적인 행위다. 이 놀이의 궁극의 목적은 상대방의 삶의 아픔을 덜어주려는 의도인 것을 잊지 말기 바란다. 인간은 타인을 순수하게 도울 때 삶의 희열을 느끼게 된다. 이 사실은 매우 고무적인 사실이다.

가만히 생각해보라. 누군가를 아무런 조건 없이 도와주고 난 후에 얼마나 기분이 상쾌했는지. 보수를 받고 누군가를 위해 일해 주는 것과는 차원이 다른 기쁨을 느낄 수 있었을 것이다. 이것은 인간이 얼마나 이타적인 종족인가를 간접적으로 증명해주는 현상이다. 우리는 남을 아무런 보상 없이 도와줄 때 존재의 이유를 깨닫게 되는 것이다.

오늘은 이 즐거운 놀이에 동참해보는 건 어떤가. 마음을 읽는 놀이에 익숙해지면 다른 사람으로 인해 마음의 상처를 입는다거나 원망하는 마음을 품고 산다거나 하는 일이 점차 사라질 것이다. 왜냐하면 상대방의 마음속을 들여다보고 그가 지금 하는 말과 행동의 진심이 무엇인지 알 수 있을 것이기 때문이다. 대부분의 경우에 나에게 화를 내는 사람은 자기 자신에게 화가 나 있는 경우가 많고 나에게 원망과 저주를 퍼붓는 사람의 경우에는 자기 자신의 삶에 불만이 있는 경우가 많다. 이런 마음을 읽지 못하고 상대방이 표출하는 행동만 보고 대응하다가는 큰 낭패를 보게 된다.

이 놀이는 누구나 참여가 가능하다. 연령제한, 지역제한, 세대 간의 차별도 없으니 오늘 꼭 한 번 해보길 바란다. 그대의 삶을 그늘지게 하던 타인과의 관계가 있었다면 더욱 이 놀이를 자주 하길 권해본다. 나 역시도 오늘 이 놀이를 해볼까 한다.

쉿, 비밀은 꼭 유지해주시기를, 이 놀이의 첫 번째 규칙을 늘 기억하면서 함께 놀이에 참여해보자.

정신적 혼돈의 원인에 대하여

인간이 정신적으로 잘 정돈된 상태로 살아가기를 바라는 것은 생존에 대한 욕구만큼이나 본능적인 것이다. 하지만 현대 사회를 살아가는 우리들의 삶을 바라보면 평화로운 정신세계를 구축해나가기가 쉽지만은 않다. 갖가지 자연재해의 엄청난 파괴력 앞에서 무력감을 느끼고 타인으로부터 배신당하고 이용당하고 때로는 우리 스스로가 쳐놓은 덫에 걸려서 발버둥치기 때문이다. 이처럼 정신적으로 안정된 나날을 보내는 일은 그리 녹록치 않은 것이 사실이다. 그렇다면 왜 인간은 이토록 혼돈에 빠진 상태에 이른 것일까. 그 원인을 알지 못한다면 우리는 정신적 혼돈으로부터 벗어날 수 없을 것이므로 지금의 혼란스러운 정신을 초래한 이유들에 대해 곰곰이 사색해볼 필요가 있는 것이다.

급경사를 달리는 차의 운전자는 만약의 사고를 우려해서 최대한 조심스럽게 운전한다. 아무리 베테랑 운전사라도 방심은 금물이다. 안전사고의 대부분은 방심에서 비롯되지 않는가. 반면에 완만한 경사를 달리는 운전자는 쉽게 방심하기 쉽다. 길이 평탄하면 주의력이 분산된다. 주의하지 않아도 될 것 같은 느슨함 때문이다. 그런데 방심하는 그 짧은 순간이 협곡을 가로지르는 도로 위를 달리는 것보다 더 위험하다는 걸 아는가. 삶이 평화롭고 고요한 날에 우리는 방심하기 쉽다. 그러나 사고란 것은 그런 방심의 틈을 비집고 들어오는 영악함을 지녔다. 걱정 근심 없는 것 같은 나날이 지속될 때 매사에 더 조심하고 자신을 격려해야 한다.

정신적인 혼돈도 그와 같다. 정신적 혼돈은 평화로울 때도 분명히 존재한다. 그것은 잠시 우리의 생각 속에 숨어서 언제 다시 인간을 정복할 것인지를 신중히 저울질 하고 있는 중이다. 평화로운 때일수록 인간은 정신적 건강을 살펴보아야 한다. 왜냐하면 폭풍우가 오기 전의 고요처럼 인생이란 언제 갑자기 정신적 혼란이란 사자에게 물릴지 모르기 때문이다.

더할 수 없이 행복한 어느 날, 문득 인생이 허무하다거나 더 이상 바랄 것도 없을 것 같은 시간에 갑자기 산다는 게 부질없다고 느껴진 적이 있는가.

보이지 않는 실체를 두려워하는 일은 고통스럽다. 그런 감정이 느

꺼지는 것이 바로 정신적 혼돈에 빠졌을 때다.

그렇다면 정신적 혼돈의 정체는 무엇인가. 인간의 정신을 갉아먹는 원인이 도대체 무엇인지 궁금하다면 정신적 혼돈을 초래하는 이유들에 대해 생각해보아야 한다.

우선 가장 중요한 원인으로 나는 이것을 지목하고 싶다. 인간으로서의 실체에 대한 인식의 결여다. 이 말은 조금 어렵게 다가올 수도 있을 것이다. 쉽게 풀이해서 말하면 내가 누구인지 모르는 상태, 즉 자신의 육체와 영혼과 정신이 왜 지금 유지되고 있는지에 대한 아무런 해답도 지니고 있지 아니한 상태다. 이것을 우리는 정신의 빈곤 혹은 정신의 무정부 상태라고 봐도 좋다.

빈곤한 정신은 자신을 살찌울 알차고 내실 있는 생각의 부재로 아사 직전이고, 무정부 상태의 정신은 자신을 이끌고 갈 지도자를 잃어버린 채 그냥 하루하루 시간만 보내는 식으로 살아간다. 갈 곳을 모르기 때문이다. 단적으로 말해서 정신이 배고프고 길 잃은 상태가 되어버리는 것이 바로 인간으로서의 실체에 대한 인식의 결여 상태인 것이다. 인간으로서의 실체에 대한 인식의 결여는 정신의 질서를 확립하고 유지하기 위한 그 어떤 노력도 물거품이 되게 만든다. 왜냐하면 자신을 유지할 에너지가 고갈되어버렸기 때문이다. 그러므로 그대는 이제 자신의 정체성에 대한 명확한 답변을 할 수 있을 만큼 스스로에 대한 인식의 폭을 확장시켜야 한다.

인간으로서의 실체를 인식한다는 것은 인간이 지녀야할 기본적인 소양을 갖추어야 된다는 것을 의미한다. 인간이 인간답지 못하게 되는 순간 그는 타락하게 되고 인생을 망치게 되어 있기 때문이다. 정신적인 피로감은 그런 소양을 갖추지 못했을 때 한층 더 강렬하게 느끼게 된다. 왜냐하면 중심이 없는 삶을 살고 있으므로 하지 말아야 할 것들을 하게 되는 경우가 많기 때문이다.

인격의 중심, 생각의 중심, 사색의 중심을 가지고 자신의 실체를 인식해야 한다. "나는 누구인가, 나는 누구인가." 이러한 질문은 아무리 많이 해도 식상하지 않는 질문이다. 인간은 매일 변화하고 매일 새로워지기 때문이다.

어제와 같은 오늘의 나는 있을 수 없고 오늘의 나와 똑같은 내일의 나 역시 있을 수 없다. 우리는 날마다 새롭게 태어나는 것이다. 그것이 우주의 순리다. 그러려면 자신의 실체에 대해 분명한 입장을 정리할 줄 알아야 하는 것이다.

그대는 누구인가? 라고 질문하면 한 치의 망설임 없이 바로 대답할 수 있게 자신에 대해 공부하라. 그것이 자신의 실체를 인식하기 위한 최소한의 노력이다. 내가 보는 관점에서 인간으로서의 실체란 인간다움이다. 우주에서 가장 절묘하게 만들어진 인간이야말로 모든 존재들의 우위에 서 있다고 해도 과언이 아닐 것이다. 외적으로 훨씬 큰 다른 동물들을 지배하는 것이 가능한 것은 모두 인간의 우월한 지적능력에 있다고 할 수 있다. 그렇게 뛰어난 두뇌와 지혜를 지니도록 설계되어 있는 인간이지만 가장 인간다운 것이 무엇인지를 모른 채 본능이 이끄는 삶에 휘둘려서 살아가는 경우가 적지 않다. 본능에 충실한 삶은 동물적 삶이 아니겠는가.

인간은 인간다워야 한다. 그럼 인간다운 것이란 무엇일까. 어떤 태도와 자세를 지녀야 인간답게 살아갈 수 있는 것일까. 우리는 인간으로서의 실체를 인식하기 위하여 인간다움에 다가가야 한다. 그래야만 정신을 혼란스럽게 하는 온갖 훼방꾼들로부터 자유로워질 수 있는 것이다.

인간다운 것은 선(善)에 기초한다고 할 수 있다. 인류가 인간 본연의 모습, 즉 자애로움과 사랑에 기초한 선의 정신으로 회귀할 수 있다면 정신적 고통은 모두 사라질 것이라고 단언할 수 있다. 그만큼 선한 마음은 인간다워지는 가장 빠른 지름길이라고 말할 수 있다.

과도한 스트레스로 머리가 깨질 것처럼 아픈 적이 있었는가. 누군가의 말도 안 되는 중상모략으로 정신이 분열될 것처럼 어지러웠던 경험이 있었는가.

정신적 충격을 너무 많이 받아서 어떤 이는 육체적인 병에 걸리기도 한다. 실로 많은 이들이 그런 현상을 경험하고 있다. 이러한 정신적인 통증의 근본 원인은 바로 인간다움의 부재, 고결한 인간본성의 실종, 더 정확히 말하면 선한마음의 결여인 것이다. 그러므로 지금 그대가 심각한 정신적인 혼돈에 빠져있다면 혹은 그런 증상의 일부분이라도 체험한 적이 있다면 인간다움을 되찾고 고결한 인간본성을 깨닫고 선한마음에 의지해 삶을 살아가야 한다. 그렇지 않는다면 그 어떤 값비싼 물리적인 치료도 무용지물이 될 것이다.

인간은 스스로 변화해야 한다. 그 변화의 방향은 자신과 이웃을 더 행복하게 만들고 평화롭게 만드는 방향이어야 하며 그렇게 함으로써 자신이 겪고 있는 숱한 정신적인 혼돈으로부터 차츰 벗어나게 될 것이다. 핵심적인 것은 선한마음이다. 우리는 오늘 얼마나 많이 이 세상에 선을 베풀었는가. 정신적 혼돈으로부터 벗어나고 싶다면 선을 베풀어라. 선이 그대를 살리고 다른 이들도 살릴 것이다.

선의 의지에 대한 이해

타인에 대한 거리낌 없는 사랑, 현상에 대한 깊은 이해, 삶에 대한 적대감 없는 수용 등을 가능하게 하는 이것에 대해 사색하자.

이것은 무엇일까. 이것은 인간이 지닐 수 있는 가장 값어치 있는 바로 선의 의지다. 선의 의지란 무엇인가. 선한마음으로 선한 인생을 살려는 인간의 의지가 바로 선한 의지라고 할 수 있다. 그다지 어려운 관념도 아니고 고된 수행을 통해 터득할 수 있는 지혜도 아니지만 선의 의지를 자신의 것으로 취하고 살아가는 사람은 그리 많다고 볼 수 없다. 그만큼 이 사회가 혼탁해졌다고 할 수 있을 것이며 선하게 살아가는 게 어려워졌다고도 볼 수 있을 것이다.

같은 규모의 지진이 발생해도 내진설계를 얼마나 잘했느냐에 따라서 피해규모가 달라지듯이 삶에서 마주치는 역경에도 사람에 따라서 대처하는 자세가 다르고 그에 따라 받는 고통의 크기도 달라진다. 선의 의지는 역경을 이기고 자신의 가치관을 정립하며 타인과 세상을 긍정적으로 바라볼 수 있는 토대다. 그러므로 우리는 각별하게 선의 의지를 아끼고 간직해야 하는 것이다. 그렇다면 어떤 태도가 선의 의지를 공고히 만들고 우리를 불의와 비인간화에서부터 구해내 줄 수 있을까.

먼저 우리는 선의 의지를 한 마디로 정의할 수 있어야 한다. 내가 얻은 사색에서 선의 의지란 편견 없는 아량이다. 그것은 즉 사방이 훤하게 뚫린 벌판에서 그 어떤 장애물도 없이 자유롭게 주위를 둘러보는 것처럼 타인과 세상을 있는 그대로 수용하는 일이다. 그리고 자기 자신에 대해서도 편견 없는 아량은 적용되어야 한다. 이러한 편견 없는 아량을 실천하는 일은 의도적인 개입이 요구된다. 인간 개개인의 욕망과 꿈은 다를 수밖에 없지만 선의 의지를 추구하는 것은 누구에게나 권장할만한 일이다. 그 이유는 선의 의지에 의해서 이 세계가 지금 운영되고 있기 때문이다.

선의 의지를 공고하게 만드는 태도란 이런 것이다. 바로 편견 없는 아량을 실천하고 그 진폭을 넓히는 일이다. 인종이 달라서, 종교가 달라서, 세대가 달라서, 의견이 달라서 이런 저런 서로 다름에 초점을 맞추고 상대방을 대하게 되면 관계가 좋을 수가 없다.

편견 없는 아량이란 나와 상대방의 같은 점을 보는 것이다. 그리고 나와 상대방의 다른 면에 대해서는 용인하는 태도를 지니고 관계를 이어가는 것이다. 그런 태도로 타인의 행동과 생각을 바라보면 그 전에는 도저히 용납할 수 없던 것들도 받아들이게 되는 것이다.

또한 아량의 진폭을 넓힌다는 것은 조금 더 진화된 개념의 아량을 지녀야 한다는 것을 의미한다. 인간은 매순간 진화하고 인간의 생각과 습관도 그렇게 진화될 수 있음을 기억하자. 아량의 진화란 단순히 타인을 용인하는데서 그치는 것이 아니라 그대가 먼저 다른 사람들에게 선한 마음을 전달하게 됨을 뜻한다.

선의 의지에 대해 확실한 깨달음을 얻기 위해 우리는 선이란 개념을 정립해야 한다. 선이란 우주적 합의다. 선은 생물과 무생물을 모두 통합하여 얻어진 가치체계인 것이다. 선하게 산다는 건, 나 이외의 것들에게 고통을 주지 않고 그들이 자신의 삶에서 행복을 누릴 수 있도록 최대한 배려하는 것이다.

나는 선한 인생을 살기를 소망한다. 이 세상 모든 사람들이 선하게 살아가기를 또한 소망한다. 우리는 다른 사람이 자신에게 고통을 주지 않기를 바란다. 우리는 자신의 삶에서 최상의 행복을 누리고 살고 싶어 한다. 그렇다면 왜 우리는 타인이 그것들을 누릴 수 있도록 배려하는 일에 적극적이지 못한 것인가. 그것은 누구의 잘못도 아니다. 다만 그런 적극성을 장려하는 교육을 받아보지 못했기 때문이다. 나는 여러분에게 선한 마음으로 살아갈 것을 독려하고 싶다. 이것을 간단히 줄여서 선의 의지라고 말한 것이다.

선의 의지란 선하게 살아가라, 혹은 선하게 살아가야겠다. 이 두 가지 의미를 다 포함한다. 우리 자신에게도 하고 싶은 말이고 다른 존재들에게도 정중히 부탁하고 싶은 말이기 때문이다. 선의 의지로서 아량을 가지고 다른 존재들의 부족한 부분을 채워주는 사람이 될 수 있기를 원하라. 다른 이들의 부족하고 모자란 부분을 들춰내어서 아픔을 주지 말고 차라리 못 본 척 하라. 그대가 눈감아주면 상대방은 자신이 받은 선의 의지를 느끼게 될 것이다. 선의 의지란 아주 사소한 마음씀씀이에서 비롯된다. 조금이라도 상대방에게 해가 될 것을 하지 않는 것이다. 그리고 자신에게도 괴로움을 안겨주는 행위와 생각을 하지 않는 것이다. 궁극적으로 선의 의지란 지극한 사랑의 발현이라고 볼 수 있다. 지극한 마음으로 우리가 누군가를 사랑하게 된다면 선의 의지는 저절로 이루어질 것이다.

어머니께서는 내게 자주 선에 관해 말씀하셨으며 그것은 어머니의 삶 자체에 고스란히 배어 있었다. 나는 이 세상에서 가장 선한 사람으로 나의 어머니를 추천하는데 망설이지 않을 것이다. 왜냐하면 내게 최초로 선에 관한 가르침을 주셨고 그것을 체험할 수 있게 하신 분이기 때문이다. 지금은 하늘나라에서 나의 모습을 지켜보시고 계시는 어머니께 감사드리고 앞으로 쓸 모든 글들 또한 어머니께서 주신 육체와 정신과 가르침으로 나온 글들일 것이므로 존경과 감사를 드린다. 우리들의 어머니는 이처럼 자신의 일생으로 선의 의지를 몸소 보여주셨다. 어머니의 가르침에는 이미 선에 관한 모든 것이 있었다. 그것은 지극한 사랑, 지극한 헌신, 영원한 동경, 그리고 조건 없는 무한한 희생이다.

열

모든 고민을 잊고 휴식하라

　매미소리가 고막을 마비시킬 듯 시끄러운 한여름 오후다. 창 밖에는 언제나처럼 키 큰 석류나무가 우두커니 서 있고 그 아래에는 토끼 가족이 더위에 지쳐 널브러져 있다. 언뜻 보면 하얀 헝겊이 땅 위에 펼쳐진 것처럼 보일 정도로 토끼의 휴식은 적나라하다. 가끔 토끼들의 행동을 유심히 바라본 바에 의하면 토끼가 휴식을 취하는 자세에서 가장 압권은 바로 두 팔과 두 다리를 쭉 뻗고 배를 바닥에 댄 채로 고요히 누워있는 것이다. 눈으로 바라보는 것만으로도 그 자세에서는 어떤 평화로움이 묻어난다. 범접할 수 없는 경이로움과 생명의 신비마저 느껴지게 만든다. 그것이 아무도 함부로 건드릴 수 없는 토끼란 생명체의 휴식인 것이다.

　살아있는 것들은 너나없이 피곤하고 지칠 수밖에 없다. 생명을 유지해나가는 일이란 시간과의 격렬한 사투와도 같기 때문이다. 그렇기 때문에 토끼가 그러하듯 심장이 뛰는 모든 것들에게 몸과 마음을 충전시키는 일은 살아가는 일만큼이나 절박한 일이 아닐 수 없다. 특히 인간에게 있어서 휴식은 절대적으로 필요하다. 인간의 육체란 지극히 불완전하고 불확실하며 소모적인 측면이 강하다. 어떤 인간도 항상 같은 세포를 지니고 살아가고 있지 아니한 것이다. 매순간 세포는 재생되고 죽고 다시 재생되면서 인간의 육체를 유지해가고 있는 중이다. 그러므로 불완전하고 불확실하며 소모적인 육체를 쉬게 하는 것은 인간이 스스로를 보살피는 최고의 선행이라고 할 수 있을 것이다.

우리는 우리의 육체를 피곤함에서 그만 해방시켜야 한다. 하지만 지금의 시대는 마냥 휴식만 취하다가는 자신의 위치가 경쟁자들로부터 위협받고 심지어 가진 것들을 뺏기고 애써 터를 잡은 곳에서 축출될 수도 있는 경쟁지향적인 면이 강하다. 완전하지 못한 육체를 지니고 불확실한 미래를 향해 걸어가는 삶의 여정에 매순간 죽어가는 세포들을 다시 재생시키기 위해 휴식은 인간에게 절대적으로 필요한 것이지만 막상 휴식의 달콤함을 만끽하기란 쉬운 일이 아님을 알 수 있다. 멈추는 순간 뒤쳐질 것만 같은 것이 인생이기 때문이다. 많은 이들이 그것을 두려워하며 자신에게 휴식을 허락하지 못한다. 충혈된 두 눈으로 오늘도 일에 열중한 사람들이 주위에 너무나 많다. 그래도 누구 한 사람 나서서 이젠 그만하고 쉬어라고 말해줄 수 없는 것이 또한 안타까운 현실이다. 하루라도 쉬면 수입이 줄어들고 자신의 위치가 위험해질 수 있으니 누가 쉽게 휴식하려고 하겠는가.

그렇다고 해서 우리가 휴식을 만끽할 여유조차 허락하지 않은 채 삶을 살아간다면 건강을 잃게 되고 말 것이다. 천하의 모든 부와 명예를 얻는다고 해도 건강을 잃으면 아무 소용이 없는 일이다. 어떻게 하면 몸과 마음 모두를 위로하고 재충전할 휴식을 취할 수 있을까에 대해 사색해 본다.

인간을 괴롭히는 것들에는 여러 가지가 있다. 그것들로 인해 우리는 늘 힘들어한다. 그 중에 고민이란 것은 가장 인간에게 해를 끼치는 감정이 아닐까 싶다. 갖가지 고민들에 둘러싸여 있노라면 살아갈 의욕조차 잃어버리게 되곤 하기 때문이다.

고민하는 자에게 신은 행복한 삶을 허락하지 않으신 것이 틀림없다. 늘 고민으로 일그러진 얼굴을 하고 사는 사람에게는 사소한 일들조차 모두 두통을 유발하는 골치 아픈 일들이 되어버리곤 한다. 고민은 인간의 이성과 감성 모두를 병들게 만들고 인간관계에 먹구름을 드리우는 성질을 지니고 있다. 우리는 한시라도 빨리 고민으로부터 벗어나야 한다. 그것이 바로 진정한 휴식으로 가는 길이라고 할 수 있는 것이다.

고민으로부터 벗어나기 위해서는 이 방법이 효과적이다 라고 말하고 싶은 게 있다. 그것은 모든 고민을 삭제하는 것이다. 그대의 기억 속에서 마치 피를 빨아먹는 거머리처럼 들러붙어 있던 고민들을 지우는 것이다. 이 방법을 쓰는 것은 참 현명한 선택 중의 하나다. 내가 경험한 바에 의하면 고민을 인식하지 않는 것이 바로 일상에서 가장 편안한 순간이었다.

그대가 고민을 지워버리는 연습을 한다면 좀 더 온전한 휴식을 취하게 될 수 있는 것이다. 고민을 삭제해내는 방법은 의외로 쉽다. 고민거리라고 규정해왔던 것들을 일부러 의식하지 않으면 된다. 처음에는 약간의 노력이 필요한 일이다. 그렇지만 그런 노력의 결과물로써 얻게 되는 온전한 휴식에 비하면 노력에 따르는 어려움 따위는 문제가 되질 않는다고 본다.

그대의 머리를 지끈거리게 만드는 고민거리가 있는가. 그렇다면 지금부터 그것에 대해 생각하지 않기로 해보라. 그 시간이 길어질수록 그대의 평온한 일상은 오래 지속될 수 있다. 그런 시간들이 바로 인간을 내면으로부터 평온하게 만드는 진정한 휴식의 본모습인 것이다.

모든 고민을 잊어버리고 휴식하라. 토끼들이 배를 땅바닥에 깔고 앞발과 뒷발을 쭉 뻗고 고요히 누워 있는 것처럼 우리들도 때로는 방바닥에 누워서 팔다리를 한껏 늘리고 하릴없이 누워 있는 정적인 여유를 가져야겠다.

다른 사람들을 이기려고 애쓰고 한 푼이라도 더 벌려고 혈안이 되어버린 모습, 얼마나 가여운가. 영원히 살 수도 없을 몸인데 아껴주고 사랑해주어야 하지 않겠는가. 자동차를 사면 기름칠을 하고 정기적으로 검사를 받고 세차를 해주면서 왜 자신의 육체와 정신을 이토록 오랫동안 방치하고 살아왔는지 모를 일이다.

　　이제부터라도 스스로를 챙겨주자. 모든 고민거리들과 결별하라. 이것 하나만으로도 그대는 훨씬 더 안정되고 평화로운 삶을 살 수 있을 것이다.

불행은 불행한 생각이 빚어낸 허상이다

오늘은 유난히 머리가 어지러운 하루였다. 부유하는 생각들이 굼벵이처럼 느릿느릿 뇌 전체를 휘젓고 다니는 것 같은 시간들의 연속이었으니까.

현기증의 시초는 병원의 의사에게서 들은 이 한 마디가 원인이 되었는지도 모른다. "약간의 빈혈이 있는데요." 신기하게도 그 전에는 전혀 어지럽지 않았던 내가 그 날 이후로 자주 현기증을 느낀다는 것이다. 만일 내가 그 날 의사로부터 그 말을 듣지 않았다면 나는 지금 어지러울까?

아마 멀쩡한 모습이었을 것이다. 현재의 나는 빈혈이란 사실을 떠올리지 않아도 무의식이 그 말을 온 몸 전체에 배포하고 있는데 이에 기여한 가장 큰 요인은 바로 나의 생각이었음을 부인할 수 없다. 모든 병은 마음과 정신의 병으로부터 기인한다고 해도 과언이 아니다. 왜냐하면 인간은 내면의 목소리가 들려주는 속삭임에 유난히 약하기 때문이다. 내면의 목소리란 바로 생각이다. 때론 달콤하고 때론 괴롭고 때론 우울한 생각들이 하루에도 수도 없이 우리를 지배한다. 그것에 지배를 받게 되는 순간부터 이성은 제 구실을 못한다.

냉철하고 차가운 모습으로 삶의 방향타가 되어주어야 할 이성이 갖가지 생각들에 밀려서 구석에서 초라하게 웅크리고 있는 한 인간에게 행복한 삶이란 요원한 일이 될 뿐임을 기억하라.

지금까지 살아오면서 한 번이라도 불행하다고 느낀 적이 있는가. 왜 나만 재수가 없을까. 세상을 원망해본 적이 있는가.

불행한 것은 자신이 아니다. 자신의 생각들일 뿐이다. 스스로 불행을 불러들이는 중이면서도 그것을 인지하지 못하는 것이 모든 고통의 발단이 되는 것이다. 간단하게 말해 불행은 불행한 생각이 빚어낸 허구의 산물이다. 원래 불행이란 것은 이 세상에 없는 것이다. 불행이 있는 것이 아니라 불행한 생각들이 있다는 것을 우리는 알아야 한다. 그걸 깨닫지 못한 많은 이들이 불행이 자신을 고통스럽게 한다고 믿으면서 힘겹게 살아가고 있다.

사랑하는 이가 죽고, 소유한 물질을 잃고, 건강에 심각한 타격을 입게 되었을 때 인간은 스스로를 불행해졌다고 여긴다. 그러나 그건 오해다. 인간은 불행하지 않다. 불행한 생각에 휩싸여 자신의 처지를 비관하게 되는 순간 진짜 불행해지는 것이 아닐까. 불행은 불행한 생각들이 절묘하게 만들어낸 허상이다.

그러므로 그대가 아주 가끔 불행하다고 여겨지거든 이 감정의 시초는 어디였나를 사색하면 될 것이다. 무엇의 결과가 궁금하거든 그것의 원인을 파악하라. 사색은 이럴 때 유용하게 쓰일 것이다. 자신의 불행을 분석해보면 불행한 감정의 시초는 불행하다고 주문을 외듯 생각했던 시간들이었음이 밝혀질 것이다.

그런 시간들, 즉 자신에게 일어난 일들에게 불행이라는 이름을 붙여온 시간들이 없었다면 그대는 결코 불행하다고 느끼지 않았을 것이다. 왜냐하면 생각하지 않는 것은 느낄 수 없는 것이기 때문이다. 인간은 불행하다고 생각함으로써 스스로 불행을 불러들이지만 늘 왜 자신이 불행한지를 모르고 지낸다. 그런 모순을 없애기 위해서라도 자신이 지금까지 해오던 불행을 부르는 생각을 멈춰야 하는 것이다. 우리는 불행하지 않다. 그저 생각일 뿐이다. 습관처럼 해오던 부정적인 생각이 불행을 부르는 원흉이었던 것이다.

불행이라는 허상을 붙들고 그것이 실재하는 것이라고 여기고 있는 경우는 너무나 많다. 인간은 미완의 존재이며 늘 완성을 향해 나아가는 존재라는 것을 염두에 두고 생각해본다면 허상에 대한 집착은 어쩌면 자연스러운 현상이라고 볼 수도 있다. 그렇지만 불행한 생각을 붙들고 계속 매달리다보면 그것은 현실이 되어버릴 우려가 높다. 정말로 불행해지는 건 시간문제다. 이제 허상을 버려라. 그것은 실재하지 않는 것이다. 불행은 실재하지 않는 것이고 생각이 빚어낸 망상이다. 우리는 불행할 수가 없는 존재인 것이다. 애초에 불행한 인간은 없다. 불행하다고 생각하는 사람들이 있을 뿐이다.

행복도 불행도 생각에 따라 좌우된다. 특히 불행은 인간이 파멸로 치닫게 되는 가장 주요한 원인이 되므로 불행이라고 느끼게 되는 불행한 생각들에 각별히 유의해야 할 것이다.

주식이 폭락하고 금리가 오르고 심지어 대출마저 중단되는 초유의 사태가 벌어지는 어려운 경제상황에 처한 지금, 모두가 허리띠를 졸라매지 않을 수 없을 만큼 절박하다. 그렇지만 가만히 살펴보면 어떤 이는 최악의 어려움 속에서도 밝게 웃고 있고, 어떤 이는 견딜 만한 어려움에도 그만 스스로 목을 맨다. 한 사람은 불행을 극복하는 법을 알고 있으나 다른 한 사람은 불행에 대처하는 법을 몰랐기 때문에 벌어진 간극이 아닐까 싶다.

불행은 없다는 걸 명심하라. 불행은 불행한 생각이 빚어낸 허상이다. 그대가 불행한 생각을 하지 않는다면 불행한 감정은 더 이상 부정적인 영향력을 행사하지 못할 것이다.

나는 기관지가 조금 약하다. 그런데 정말 우연찮게도 내가 이사온 곳은 앞집 옆집에서 뭔가를 태우는 일이 많다. 마치 대도시 근교에 위치한 거대한 소각장의 바로 옆에 있는 것처럼 검고 하얀 연기가 사방에서 덮쳐 와서 난감하였다. 원치 않게 연기와 동거하게 된 것이다. 기관지가 아파서 약을 먹기도 했던 사람에게 이런 환경이라니. 이 사실을 그대로 받아들이면 정말 불행한 일이 아닐 수 없다고 여겨진다. 어쩌다가 운 없게 이런 곳에 이사 왔나 하면서 열악한 환경에 처하게 된 스스로를 가여워하게 될 수도 있는 현실이다. 처음에는 나 역시도 인간인지라 불행한 생각이 유혹하는 대로 이 처지를 비관하는 마음을 가졌다. 그래서 연기가 나면 방안에 갇힌 채 문을 꼭 닫고서 곧 숨이 넘어갈 것처럼 짜증스러워했다. 그러나 극도의 짜증과 스트레스 속에서 있다 보니 기관지가 더 빨리 나빠지는 것이었다.

생각의 힘은 대단했다. 자꾸 연기에 대해 언짢아 하니까 연기가 나지 않을 때에도 목이 칼칼해졌다. 심지어 맑은 공기 속에 있어도 헛기침이 자꾸 나오는 것이다. 그래서 나는 마음을 바꾸기로 했다. 어차피 전세계약이 1년 남아 있는 상황에서 내가 이 상황을 불행이라 생각하지 않고 현명하게 대처한다면 좋을 것이다, 라는 깨달음이 어느 날 불현듯 들었다. 그래서 최대한 이웃과의 관계를 생각하고 나 자신을 생각해서 연기가 나기 시작하면 동네 산책에 나서기로 했다. 그것은 건강에도 유익한 일이었다. 산책은 사유의 폭을 넓혀주었고 자신에 대하여 세상에 대하여 인생에 대하여 심도 있는 고찰을 할 수 있게 만들어 주었다. 작가에게 산책은 정말 유용한 일이었다. 그리고 산책을 끝내고 오면 연기도 말끔히 사라지고 맑고 신선한 공기가 반겨주었다. 게다가 산책하는 중에 글을 쓸 소재와 아이디어를 보물처럼 발견하기도 하였다. 이것은 연기로 인해 얻게 된 생활의 기쁨이 아닌가. 아무리 부정적인 환경에서도 긍정적인 즐거움을 찾을 수 있음을 실감하게 된 것이다. 극도로 예민한 성격의 나였지만 불행한 상황에 불시에 처해도 예전처럼 불행한 생각을 하지 않게 되니 더 이상 기관지가 아프지 않게 되었다. 몸도 한결 건강해지고 있다. 불행한 생각이 아닌 행복한 생각을 선택하기 때문일 것이다.

그대는 어떠한가. 만약 부정적인 상황의 한가운데 놓여있더라도 전혀 걱정하지 않아도 된다. 부정적인 상황의 피해자는 그 상황에 굴복하는 사람뿐이다.

생각은 건강에도 막대한 영향을 미친다. 생각만으로도 인간은 수명을 연장시킬 수도 있고 단축시킬 수도 있다. 기적 같은 말이지만 생각만으로도 충분히 가능한 일이다.

우리의 생각이 우리의 인생이다. 불행도 슬픔도 고통도 인간의 생각에서 비롯되는 것이다. 훌륭한 인간은 불행한 생각에 굴복하고 힘없이 이끌려 다니는 대신 자신의 의지와 확고한 긍정의 신념으로 삶을 개척해나가는 인간이라는 사실을 기억하라.

불행한 생각을 야기시키는
허상에 집착하는 인간

불행을 부르는 것이 불행한 생각이라는 허상이라고 한다면 왜 인간은 실재하지 않는 허상에 연연하며 삶을 파멸로 이끄는 걸까.

다시 사색의 날개를 펴본다. 깊은 밤, 모두가 잠든 듯 소리도 빛도 숨죽이고 있다. 이 넉넉한 고요 속에서 허상이 주는 폐해에 대해 사색한다는 것은 인간이기에 누릴 수 있는 축복이리라. 나는 그 축복을 마음껏 향유하려 한다. 어쩌면 축복이라고 여기는 것도 허상이라고 할 수도 있겠다. 손으로 움켜쥘 수도 없고 체취를 맡을 수도 없는 것이 어디 한 둘인가. 그렇게 본다면 허상은 그 범위가 상당히 광범위하다는 것을 알 수 있다. 그러나 불행한 생각에 해당하는 허상은 보통의 허상이 아닌 인간의 정서를 심각하게 파괴시키는 불온한 허상이다. 그래서 나는 그 허상의 본질을 통찰하려고 하는 것이다.

부모들은 자식이 아프면 차라리 내가 아팠으면 싶다. 자식은 실존하는 자신의 분신이기 때문이다. 그래서 자기 자식의 고통은 고스란히 자신의 몫이 되는 것이다. 때로는 냉정한 부모들도 있지만 거의 모든 부모는 자식을 자신과 동일한 존재로 여기고 산다. 그래서 인간이란 종족이 지금까지 멸망하지 않고 개체수를 유지하고 있는 것이라고 볼 수 있다. 이렇듯 인간은 실존하는 것에 더 믿음을 가진 것처럼 보인다. 하지만 허상에 집착하는 것 또한 인간의 감춰진 면모다. 왜 인간은 보이지 않는 허상에게 집착하며 때로는 인생 전체를 허상에게 유린당하고 살고 있는 것일까. 함께 사색해보자.

많은 사람들이 허구의 것에 심각할 정도로 집착한다. 왜냐하면 현실에서 도피하고 싶기 때문이다. 골치 아픈 현실에서 한 발짝 물러나기만 해도 숨통이 트이는 것이 인간이다. 그것은 어느 정도 용인되는 세상이다. 휴가를 가거나 며칠 동안 쉴 수는 있기 때문이다. 그러나 허구에 집착하는 인간은 현실에서의 완전한 이탈을 꿈꾼다. 그것이 문제가 되는 것이다.

현실의 도피, 이것 참 끌리는 말이지 않은가. 벗어나고 싶은 현실, 부정하고 싶은 현실, 모른 척하고 싶은 현실이 우리를 얼마나 고통스럽게 하는지 너무나 잘 알고 있다. 그래서 인간은 허상의 것들에게 의지하고 싶어 한다. 혹은 전적으로 기대고 싶어 한다. 현실에서의 고통을 잊고 싶기 때문이다. 따져보면 결국 허상에 지나지 않을 것들, 부와 명예와 쾌락에 몰두하다보면 현실에서 느끼던 통증을 조금이나마 덜 수 있기도 하다. 그렇지만 그건 통증이 사라지는 것이 아니라 통증을 느끼지 못하도록 영혼이 마취되어버린 상태다. 안의 상처는 썩고 곪아가고 있는 것이다.

그것은 통증을 느끼지 못하는 사람에게는 생명을 위협하는 일이 아닐 수 없다. 그리고 허구의 것들에는 고통을 유발하는 고통스러운 생각 등과 같은 부정적인 것들도 허다하다. 그런 생각은 더욱더 큰 고통을 안겨줄 뿐 어떤 이로운 점도 없는 것들이다. 그런 것들에는 증오심, 복수심, 분노, 무기력, 자조 등이 있다.

왜 인간은 그런 부정적인 허구의 것들에게 맥없이 점령되고 마는 것일까. 그 이유는 실존하지 않는 허상이 그만큼 매혹적이기 때문이다. 허구의 것들에 생각의 초점을 맞추면 인간의 뇌는 마취제를 맞은 것처럼 몽롱해지고 만다. 마치 구름 위에 둥둥 떠 있는 것처럼 자신이 딛고 선 세계에서 가뿐히 이탈하고 마는 것이다. 그래서 그 허구가 부정적인 것이든 긍정적인 것이든 한 번 마음을 빼앗기면 순식간에 그 속으로 빨려 들어가게 된다. 그리고 오랫동안 그 안에서 허우적거린다.

모든 허구와 허상이 인간을 불행하게 만들지는 않는다. 사랑도 허상이 될 수 있고 정이나 연민이나 우정도 허상이 될 수도 있다. 허상이란 것이 보이지 않는 상태, 실재하지 않는 것들이라면 말이다. 그러나 사랑과 우정, 정이나 연민 등은 허상이라고 보기에는 조금 무리가 있을 수도 있다. 그것들은 마음으로 볼 수 있고 초감각으로 맛볼 수 있기 때문이다.

우리가 유의해서 귀추를 주목해야 할 것들은 불온한 허상들이다. 불온하고 불건전한 허상이 마련한 늪은 푸른 숲으로 위장되어 있다. 처음 얼마 동안은 그곳은 마치 천국과 같다. 그러나 곧 머지않아 그곳을 빠져나오고 싶어지게 된다. 자신의 인생을 송두리째 잃어버릴 수도 있다는 사실을 차츰 깨닫게 될 것이기 때문이다. 그렇다고 해서 모두가 그곳을 나올 수 있는 것은 아니다. 허구와 허상의 늪은 쉽게 탈출할 수 있는 곳이 아니기 때문이다. 처음에 발을 들이기는 쉬워도 발을 빼기는 어려운 것이 허상의 늪이다. 소수의 사람들은 허구와 허상의 중독에서 결코 헤어나지 못한다. 그래서 몇몇은 그곳을 빠져나오고 몇몇은 영원히 그 속에 갇히고 만다.

지나친 허상에의 집착은 이렇듯 인간이 인간으로서의 근본을 잃어버릴 만큼 해로운 것이 아닐 수 없다. 그러므로 우리는 허상에 집착하지 않고 적당한 거리에서 삶을 관조하고 즐길 줄 아는 지혜를 실생활에 적용하며 살아가야 한다. 적당한 거리를 둔다는 것은 인간관계에 있어서도 굉장히 많은 영향력을 끼치는 것이다. 그대가 아끼는 사람이 있다면 지나치게 근접해서 그를 구속하려 하기 보다는 적당한 거리를 두고 지내는 것이 좋다. 왜냐하면 인간은 원초적으로 개인의 자유를 추구하는 존재이기 때문이다. 삶에서 벌어지는 모든 일들에도 적당한 거리를 두고 관조할 줄 아는 사람은 허상에 집착할 필요성을 느끼지 않을 것이다. 그만큼 자기 자신의 삶에 대하여 자신감이 생기게 되는 까닭이다.

실존하지 않는 것들에 집착하지 않도록 스스로를 경계하라. 이루어지지도 않을 몽상을 현실로 실현되리라고 여기면서 자신의 재능과 시간을 탕진하는 경우도 있는데 그런 경우는 도박 등의 유혹에 넘어간 사람들이 대표적인 예이다. 인생 한 방이면 돼, 라든가 여기서 잘만하면 모든 걸 만회할 수 있다는 생각만큼 아슬아슬한 줄타기도 없다. 괴로운 현실을 잊고자 허상에 집착하다보면 언뜻 괴로움이 잊히는 것 같지만 사실은 괴로움이 생각의 수면에서 잠시 바닥으로 가라앉아 있는 것일 뿐, 괴로움의 근본적인 요인은 그대로다. 따라서 허상을 좇던 미친 듯한 열정이 잦아들면 다시 괴로움은 고개를 쳐들고 수면 위로 떠올라 그 전보다 더한 고통을 주고 만다. 그렇기 때문에 우리는 허상을 경계하고 허상에 의해 삶이 지배되지 않도록 정신을 명철하게 가다듬어야 하는 것이다.

괴롭더라도 현실에서 발을 떼지 않아야 한다. 슬프더라도 자신이 처한 상황을 부정하지 말아야 한다. 포기하고 싶어도 인생의 길에서 낙오되지 않아야 한다. 대출금을 갚지 못해도 신용불량자가 되어도 학업성적이 곤두박질 쳐도 회사에서 쫓겨나도 끝까지 현실에 발을 딛고 서서 버텨내야 한다. 그런 사람에게 허상은 감히 접근할 용기를 내지 못할 것이다. 그런 인간을 허상은 매우 두려워한다.

인간이 허상을 생각하지 않고 멀리 하게 되면 허상은 굶주림에 지쳐 자취를 감추게 될 것이다. 허상의 먹이는 인간의 부정적이고 근시안적인 생각이기 때문이다. 아주 객관적인 시각으로 바라보아도 역시나 인간에게 현실은 꽤 괴롭다. 자주 슬프다. 매우 힘들다. 그렇더라도 우리의 삶은 아름답고 숭고하다는 것을 기억하라. 허상이 주는 신기루와 같은 안식에 영혼을 뺏기지 말고 눈앞에 생생하게 존재하는 우리들의 시간을 행복하게 가꾸어나가도록 하자.

고독, 인간을 인간이게 하는 것

음침한 어둠 속을 방황하는 한 사나이의 뒤를 밟는 이름 모를 사나이, 그 사나이는 자신의 뒤를 따르는 정체불명의 그에 대해 이미 알고 있다. 사나이는 어둠이 지나가고 아침이 되어도 그가 자신의 뒤를 밟을 것을 너무나 잘 알고 있다. 그렇다고 사나이가 그림자와 같은 그의 모든 것을 다 이해하는 것은 아니다. 그래서 사나이는 오늘도 그를 이해하지 못한 채 자신의 뒤가 익명의 사나이에게 밟히는 것을 방치하는 중이다. 그를 이해하기란 여간 어려운 일이 아니기 때문이다. 그의 이름은 고독, 인간을 인간이게 하는 것이면서 또한 인간을 가장 외롭게 만드는 존재이다.

고독의 효용성에 대해 사색해본다면 이러할 것이다. 고독한 사람의 이마에 맺힌 작고 뜨거운 땀방울이 채 마르기 전에 삶은 끝난다.

쉽게 풀이하자면 고독한 인간이 자신의 고독에 대해 고마움을 느끼기 전에 늙어버린다는 것이다. 왜 그럴까. 그만큼 고독이란 존재는 인간과 가장 유사한 형태로 붙어있기 때문이라고 할 수 있다. 인간과 너무나 닮아 있어서 이물감 없이 흡착 되어버리기에 우리는 고독을 남의 것, 혹은 나와 다른 그 무엇이라고 규정하지 않는다. 즉 어떤 이물감도 느끼지 않는다는 뜻이다.

고독은 그 속내를 이해하기 어려운 것이지만 이렇듯 가장 가깝고 살가운 존재이기도 하다. 외로워보지 않았다면 인생을 논할 자격이 없다. 슬픔이란 것도 결국은 고독이 무르익어가는 과정의 일부분이라고 볼 수 있다. 앞에서도 언급했듯 고독은 고마운 존재라고 인정할 수밖에 없다. 고독이 없다면 자신을 바라볼 성찰의 시간을 가질 수 없을 것이고 미친 듯 돌아가는 세상으로부터 벗어나 잠깐의 여유도 부릴 수 없을 것이기 때문이다. 이러한 고독의 고마움에 대해 미처 깨닫기 전에 삶은 끝나버리기 일쑤다. 그래서 살아있는 현재의 우리들은 고독에 대해 사색해보기를 주저하지 않아야 한다.

고독에 대해 사색해본 사람은 그렇지 않은 사람보다 훨씬 더 깊이 내면을 응시할 수 있으며 타인과 세상에 대해 공정한 평가를 내릴 수 있게 된다. 고독이 그렇게 우리를 변화시켜주는 것은 아주 분명한 사실이다. 고독으로 단단해진 지성은 어떤 회오리바람 속에 떠밀려가도 자신을 지탱할 수 있게 만든다.

밀려드는 일거리에도 웃으면서 일할 수 있는 힘의 원천은 바로 고독이다. 그대가 하는 일이 매일 같이 반복되고 지루하고 염증을 불러일으키더라도 고독과 친밀한 관계를 유지하고 있는 중이라면 전혀 문제되지 않을 것이다. 고독은 지루한 일상도 신나는 하루로 바꾸는 마법을 우리에게 선물한다.

내 경우에 고독은 은밀한 연인과도 같다. 항상 마음속으로 갈구하고 서로를 원하면서도 겉으로 표출하지 않는 관계라고 해도 괜찮을 것 같다. 인간은 고독을 원한다. 진정으로 고독해보지 않고서는 삶이 우리에게 주는 교훈들을 알아차릴 수 없다는 사실을 기억하라.

갈수록 사람들은 혼자이기를 원한다. 결혼을 하지 않고 혼자 사는 사람이 늘어나고 노인이 되면 자식들과 떨어져 혼자 살아가는 길을 택하는 사람이 많다. 그런 사람이 늘어날수록 우리 사회에서 고독은 꼭 필요한 필수품이 되어가고 있는지도 모른다. 이렇듯 고독과 인간은 뗄 수 없는 밀접한 관계가 되어있다. 그러므로 우리는 고독과 조화롭고 평화롭게 공존하는 방법을 알아야 할 것이다. 그 방법은 인간이 어떻게 고독을 배려하는가에 달려있다고 해도 과언이 아니다.

고독은 피동적인 것이라고 볼 수 있고 인간은 능동적으로 고독을 다스리는 주체라고 볼 수 있다. 정신을 차릴 수 없을 정도로 바쁜 날 밤이면 사람들은 고독을 돌아볼 여유조차 없이 그대로 잠에 곯아떨어져 버린다. 그리고 날이 새면 아침을 먹는 둥 마는 둥 출근하고 하루를 시작한다. 그리고 다시 번잡한 세상 속에서 헤매다 지쳐 또다시 잠자리에 들어간다. 그리고는 하소연 한다. "사는 게 너무 지긋지긋해." 능동적으로 고독을 배려해야 하는 주체가 이처럼 바쁜 일과에 쫓겨 살다보니 고독과 원만한 관계를 유지할 수가 없는 것이다.

어떻게 하면 인간은 스스로를 고립시키지 않고 고독하면서도 행복하게 살아갈 수 있을까. 그것은 능동적인 주체인 인간이 고독을 배려하려는 마음을 지니는 것이다.

고독은 인간의 슬픔에 쉽게 용해된다. 눈물이 나거나, 가슴이 먹먹해지는 때 고독은 살며시 우리에게 다가온다. 그것은 피동적 고독의 가장 능동적인 행동양상이다. 그 후부터는 인간이 주체적으로 고독을 운용해야 한다. 고독은 슬픔을 더 극대화시키고 눈물을 더 짜게 만든다. 그렇게 함으로써 인간에게 감정의 최고조를 경험하게 하며 정서적 카타르시스를 느끼게 해준다.

그렇다면 고독을 배려한다는 것은 무엇인가. 그 방법은 우리가 고독과 대면하게 될 때 서두르거나 당황하지 않는 것이다. 고독해진다는 것이 세상으로부터 완벽하게 고립되거나 인생에서 막다른 골목에 처한 것이 아님을 알아야 한다.

그대가 고독해진다면 그 시간에게 감사하라. 고독에 대해서도 예의가 필요하다. 고독한 자신을 외면하지 말고 따뜻하게 보듬어 안아야 한다. 고독은 인간과 불가분의 관계를 유지할 수밖에 없는 운명을 지니고 있다.

　고독은 인간을 가장 인간적으로 만들어준다. 내면으로 파고들어 갈수록 우리는 가장 정제되고 순화된 고독과 마주할 것이다. 그리고 그 시간만큼은 누구에게도 간섭받지 않고 자신의 상처를 들여다보고 치유할 수 있는 소중한 시간이 될 것이다.

　늘 그대의 고독은 지금 어느 만큼의 거리에 서 있는가. 그와의 간격을 좁혀라. 그를 회피하지 말고 반갑게 맞아들여라.

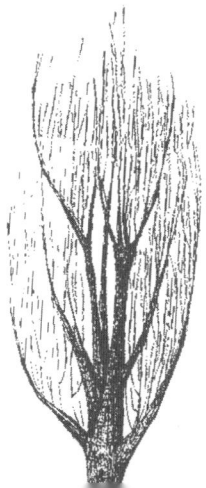

뼛속깊이 고독해질 것

고독을 정작 마주하게 되면 우리는 어떤 태도를 취하게 될까. 나는 약간의 두려움과 설렘을 느낀다. 두렵다는 것은 고독에게 이제껏 감춰온 은밀한 비밀을 들키고 고독이란 덫에 걸려서 다시는 빠져나오지 못할 것 같은 생각 때문이고 설렘을 느끼는 것은 고독으로 인해서 누리게 될 마음의 평화가 기대되기 때문이다. 이는 굉장히 모순적으로 보이는 반응이지만 대체적인 사람들의 반응과 별반 다르지 않을 것이다.

뜻대로 되지 않는 게 인생이다. 모든 게 엉키고 뒤죽박죽이 되는 날이, 모든 게 술술 풀리고 환희에 가득 찬 날들보다 훨씬 많은 것이 부인할 수 없는 현실이다. 그래서 누구랄 것도 없이 어떻게 하면 조금이라도 마음 편하게 살아갈 수 있을까 고민하게 되는 것이다. 우리에게 마음의 평화는 고독으로 인해서 비롯된다는 사실을 아는가. 인간은 고독의 품안에 안겨 있을 때 진실해진다.

고독이 가진 독특한 특징은 극도의 자제력이다. 극도의 자제력이란 인간이 겪게 되는 숱한 고난과 역경에 가장 강력한 치유효과를 발휘할 수 있는 요소 중의 하나이다. 자제력이 있는 사람은 하루아침에 전 재산이 날아가는 비참한 일을 당해도 새롭게 다시 일어설 수 있는 힘을 지니고 있다. 이런 자제력의 필요성은 현실이 고될수록 더 절실해진다고 볼 수 있다. 고독은 이런 자제력을 인간에게 무한하게 줄 수 있는 자제력의 보고다. 우리가 고독 속에 침잠할 때 뇌파는 진정되고 정신은 자유로워지고 영혼은 최상의 지혜들로 채워지게 된다. 이것은 놀라운 일이다. 단지 고독해지기만 하면 인간은 극도의 자제력을 얻을 수 있게 되는 것이다.

지금 삶이 버겁다고 느끼는 그대라면 고독해져야 한다. 지금 무엇을 해도 보람을 느낄 수 없는 그대라면 고독해져야 한다. 지금 아무도 자신을 사랑해주지 않고 이 세상으로부터 버림받았다는 자괴감이 드는 그대라면 더욱 고독해져야 한다. 지금 무슨 일인가를 이루기 위해 원대한 꿈을 꾸는 그대라면 분명히 고독해져야 한다. 삶이 피폐해지는 것은 고독해지지 않았기 때문일 가능성이 크다. 고독은 자기 자신의 역량을 가늠해볼 수 있는 기회를 제공해주는 신의 선물이다. 우리는 더 자주 고독해져야 하고 더 깊숙하게 고독 속에 빠져들어야 한다. 그렇다면 어떻게 해야 고독의 진수를 맛볼 수 있을까.

고독에 대한 사색에 이르러 나는 뼛속깊이 고독해지라는 마음의 소리를 들었다. 그 목소리는 아주 오래전부터 나를 붙잡고 있던 고독의 정체성을 내게 가르쳐주기 위한 목소리였다. 고독해진다는 것은 모든 걸 내려놓는다는 걸 의미한다. 오늘 아침에 잔소리를 해댄 아내, 하루가 멀다 하고 술 먹고 늦게 들어오는 야속한 남편, 볼 때마다 화가 치밀어 오르는 얄미운 직장상사, 그밖에도 스트레스를 유발하는 모든 사람들과 사건들을 주저하지 않고 내려놓는 것이 진정 고독해진다는 것을 기억하길 바란다. 우리가 고독의 진수를 맛볼 수 있기 위해서는 이러한 내려놓기에 익숙해져야 한다. 서투름은 초보자의 귀여운 변명이 되기는 하지만 고독해지는 연습을 자주한다면 서툴지 않게 고독에 빠져들게 될 수 있다.

뼛속깊이 고독해지기 위해 삶의 골칫거리들을 내려놓을 준비가 되어 있는가. 인간의 몸은 피와 살과 뼈로 이루어져 있다. 뼛속깊이 고독해지라는 의미는 인간을 지탱해주는 뼈처럼 가장 근원적인 열망으로 자신을 채찍질하라는 말과 같다. 나는 무엇을 하든 확실한 것을 좋아한다. 대충이라거나 얼버무린다거나 대강이라는 말을 싫어한다. 내 성격은 가끔 무척 화끈하기도 하여서 불의를 보면 참지 못하는 경향도 강하다. 대부분의 시간은 온순하고 말수가 없는 편이지만 아주 가끔은 불에 달궈진 쇠처럼 달아오르기도 한다. 고독해지는 것에 대한 나의 사색도 이러한 나의 기질을 그대로 반영되어 나온다. 확실하게 고독해지라는 강한 메시지가 바로 그것이다.

확실한 고독, 뼛속 깊은 곳까지 다다를 정도의 고독이란 무엇일까. 지금 시간은 새벽 1시를 갓 넘어서고 있다. 나는 이전에 쓴 책들과는 달리 이 책을 쓰는 지금 정확히 말해 이 원고를 쓰는 현재까지 하나의 글을 이틀정도의 시간을 가지고 쓰고 있다. 이전의 책을 쓸 때와는 비교할 수 없을 정도로 느린 속도다. 그것은 제목이 주는 중압감만큼이나 내가 지닌 목표의식이 강하기 때문이다. 그리고 이 원고를 쓰는 내내 고독에 스스로 몸을 던질 각오도 되어 있다. 확실한 고독, 뼛속을 울리는 고독에 말이다. 그러한 고독은 절대고독이라고도 할 수 있다. 그 어떤 것도 감히 침범하지 못할 한 인간의 숭고한 사색의 시간이 바로 절대고독이다.

그대가 절대고독을 경험하는 경지에 다다른다면 무슨 일을 하든지 용기가 생길 것이다. 확실하고도 절절한 고독은 절대고독이라고 명명할 수 있으며 그러한 고독을 체험하는 길은 부질없는 생각들을 버리고 본래의 자기 자신으로 회귀하는 길뿐임을 잊지 말기 바란다.

우리들의 본래 모습은 이러했다. 한없이 평화롭고 사랑스럽고 따뜻했다. 양털처럼 보드랍고 별빛처럼 청아했다. 순수하고 아름다운 최상의 가치를 누구나 지니고 이 세상에 온 것이다. 그런 본래의 우리들에게로 돌아간다는 건 얼마나 즐거운 일일까.

뼛속깊이 고독해지기를 두려워하지 말자. 조금은 고통스러울 수도 있겠지만 확실하고도 확고한 혼자만의 세계를 지니게 된다면 훨씬 더 강해지고 지혜로워질 수 있다. 고독해지는 시간만큼 인간은 성숙해지게 되어 있다.

열다섯

화에 대한 스케치

어느 날, 한 사람이 법정에서 갑자기 사망했다고 한다. 그의 사인은 오리무중이다. 다만 그가 사망할 당시에 사기혐의의 피고인이 그에게 질문을 하게 되어 있는 상황이었다고 한다. 피해자가 범죄자로부터 추궁을 당하는 어이없는 일이 벌어진 것이다. 어쩌다 판사는 그런 가혹한 상황을 허락하였을까. 그는 심근경색과 고혈압을 앓고 있는 환자였지만 그 시간 전까지는 전혀 이상증세를 나타내지 않았고 무척 건강했다. 그는 사기를 당한 후 심장병과 고혈압을 얻었을 것이다. 그렇지만 꾸준히 약을 먹고 보통사람들과 별다를 바 없이 건강을 유지해왔다. 하지만 그는 자신의 삶을 망가뜨린 사기범과 대면하게 되면서 극도로 흥분되었던 것이다. 화가 분노의 불길이 되어 온몸에 충만한 상태가 되어버린 그는 도저히 범인을 용서할 수 없었고 용인할 수도 없었을 것이다. 용서를 구하기는커녕 오히려 뻔뻔하게 자신을 쳐다보면서 잔인한 웃음을 흘리는 사기범을 눈앞에서 바라봐야했을 그의 심정이 오죽 참혹했을까 싶다. 만감이 교차하는 순간, 그는 자신의 화에 못 이겨 그 자리에서 쓰러지고 말았다. 그의 목숨은 한 순간의 화에 의해 덧없이 끊어지고 만 것이다. 한 순간의 화란 이처럼 사람을 순식간에 저 세상으로 보내버리는 위력을 발휘한다.

사람들은 화병에 걸려 죽겠다는 말을 자주 한다. 화가 치밀어 올라서, 가슴에 돌덩어리가 있는 것 같아서 답답하다고 울분을 토해낸다. 그렇지만 그것이 병이 되어서 목숨까지도 앗아갈 수 있다는 사실에 대해서는 의외로 무덤덤하다.

화가 잔뜩 난 사람을 보면 그에게 가까이 가서는 안 될 것 같은 느낌이 든다. 왜 그럴까. 화는 그만큼 부정적이고 어두운 에너지를 뿜어내고 있기 때문이라고 해석해볼 수 있다. 화난 사람을 잘 못 건드렸다가는 무슨 봉변을 당할지 모르므로 많은 이들은 화가 난 사람을 길거리에서 만난 개똥을 피하듯 슬슬 피하곤 한다.

길거리에서 개똥을 밟아본 적이 있는가. 경험을 해본 사람이라면 그 암담하고 아득한 심정을 공감할 것이다. 어제 길거리에서 난 개똥을 밟았다. 그것은 굳이 발을 들어 신발 바닥을 들여다보며 확인을 하지 않아도 처음 밟는 순간 느낄 수 있었다. 물컹하고 찐득하고 개운치 않은 기운이 발바닥에 고스란히 전해져 왔기 때문이다. 개똥을 밟고 싶은 사람은 없다. 화난 사람은 개똥처럼 다가가고 싶지 않은 사람이다. 묻히면 하루 종일 찝찝한 개똥과도 같은 화, 그 화를 잘 다스리지 않으면 수명이 짧아질 수도 있다는 사실을 우리는 각별히 주의해야 할 것이다.

그대는 하루에 몇 번이나 화가 나는가. 사실 따지고 보면 화를 내려고 하면 세상 모든 일들이 화를 불러일으키기 충분한 소지를 지니고 있다. 옆집이 나보다 잘 살아도 화가 나고 친구가 나보다 잘 나가도 화가 나고 돈이 없어도 화가 나고 너무 배불러도 화가 나고 애인이 헤어지자고 해도 화가 나고 자식이 속을 썩여도 화가 난다.

좋은 일이 있어도 화내고 나쁜 일이 있어도 화내는 사람이 있다. 그는 화가 생활화된 사람이다. 자신의 감정을 오로지 화라는 감정 하나로 응축해 표현해내는 사람이 꽤 있다. 좋으면 행복하고 기쁜 얼굴을 하면 될 것을 아닌 척 하는 경우도 있고 싫은 일을 억지로 하면서 화를 꾹 눌러 참는 경우도 있다.

오래된 퇴적암에는 세월만큼의 화석들이 박혀 있다. 인간은 나이를 먹어갈수록 자신의 성격과 표정과 가치관을 퇴적시켜간다. 화는 쌓이면 쌓일수록 위험하다. 그렇다고 그것들을 쌓아두지 않고 매순간마다 터뜨리는 것도 매우 위험하다.

화로 인해 얼마나 많은 사람들이 서로를 미워하고 증오하는지 모른다. 화란 감정에 유린당한 채 정상적인 사고로부터 멀어져가는 사람 또한 엄청나게 많다. 화를 내다보면 정상적으로 사고하기가 어렵다. 더군다나 고도의 집중력과 진중함이 필요한 사색하기란 더욱 곤란하다. 인간은 사색을 해야 지혜를 얻을 수 있는데 화로 인해 높은 차원의 생각하는 기능이 마비되어버리면 현명하게 일들을 처리해나갈 수가 없는 것이다. 그래서 화를 조절하는 것은 밥을 먹는 것만큼이나 절실한 일인 것이다.

화를 그려본다면 어떨까. 화에 대해 스케치를 해보자. 우리는 하얗고 깨끗한 도화지를 준비한다. 그 도화지는 인간이라면 누구에게나 무료로 배당되는 것이다. 도화지 위에 어떤 사람은 색연필로 어떤 사람은 그냥 연필로 어떤 사람은 볼펜, 어떤 사람은 만년필로 그림을 그린다. 각자가 지닌 얼굴의 개성만큼이나 다양하게 여러 형태의 밑그림을 그리고 색칠을 한다. 화란 그 도화지 위에 검게 드리워진 먹구름과 안개와 같은 모습이다. 화를 일부러 그려 넣으려고 하는 사람은 없다. 왜냐하면 우리는 화라는 것이 긍정적이지 못한 영향을 끼친다는 사실을 은연중에 알고 있기 때문이다. 이건 어린 아기도 마찬가지고 노인도 마찬가지다. 그런데 신기하게도 화는 모든 이들의 도화지 위에 슬며시 덧칠해지고 만다. 그것을 그린 사람은 누구일까.

그것은 물론 도화지의 주인인 우리 자신이다. 화를 그리는 주체는 누구인가. 역시 도화지의 소유주인 우리들이다. 그러면서도 화가 나면 우리는 도화지를 원망하곤 한다. "세상과 운명이 유순한 나를 이렇게 화나게 하는 거라고!" 그러나 세상은 화를 우리에게 권유한 적이 없다. 운명 역시도 우리에게 화를 선택하라고 부추기지 않았다. 도화지 위의 예쁜 그림을 망친 화를 그린 사람은 자기 자신이다.

자신의 손가락을 탓하라. 다른 이의 손가락을 탓하는 사람은 영원히 원망의 굴레에 갇힌 채 완성되지 못할 그림만 그리고 말 것이다. 삶의 완성을 위해서라도 화를 그린 주체를 인식하여야 한다.

화를 그린 주체는 어느 누구도 아닌 '나' 라는 사실을 깨닫기 시작하면 왜 화를 냈는지 사색하게 될 것이다. 그리고 그 화의 근원은 나를 열 받게 한 상대방이 아니라 내 마음속 불덩이라는 사실을 인정하게 될 것이다.

타인을 원망해보았자 나만 손해다. 정말 간단하지 않은가. 다른 사람에게 화를 내봤자 내 건강만 해칠 뿐이다. 그러므로 그대는 화가 나는 상황에 처해도 스스로를 다독여야 한다. 화를 낸다는 것이나 억지로 참는다는 것이나 모두가 어리석다고 본다. 우리는 화를 내서도 안 되고 억지로 참아도 안 된다. 이것이 오늘 화에 대한 사색의 결말이다. 사실 이 생각은 내 오랜 사색의 결과물이다. 화를 냈을 때의 나를 돌아보고 화를 억지로 참았을 때의 나를 떠올려봤을 때 모두가 마땅치 않은 모습이었던 것이다.

그리하면 어찌하란 말인가. 화를 내지도 말고 억지로 참지도 말라니 그럼 어떻게 화를 다스리란 말인가 의문이 생기는 것은 당연하다.

화를 다스리는 비법은 누구나 쉽게 생각할 수 있는 인내심이 다가 아니다. 참고 견딘다고 해서 세상일이 눈 녹듯이 다 해결된다면 얼마나 좋겠는가. 하지만 참고 버티다가 오히려 돌이킬 수 없는 병에 걸리고 마는 경우가 더 많다는 것을 우리는 알 수 있다. 병에 걸리지 않더라도 심각한 후유증에 시달리기도 한다. 참지도 말고 화내지도 말고 그럼 어떤 방법으로 화에 대처해야 하는가. 그 방법에 대해 사색해보자.

오늘 난 비로소 병원에서 나올 수 있었다. 거의 일주일이란 시간 동안을 꼼짝없이 병원에 갇혀서 아이의 간병을 해야 했기 때문이다. 대학병원이란 공간은 묘한 안도감을 준다. 작은 병원에서는 느낄 수 없었던 든든함, 믿음직스러움 등이 환자들의 고통을 덜어주기도 한다. 그렇지만 병원은 역시 병원이다. 누군가 아파서 병원에 입원한다고 하면 걱정부터 해주는 게 인간사회의 예다. 그리고 자신은 그런 일이 일어나지 않기를 바란다. 그리고 운 없게 병에 걸리면 사람들은 이렇게 생각한다. '왜 나만 재수 없게 이런 병에 걸린 거지.' 그러나 주위엔 그보다 더 심각한 병에 걸린 사람들이 허다하다. 병원에서 머무는 일주일이란 시간 동안 나는 책을 읽지도 못했고 글을 쓰지도 못했다. 오직 아이의 병이 호전되기만을 바라면서 뜬 눈으로 밤을 지새우곤 했기 때문이다. 그러나 신기하게도 심적 고통은 전혀 없었다. 왜냐하면 나는 다른 것들을 생각할 겨를이 없었기 때문이다. 한 마디로 내게 그 시간들은 몰입의 시간들이었다고 생각된다.

한 가지 목표에 몰입할 때 인간을 괴롭히던 모든 번뇌와 잡념이 사라진다는 것은 놀라운 일이 아닐까 싶다. 나는 아이에게 오로지 몰입했고 다른 고민거리들에게서는 관심을 거두어들였던 것이다. 결과적으로 그런 철저한 몰입이 나의 고통을 원천적으로 차단시켜 주었던 것이다.

화에 대한 인간의 대처방식에도 이러한 기술의 도입이 필요하다고 본다. 그 기술의 시초는 바로 긍정적이고 자애롭고 선한 일에 대한 몰입이다. 우리가 화가 난다는 것은 마음의 중심축이 흔들린다는 의미이다. 우리의 화는 우리의 꿈을 말살시키고 주위 사람들과의 관계에 악영향을 끼치게 되어 있다. 그리고 결과적으로 자신의 모든 것들에게 부정적인 영향력을 발휘한다. 그런 비극적인 상황을 예방하기 위해서 화를 불러일으키는 일에 대한 의도적인 외면과 미소를 짓게 하고 마음의 안정과 평화를 주는 일에 대한 의도적인 몰입이 절대적으로 필요하다.

오늘 화가 났는가. 그로인해 그대는 그만큼 더 불행해질 수 있는 가능성을 높였을지도 모른다. 화가 날 수 있는 상황을 원천적으로 차단하는 기술을 익혀라. 그 기술은 바로 세상을 향기롭게 하는 긍정적인 일에 대한 순수한 몰입에 있다.

끌리는 사람들의 공통점 세 가지

인간과 인간의 사이에는 무엇이 흐를까. 그것은 교감이라는 푸르른 강이다. 그 강물의 깊이는 헤아릴 수 없고 그 강의 폭은 둘레를 알 수 없을 만큼 넓다. 교감하지 않는 인간은 사회에서 퇴출된다. 그는 소리조차 내지 못한 채 이 세계에서 조용히 사라진다. 교감하지 않고서는 단 한 순간도 살아갈 수 없는 것이 인간이기 때문이다. 그러므로 현재 존재하는 모든 인간은 교감하고 있다, 라고 말할 수 있다.

교감하지 못하는 자의 소멸, 그것은 은밀히 행해지는 인간사회의 법칙이다. 이렇듯 교감은 인간이라면 누구나 취해야 할 기본교양인 것이다. 그렇지만 아무하고나 교감하고 싶지 않은 것도 우리의 감춰진 내면의 진실이다.

입에 험한 욕설을 달고 사는 사람, 약속을 밥 먹듯이 어기는 사람,

늘 얼굴을 삶은 우거지처럼 찌푸리고 다니는 사람하고 교감하고 싶다는 사람은 없지 않겠는가.

'저 사람과 통하고 싶다.' 라는 욕구를 부추기는 사람이 바로 끌리는 사람이다. 끌리는 사람들에게는 그렇지 않은 사람들과 다른 그 무엇이 있다고 생각한다. 인간은 인간과의 교감과 소통을 통해서 더 만족스런 인생을 살 수 있다는 것을 감안해 볼 때 우리는 끌리는 사람이 되도록 노력해야 하는 것이다. 그러면 끌리는 사람들의 공통점에 대해 사색해보자.

첫 번째 뚜렷하게 드러나는 공통점은 온화한 성품이다. 끌리는 사람이 괴팍하고 포악한 성격을 지니고 있다는 사람은 아무도 없다. 분노의 성질은 타인에게도 전이되어 기분을 상하게 하기 때문에 그런 사람에게 이끌리기는 어렵다고 볼 수 있는 것이다. 온화한 성품을 첫 번째 공통점으로 내세우는 까닭은 지금까지 살아온 내 인생에 있어서 부드럽고 따스한 성격의 중요성이 그만큼 절실하게 와 닿았기 때문이다. 그러므로 그대가 다른 사람에게 좋은 인상을 남기고 싶고 그와 인간 대 인간의 진실한 교류를 원한다면 언제나 온화한 성품을 지니고 대하여야 한다. 온화한 성품이란 모호한 정의가 될 수도 있다. 그렇다면 구체적으로 온화하다는 건 어떤 성격인지 분석해 볼 필요가 있다.

온화한 성품을 간단히 풀이해보면 중용의 미덕을 알고 실천하는 성격이라고 볼 수 있다. 중용이란 어떤 한 쪽으로 치우치지 않는 것을 말한다. 중용의 미덕을 알고 실천하는 사람의 행동과 말은 자칫 극단으로 치달을 수 있는 상황에서도 중심을 잃지 않는다. 그런 성품을 지니게 된다면 우리는 어떤 비극과 절망 속에서도 내적인 평정심을 유지할 수 있게 될 것이다.

우리가 온화한 성품을 가지고 삶을 살아가게 된다면 그와 상반된 성품을 지닌 사람들을 대하게 될 때 훨씬 더 너그럽게 되므로 결국 함께 하는 모든 이들을 편안하게 만들어 주게 된다. 그대가 중용의 미덕을 바로 알고 실천하게 되면 그러한 온화한 성품을 저절로 습득하게 될 것이다.

아무리 화가 나도 극단으로 치닫지 않도록 중용의 미덕을 실천하라. 아무리 괴로워도 중요의 미덕을 발휘하여 포기하거나 좌절하지 않도록 하라. 아무리 슬퍼도 슬픔의 소용돌이 속으로 휘말려들어 인생을 망치지 않도록 감정의 중용을 지켜라. 그리고 아무리 기뻐도 경거망동하지 말고 기쁨을 우아하게 즐기면서 내일을 대비하라. 긍정적인 일과 부정적인 일이 번갈아 벌어지더라도 당황하지 말고 그 일들에 유연하게 대처하도록 하길 바란다. 그것이 바로 중용의 미덕을 알고 실천하는 온화한 성품을 지닌 사람의 생활태도다.

두 번째 끌리는 사람들의 공통점은 바로 도덕심이다. 도덕심이란 말은 언뜻 흔해빠진 윗세대의 잔소리쯤으로 여겨지기도 하지만 사람의 마음을 끄는 사람이 되기 위해서는 반드시 지녀야할 소양이다. 도덕적이지 못한 사람이 사회에서 성공을 거둔 경우를 종종 보게 되지만 그것은 진정한 성공이라고 볼 수 없다. 그러한 사람은 결국에는 도덕적인 문제로 사회에서 매장되고 말거나 사람들에게 인정받지 못하는 경우가 많다. 그것은 자연의 이치다. 그것이 인간 사회의 보이지 않는 룰이라고 생각한다. 끌리는 사람이 왜 도덕심을 지녀야 하는지에 대해 사색해 보자.

누군가에게 가까이 지내고 싶다는 욕구를 불러일으키는 것이 끌림이라면 그것은 향기와 같다. 꽃의 향기가 사람들을 매혹시키듯 인간이 인간을 끌어당기기 위해서는 인간다운 향기가 있어야 하는 것이다. 인간다운 향기란 무엇일까. 그것은 누구에게나 권장되어야 할 도덕심이다. 도덕심이란 사회의 기본적인 질서에 대한 바른 인식과 인간세계에 대한 존중심을 일컫는다고 볼 수 있다. 인간은 혼자서 살아갈 수 없다. 지금 이 순간 존재하는 모든 인간은 다른 인간으로부터의 도움을 받고 있다. 그가 제아무리 유능한 사람이라고 하더라도 밥을 먹든, 잠을 자든, 거리를 걷든 타인의 희생과 배려를 은연중에 받고서 살아가고 있는 중이다.

예를들어 한 사람이 길을 걷는다고 하면 그 거리를 우선 깨끗하게 청소해준 분들의 노고와 그 거리의 안전을 책임지고 도로를 보수하고 공사하는 분들의 수고와 그 도시를 체계적으로 관리하는 분들의 노력을 딛고서 걸어가고 있다고 할 수 있다. 또 밥을 먹는다면 일일이 열거하지 않아도 수많은 농부들의 수고와 유통업자들과 서비스에 종사하는 분들의 시간과 땀으로 지어진 밥과 반찬을 먹고 있다고 할 수 있다. 우리는 잠자리에 들어서도 다른 사람이 공들여 만든 이불을 덮고 베개를 베고 편안한 침대에 눕거나 따뜻한 방바닥에 지친 몸을 누인다. 집을 짓고 이불을 만들고 그 이불을 수송하고 포장하고 판매하는 이들의 도움이 없었다면 지금 우리가 누리는 이 편안한 일상은 기대할 수 조차 없지 않겠는가. 그런 수많은 관계들이 바로 사회라는 커다란 틀이다. 사회는 기본적인 질서를 지녀야 유지될 수 있는 거대한 유기체다. 인간이 서로에게 도움을 주면서 살기 위해서는 그런 기본적인 질서가 반드시 지켜져야 하는 것이다.

이런 기본적인 질서의 근간이 도덕심이다. 도덕심은 바로 다른 인간에 대한 최소한의 예의라고 할 수 있다. 도덕심은 공중의 공중을 위한 공중에 의해 반드시 지켜져야 할 의무사항이다. 우리는 도덕심을 지녀야 한다. 인간을 배려하고 자연을 아끼고 세상을 아름답게 가꾸기 위해 노력하는 것이 바로 도덕심을 지닌 사람의 삶이다. 그런 도덕심을 지닌 사람이 어떻게 다른 이들에게 매력적으로 보이지 않을 수 있겠는가.

마지막 세 번째 끌리는 사람들의 공통점은 맑은 열정이다. 마음의 강에 파문을 일으키는 것이 끌림이라고 한다면 어떤 사람이 우리들의 마음의 강물을 바람처럼 잔잔하게 혹은 격정적으로 흔들어 깨워줄 것인가. 그의 심장은 정말 뜨거울 것이고 그의 얼굴은 붉은 태양처럼 상기되어 있을 것이 분명하다. 그의 손은 심장만큼 데워져 있을 것이고 그의 가슴은 누구에게라도 나눠줄 수 있는 사랑으로 가득 차 있을 것이 분명하다. 그러한 사람이 바로 열정이 있는 사람이며 다른 이의 심장에 두근거림을 주고 다른 사람의 마음에 친하게 지내고 싶다는 욕구를 불러일으킨다.

열정은 죽은 자의 심장도 뛰게 할 만큼 인간에게 지대한 영향을 끼친다. 열정이 가득한 사람은 매력적이란 것 그 이상의 감정을 느끼게 해준다. 특히 맑은 정신에서 우러나온 열정인 맑은 열정을 지닌 사람은 돈이나 배경이나 어떤 사회적 지위보다 더 우월하게 사람들의 마음을 끈다. 왜냐하면 맑은 열정이란 인간을 존중하고 사랑하는 마음 위에 형성된 열정이기 때문이다. 모든 존중은 인간을 사랑하는 태도와 정신에서 비롯된다는 사실을 우리는 늘 기억해야 한다. 그대의 삶이 진정으로 누군가에게 어필되고 싶다면 인간을 사랑하면 된다. 인간에 대한 사랑은 맑은 열정을 빛나게 하며 연약한 인간의 조건을 강하게 변화시켜주기에 부족함이 없다.

왜, 우리는 맑은 열정을 지닌 사람을 사랑하고 흠모하게 되는 것일까. 맑은 열정에는 어떤 것들이 숨겨져 있는지 들여다보면 해답을 알 수 있다. 거기에는 이런 것들이 있다. 이타주의, 연민, 사랑, 공감, 치유. 이러한 것들에 더해서 그 사람만이 가진 인격의 향기까지 더해져서 맑은 열정으로 빚어내는 삶은 많은 이들의 심장을 두근거리게 만들고 행복하게 만들어주는 것이다.

맑은 열정을 지녀라. 그 열정에 더해서 온화한 성품과 도덕심을 지니게 된다면 그대는 틀림없이 끌리는 사람이 될 것이다.

세 가지 이외에도 많은 것들이 끌리는 사람들의 공통점이겠지만 우선 이 세 가지를 먼저 자신의 것으로 만들어 두길 바란다. 온화하게 사람들을 상대하고 도덕심을 지니고 세상을 살아가며 맑은 열정으로 꿈을 향해 걸어가라.

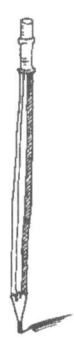

열일곱

가치관이 자기 자신이다

나는 지금 이 글을 생각이 흐르는 대로 써내려가고 있는 중이다. 자연스러운 생각의 흐름을 따라가는 여정이라고 보면 된다. 예정된 각본대로 빚어내는 인공적인 이야기가 아닌 그 때 그 때의 생각의 흐름대로 글을 써가고 있는 중인 것이다. 지금 시간은 새벽 열두시 이십 이 분이다. 앞마당에 여전히 토끼가족들은 분주하다. 이 새벽녘에도 그들의 생존신호는 계속되고 있다. 우리들 잘 지내고 있어요. 귀에 그다지 거슬리지 않는 덜커덩거리는 소리는 토끼들의 살아있음을 알리는 간접적인 증거다. 그래서 난 직접 문을 열고 밖을 나가지 않아도 얼마 전 태어난 갈색, 흰색, 바둑무늬의 새끼 토끼와 두 마리의 암컷 토끼와 한 마리의 수컷 토끼가 아주 잘 지내고 있다는 것을 짐작할 수 있는 것이다. 인간에게도 그들의 살아있음을 알리는 신호가 있다. 그것이 바로 가치관이라고 생각한다.

가치관이란 그 인간이 지닌 세계관이자 자아의 확장된 개념이다. 편협한 자아에 갇힌 사람에게 가치관의 올바른 확장은 기대하기 어렵다. 모름지기 성숙한 인간이 되기 위해서 우리는 모두 작은 우물을 벗어나는 수고를 해야 하는 것이다. 그것은 누구에게나 주어진 인생의 숙명이자 기회이다. 가치관은 인간이 나이를 먹을수록 더 긍정적인 방향으로 선회되기 마련이지만 그와 정반대로 나이가 들수록 부정적인 길로 퇴보되기도 한다. 우리 시대의 독선적인 기성세대들의 행태가 그의 간접적인 증거가 된다. 그러나 대개의 경우 인간은 나이가 들수록 더 깊고 숙성된 가치관을 지니게 된다. 그래야만 인간세계에서 인정받을 수 있기 때문이다.

작은 우물을 벗어나는 수고를 해야만 성숙한 인간이 된다. 라고 나는 방금 적었다. 이 말은 그다지 새로운 발견은 아니다. 오래된 진리와도 같은 개념이다. 하지만 가치관에 대한 이해를 하기에 이보다 더 좋은 그리고 더 효율적인 말은 없을 지도 모른다. 그만큼 작은 우물을 벗어나는 수고로움은 절실하게 필요한 일인 것이다. 마치 장을 담그듯 시간이 흐를수록 인간의 사상의 축인 가치관은 진화되어간다. 하지만 그것은 그냥 저절로 이루어지는 것이 아니다. 우리들이 익숙해지고 관습화된 우물을 벗어나려는 노력이 있어야만 가능한 일이기 때문이다.

작은 우물이란 우리가 일상적으로 안주하고 있는 생각의 지대를 이른다. 일상적이고 그다지 노력하지 않아도 유지되는 것들에 둘러싸인 채 살아가는 사람에게 있어서 산다는 건 식상한 일이 될 수밖에 없다. 늘 그 자리에서 별 노력도 없이 꿈도 희망도 없이 무의미하게 살아가는 것이 바로 작은 우물에 안주하는 삶이다. 그런 삶에 중독된 후에는 가치관의 발전이나 확장이 이루어지기는 어렵다. 그래서 우리는 작은 우물 즉, 안주하고 있는 곳으로부터 과감하게 벗어나야 하는 것이다. 이 명백한 사실을 인지하라.

우리가 안주하고 있는 생각의 지대란 어떤 것일까. 작은 우물에서 벗어나기로 마음먹은 그대에게 그것은 이제 현실적인 의문이 되었다. 안주하고 있는 생각의 지대를 벗어나기로 일단 생각을 했다는 자체부터 그대에게는 발전 가능성이 있다고 봐도 좋다. 인간은 무엇인가를 하겠다고 자의적으로 결심할 때 발전하게 되어 있다. 다만 그 무엇인가가 비도덕적이거나 반인륜적이지 않은 일에 한해서이다.

일단 안주하고 있는 생각의 지대가 무엇인지 사색해본다. 그곳은 마치 늪과 같은 곳일 것이다. 따뜻한 설탕물과도 같고 몽롱한 마약의 유혹과도 같은 곳이다. 우리가 자주 머물면서도 그곳이 왜 자신에게 해를 끼치는지 미처 깨닫지 못한 안주의 지대는 여러 곳이 있겠지만 가장 대표적인 것을 하나 꼽는다면 무기력한 태도다. 무기력한 태도는 살아갈 힘을 앗아가는 동시에 인간으로서의 가치를 상실하게 만드는 데 기여한다. 이 지대에 혹시 발을 딛고 있다면 이제 벗어날 때가 된 것이다.

작은 우물에서 벗어나기 위해 무기력과의 결별을 선언한 우리에게 가치관은 더욱 선명한 형상으로 다가온다. 조금 더 활기차게 조금 더 명랑하게 조금 더 긍정적으로 살아가겠노라고 다짐하는 순간 그대의 가치관은 비로소 완성의 경지에 다다르게 되는 것을 명심하라. 가치관이 자기 자신이다. 가치관은 인간을 드러내는 가장 투명한 잣대다. 그러므로 우리는 자신의 가치관이 어떤 것인지 유의해서 살펴야 하는 의무가 있다. 그것은 인간으로 살아가는 동안 내내 각별히 주의해서 보살펴야 하는 아기와 같다.

가치관이 울고 있지는 않은지, 가치관이 병들어가고 있지는 않은지 날마다 유심히 살펴보길 바란다.

바른 가치관의 핵심은 정직이다

올바른 가치관이 지닌 파급효과는 실로 대단하다. 이것은 한 개인의 역사를 통틀어 가장 큰 위력을 발휘한다고 볼 수도 있고 더 나아가 사회의 명확한 기틀을 마련하고 유지해나가는 데 있어서 중요한 역할을 한다고 볼 수도 있기 때문이다. 이런 바른 가치관의 중대성에 비해 그것의 필요성을 절실하게 깨닫고 있는 사람들의 수가 점점 줄어들어가고 있는 것이 현실이다. 그 이유는 무엇일까. 모두가 인지하고 있다시피 물질만능주의와 출세지향주의에 찌든 현대인들의 감성이 메마르다 못해 고사되어가고 있는 것도 원인이 될 것이다. 또한 무엇이든 땀 흘려 노력하여 얻기 보다는 조금 더 편하고 쉽게 이루려는 생각들이 사람들의 마음속에 조금씩 자리를 잡고 있는 것도 바른 가치관의 중요성에 대한 필요성을 느끼지 못한 원인이 될 수 있다.

인간다운 것이란 바른 가치관의 토대 위에서 하루의 시간들을 알차게 보내는 것이라고 생각한다. 가장 인간다운 사람이란 그러므로 올바른 가치관의 핵심을 누구보다 더 잘 알고 있으며 자신의 삶에 적용하는 사람이라고 말할 수 있다. 가치관이 비뚤어지고 왜곡된 사람 치고 행복한 삶을 영위하는 사람은 드물다. 아니 없다고 볼 수 있다. 왜냐하면 그릇된 가치관은 결국 스스로를 옭아매고 타인과의 관계도 망치게 되는 지름길이기 때문이다. 그렇기 때문에 우리들은 스스로의 가치관의 현 상태에 대하여 주시하여야 하는 것이다. 이것은 인간으로서 기본적인 의무사항이다. 우리가 주도적으로 삶을 헤쳐 나가기 위해서는 반드시 올바른 가치관의 도움이 필요하다는 사실을 기억하자.

이쯤에서 우리는 바른 가치관이란 무엇인가에 대해 사색해볼 필요성을 느끼게 된다. 바른 가치관의 핵심은 무엇보다도 정직이다. 정직은 귀에 딱지가 앉도록 우리들이 들어온 말이지만 실생활에서 정직한 삶을 살아가는 것은 그리 쉽지 않다. 그 이유는 간단하다. 정직하게 살면 손해라는 통념이 생겨났기 때문이다. 이 통념의 기조는 이러하다. 정직한 사람들이 정직한 말과 행동을 했을 때 정직하지 못한 사람들보다 경제적으로 이득을 볼 수 없다는 사실을 확대해석한 것이다.

경제적인 이득이 곧 그 인간의 능력이 되는 시대에 살고 있는 우리에게 있어서 정직하게 산다는 건 가난해질 수도 있는 위험한 선택이라는 통념이 무의식에 자리 잡고 있는 중이다. 그러나 정직하고 정의로운 사람이 대접받지 못하는 사회는 결국 나락으로 떨어질 수밖에 없다는 사실을 간과해서는 안 된다. 역사적으로 보더라도 부정부패에 앞장 선 지도자들의 최후는 대개 비참했다. 정직한 사람의 마지막은 본인 스스로도 만족하고 다른 사람에게도 경외심을 불러일으킨다.

가끔 사람들은 인생을 헛살았다는 탄식을 한다. 이런 탄식은 대개 자신이 걸어온 길에 대한 회한에서 묻어나온다. 어떻게 살아가느냐 하는 것은 개인의 역사를 이룩해나가기 위한 가장 경건한 질문이 된다. 자신의 삶을 후회 속에서 마치고 싶지 않다면 바른 가치관을 지녀야 할 것이다. 그 바른 가치관이란 바로 정직이라는 맑고 투명한 가치 위에서 출발한다.

정직에 대하여 묻는다면 거짓말 하지 않는 것이라고 말할 사람이 대부분을 차지할 것이다. 물론 그 말이 맞다. 그러나 그것은 평면적인 사고다. 우리는 입체적, 다원적 사고를 해야 한다. 그래야만 인성이 발전할 수 있기 때문이다. 그런 의미에서 우리는 생각의 도약이 필요하다. 어떻게 하면 생각을 도약시킬 수 있을까. 그 방법이란 한 차원 더 높은 사색을 하는 것이다.

나의 사색의 관점에서 보면 거짓말 하지 않는 것, 이것이 정직의 모든 것을 대표하지는 않는다고 생각한다. 정직의 원초적인 본질은 인간성의 회복이다. 이 시대가 가장 골치를 앓고 있는 각종 사건 사고의 주요 원인이 바로 인간성을 상실한 사람들에 의해서 일어난다고 본다면 인간성의 회복이야 말로 가장 절실한 문제가 아닐 수 없다.

정직은 바로 어긋난 인간성을 다시 본래의 상태로 회복시켜주는 가치인 것이다. 정직한 사람들이 많아질 때 우리 사회는 인간성의 회복으로 인해 살기 편해질 것이 틀림없다. 정직이란 타인에 대해 내가 해를 끼치지 않겠다는 선량한 마음가짐이다. 이것이 바로 인간의 아름다운 속성, 인간애의 시작이다. 그러므로 정직은 인간에 대한 사랑에 뿌리를 두고 있다고 봐도 좋은 것이다. 인간성의 회복이란 바로 인간을 사랑하기 위한 마음가짐으로 돌아가는 것이 아니겠는가.

오늘도 누군가는 다른 사람에게 속아서 돈을 잃고 우정을 잃고 사랑을 잃고 울고 있다. 정직하지 못한 사람에 의해 정직한 사람들은 짓밟히고 구석진 곳으로 내몰리고 있다. 그렇지만 정의는 살아 있고 정직한 인간의 가치는 빛나기 마련이다. 그대의 오늘 하루가 정직하길 바라고 그 정직의 본질인 인간성의 회복에 초점을 맞추어져 있다면 누구보다 멋진 인생을 살 가능성이 높다. 정직이야말로 올바른 가치관의 핵심이다.

정직의 기틀 위에 서서 사람들을 대하라. 있는 척, 아는 척, 잘난 척, 혹은 그 반대로 없는 척, 모르는 척, 못난 척 할 필요는 없다. 있는 그대로의 자신의 모습이 가장 당당한 그대의 모습이다.

정직하게 자신의 마음을 전하고 세상을 향해 걸어 나가라. 남들보다 못나 보일까, 없어 보일까, 걱정하지 말고 자신이 가진 것들이 가장 값지고 소중한 것들이라는 사실을 명심하면서 살아간다면 올바른 가치관이 그대를 지켜줄 것이다. 바른 가치관이란 것은 세상의 모든 풍파를 이겨내는 최고의 자산이기 때문이다.

열아홉

사색하는 인간이 되라

나는 사색에 대하여 극찬을 아끼지 않는 사색지향주의자이다. 오죽하면 사색이란 글을 지금 쓰고 있겠는가. 작가로서의 삶에 지대한 영향을 끼치는 사색은 우리 인간에게 신이 주신 진정한 선물이 아닐 수 없다. 생각함으로써 인간은 생의 의미를 찾고 진리를 깨닫고 관계의 중요성과 시간의 소중함을 알게 되는 것이다. 이런 사색의 긍정적인 점들을 나열하자면 아마 끝이 없을 정도다. 생각하는 힘은 마음으로부터 나오며 인간은 저마다 생각할 수 있는 능력을 지니고 있다. 무한한 인간의 상상력으로도 규정할 수 없는 드넓은 우주에서 우리가 인간으로서 존재하고 있음을 자각하고 우리에게 주어진 능력을 마음껏 발휘할 수 있기 위해서 꼭 익혀야하는 기술이 바로 생각하는 기술이다. 즉, 사색하는 능력이다.

사색은 살아있음의 명백한 증거다. 무엇을 하든 사색하지 않으면 완벽에 이를 수 없을 것이다. 사색으로 인간의 행동은 마침내 완성될 것이기 때문이다. 살아있으므로 우리는 사색할 수 있는 축복을 누릴 수 있다. 사색은 인간적 사고가 신의 영역에 근접할 수 있는 가장 우월한 방법이다. 사색한다는 것은 생각한다는 것보다 더 절박한 것이다. 그만큼 사색하는 시간은 우리의 삶에 없어서는 안 될 시간이다.

인간이 사색의 능력을 기르게 되면 시간과 우주의 법칙과 세상의 모든 지혜와 삶과 죽음에 이르는 절대적 진리들을 깨달을 수 있게 될 것이다. 사색하는 인간의 모습은 경건하며 아름답기까지 하다. 나는 사색할 때마다 내 자신이 살아있음을 뼈저리게 느낄 수 있다. 그것은 어떤 정신적 활동보다 더 황홀한 느낌이다.

사색하는 인간이 되라. 사색하는 인간은 인생의 묘미를 맛볼 수 있을 것이다. 그렇지 않은 인간에게 신은 무엇을 주었는가. 사색하지 않는 인간에게 신은 무미건조한 삶의 광기들을 줄 뿐이다.

생각 없이 일하고 생각 없이 공부하고 생각 없이 말하고 생각 없이 노래하고 생각 없이 무의미하게 산다면? 얻을 수 있는 것은 미친 듯 뿜어져 나오는 잠깐 동안의 환락이나 기쁨뿐이다. 그것들은 잔뜩 분을 바른 작부의 얼굴처럼 진실한 모습을 감추고서 인간을 희롱하는 거짓 행복이라는 것을 기억하자.

사색은 생각의 연장선상에 있지만 그것보다는 한층 깊이 있는 행위라고 볼 수 있다. 우리의 사색은 생각이 성장한 결과물인 것이다.

생각이 성장하기 위해서는 진중함이 필요하다. 우리는 삶에 대하여 진지해질 필요가 있다. 우리는 사랑에 대하여 진중해져야 한다. 우리는 가족에 대하여 진지하게 생각해야 한다. 우리는 자신의 꿈과 이상에 대하여 지금보다 더 많이 진중해져야 한다. 우리는 이웃과 사회에 대하여 진중하게 고뇌해보아야 한다. 왜 그럴까. 우리가 우리 앞에 놓인 삶의 명제들에 진중해질수록 삶이 훨씬 수월해지기 때문이다. 그 까닭은 이러하다. 인간에게 진중한 태도란 겸허함이 요구된다. 자신에 대한 겸허한 반성과 성찰이 선행되어야 진중하게 생각할 수 있게 되는 것이다. 생각이 성장하려면 이러한 진중함이 절실하게 요구된다. 진중하다는 것은 생각을 키워내는 찰진 거름이라고 보면 된다.

이러한 진중한 태도를 지니고 생각하게 되면 무엇보다 자신에 대한 자긍심이 생겨난다. 그동안 자아를 억누르던 소극적인 자세와 생각들이 적극적이고 능동적으로 변화되게 되며 주위 사람들에게도 그러한 긍정적 에너지를 나눠줄 수 있게 되는 것이다. 이것은 한 사람의 미래를 바꿔 놓을 수 있을 만큼 위대한 변화를 이끌어낼 수 있는 일이다. 자신의 미래를 밝고 행복하게 수놓길 바란다면 지금부터라도 늘 진중하게 삶을 대하기를 바란다. 그러면 그대의 생각은 쑥쑥 거침없이 성장할 것이다. 생각이 성장한 후라면 사색은 자연스러운 일상의 한 부분이 되어 우리를 위로하고 격려하게 된다. 사색이 주는 위로와 격려는 그 어떤 것보다 따스하고 오래 함께 해줄 것이다. 사색은 각자의 몸과 정신과 영혼에서 우러나오는 것이기 때문이다.

사색지향주의자로서의 나는 행복하다. 이제는 의도하지 않아도 생활 속에서 자연스럽게 사색이 가능하다. 그러나 처음부터 내가 제대로 된 사색을 한 것은 아니었다. 누구나 그러하듯 시작은 미약하며 서투르다. 내 생각은 처음에는 온통 고민거리에 대한 것들뿐이었다. 오늘 있었던 부정적인 일들에 대한 고민, 어제 있었던 안 좋았던 기억들에 대한 고민, 내일 생길 지도 모르는 재수 없는 일들에 대한 고민들에 둘러싸여서 단 하루도 마음 편한 날이 없었던 나였다. 하지만 지금은 어떠한 곤란한 상황이 나에게 닥친다 해도 웃을 수 있을 만큼 여유와 침착함을 유지할 수 있게 되었다. 나를 이렇게 만들어준 것은 바로 사색이었다. 사색의 고마움은 이루 말할 수 없을 만큼 크다.

사색하는 인간이 되기 위해서 우리는 우선 생각을 바로 해야 한다. 잘못된 생각을 하고 무엇인가를 해내려는 일은 무모하기 그지없는 일이다. 예를 들어 한 사람이 수단과 방법을 가리지 않고 돈을 모으기로 생각하고서 어떤 일을 한다면 그가 하는 일은 정당한 일이 될 수 없다. 그는 이미 잘못된 생각의 막강한 지배를 받고 있기 때문이다.

잘못된 생각은 잘못된 행동을 부르고 잘못된 행동은 잘못된 인생을 만든다. 그러므로 우리는 생각하는 것을 허투루 여기지 말고 자신의 생각이 지금 어떤 것에 집중해 있는지 주목해야 한다.

행복한 생각을 하면 행복한 일들이 벌어질 것이다. 반대로 불행한 생각을 하면 불행한 일들이 생길 확률이 높아진다. 우리의 생각이 우리의 미래를 결정해준다. 사색하는 인간은 생각을 바로 할 줄 아는 사람이다. 잘못된 생각을 지닌 사람이 사색이라는 신비로운 체험을 할 수는 없다. 삶을 향기롭게 만들고 세상을 밝게 빛나게 하며 세월이 흐른 뒤 되돌아보았을 때 후회하지 않기 위해서라도 우리는 생각하는 것을 신중히 결정해야 하는 것이다.

아무렇게나 생각하지 말라. 생각이 그대를 슬프게 하지 않도록 하고 생각이 그대를 아프게 하지 않도록 하라. 생각이 그대를 괴롭게 하지 않도록 하고 생각이 그대를 고통스럽게 하지 않도록 스스로 제어하라. 이것이 가능한 것은 인간은 자의식으로 생각을 제어할 수 있는 존재이기 때문이다.

바른 생각을 하고 삶에 유익한 영향을 끼칠 좋은 생각들을 하게 된다면 사색하는 일도 그다지 어렵지 않게 된다. 사색은 좋은 생각들의 어울림이다. 좋은 생각이란 궁극적으로 인류에게 긍정적인 파장을 불러일으킬 생각이다. 그런 생각들이 우리의 정신세계 속에서 잘 어우러지게 되면 맛있는 비빔밥처럼 가치 있는 사색이 되는 것이다. 인간은 사색을 하게 될 때 비로소 자신의 정체성을 찾게 되고 인생의 의미와 진리를 구할 수 있게 된다.

그러므로 그대, 오늘부터라도 사색하라. 사색의 진정한 기쁨을 알기에 인생은 너무 짧지 않은가. 더 늦기 전에 사색하는 일이 그대의 사소한 일상이 되게 하라.

사색으로 영혼의 자유를 만끽한다

어느덧 가을이 되었나 보다. 어제는 기온이 삼십 도를 오르내리더니 오늘은 제법 바람이 차갑다. 계절이 제 정신이 아닌가 보다. 하루만에 여름에서 가을로 바뀌는 경우가 다 있으니 말이다. 제 정신 아닌 사람이 많은 요즘이지만 이젠 계절의 흐름도 급작스럽기 짝이 없다. 너무나 급작스러워서 머리가 어지러울 지경이다. 얼마 전에는 사정이 생겨서 꼼짝없이 병원에 갇혀서 며칠을 지내야 했다. 갇혀있었다고 표현하는 건 어쩌면 내 주관적인 견해가 지나치게 개입된 것이 틀림 없다. 난 아파트나 빌딩처럼 높은 건물에 있는 것 자체가 두려운 고소 공포증이 있는 사람이기도 하다. 하지만 그다지 심각하지는 않다. 다행스럽게도 벽들이 나를 보호해주는 것을 내 몸이 느끼는지 안에 있을 때는 그다지 무섭지는 않다. 까마득한 높이에 있는 인간을 보호해주는 콘크리트 벽, 우리 인간은 그런 벽이 필요하다고 사색해본다. 이 벽이란 보호의 의미가 아니다. 그것은 공존의 의미다.

벽과 인간은 공존한다. 내부와 외부를 차단해주면서도 내부와 외부를 연결해주고 숨 쉴 공기를 투과시키는 것이 벽의 임무다. 인간은 그런 벽을 깨끗이 청소하고 간혹 페인트칠이 벗겨지면 덧칠해주고 관리한다. 그것이 인간의 의무다. 그럼으로써 벽과 인간은 서로 공생한다. 사색은 벽이다. 인간과 세상을 소통시키거나 단절시키는 차단과 통과의 벽이라고 생각한다.

대학병원의 건물에서는 뭔가 모를 음산한 냄새가 났다. 그것이 죽음의 냄새든, 삶을 향한 치열한 몸부림의 냄새든 나를 숙연하게 만들어주기에 충분했다. 난 병원의 소독약 냄새가 좋다. 벽을 사이에 두고 환자와 환자들이 누워있다. 저마다 팔뚝에 수액바늘을 꽂고 무엇인가를 공급받고 있다. 환자들 사이를 의료진들이 바쁘게 거닌다. 죽었는지 살았는지 살피는 것은 아닐까. 그럴 리는 없을 것이다. 그들은 환자들을 살리기 위해 오늘 이 병원에 출근했을 것이니까.

그렇게 벽과 벽 사이에는 수많은 환자와 보호자와 의료진들이 있다. 모두 벽을 사이에 두고 있다. 몇 년 전에도 아이가 아파서 대학병원에 며칠 있었는데 그 전에는 없던 것들이 생겨 있었다. 예전과 사뭇 다른 풍경을 연출하는 그것은 8인실의 각 침대마다 우아하게 내려져 있는 아이보리색 커튼이었다. 침대 사이에 드리워진 기다란 커

튼, 정확한 이름은 생략하고서라도 그것은 한 마디로 벽이다. 벽이 있으니 훨씬 거동이 자유로웠다. 내부에서 벌어지는 일을 벽은 외부에 발설하지 않았다. 오히려 내부에서 뭔가를 더 모의해도 좋은 것 같은 은밀한 분위기와 기분을 조장하였다. 난 그 벽 안에서 심지어 속옷도 갈아입었다. 소아병실이라 보호자가 모두 여자인 탓도 있었겠지만 벽이란 든든한 방어기제에 대한 믿음이 있었던 것이 더 클 것이다. 벽은 인간을 편안하게 한다.

하지만 벽이 모두 그런 것은 아니다. 벽은 단절을 의미하는 부정적인 것들의 표상이 되기도 한다. 베를린 장벽이 그렇고 대한민국의 삼팔선이 그러하다. 하지만 벽은 언젠가는 붕괴되어 다시 소통할 수 있는 장을 마련해준다. 인간을 소통시키고 단절시키는 두 가지 역할을 하는 것이 사색이다. 사색을 옳게 사용하면 그대는 소통의 귀재가 될 것이지만 사색을 잘못 사용하게 되면 그대는 세상과 단절된 채 쓸쓸한 삶을 살아갈 것이다. 그렇다면 어떻게 해야 사색을 함으로써 영혼이 자유로울 수 있을까.

사색이 벽이라고 할 때 우리는 그 사색의 벽 안에 갇힐 수도 있고 밖에서 사색을 응시할 수도 있다. 사색이 깊어질수록 우리는 갇혀있던 기존의 모습에서 벗어나게 된다. 바람직한 사색이란 집중력을 지니고 한 가지 주제에 몰두하는 것과 동시에 세상의 모든 것들의 내면을 꿰뚫어보는 폭넓은 시야를 형성하는 것이다. 이것은 서로 상반되는 말 같지만 결국엔 하나의 의미가 될 수 있다. 인간이 사색으로부터 얻을 수 있는 최고의 선물은 영혼의 자유다. 늘 틀에 박힌 듯 고루했던 자신이 답답했다면 지금부터 사색하는 시간을 늘리면 자유롭게 생각하고 자유롭게 꿈꾸는 사람이 될 수 있는 것이다. 우리는 사색이라는 벽을 자유자재로 넘나들며 시공간을 자신의 무대로 만들 힘을 지니고 있다. 시간과 공간, 생각과 이성, 물체와 환상. 이런 모든 것들이 사색이라는 공간 안에서는 얼마든지 새롭게 조합되고 해체될 수 있는 것이다.

영혼의 자유를 진정으로 얻고 싶은 사람이라면 발끝과 하늘 끝을 바라보는 두 가지 시야를 지녀야 한다. 발끝은 나, 즉 자신의 내면이요, 하늘 끝은 세계, 즉 우주의 모든 것들이다.

사색은 특별한 공간에서 한다고 생각하기 쉽다. 하지만 그것은 오해다. 사색은 특정한 시간에 하는 것이라고 생각하는 사람도 많다. 하지만 그것도 맞지 않는 말이다. 사색은 규정화된 시간과 공간에서 행해지는 일이 아니다. 어느 곳에서나 언제나 자유롭게 누릴 수 있는 우리들의 놀이이다. 사색은 즐거운 놀이와 같다. 그렇게 여기며 사색하는 사람은 진정한 자유로움을 얻게 될 것이다. 그 이유는 인간은 순수한 태도로 무언가에 열중할 때 진정 자유로울 수 있기 때문이다. 우리가 어렸을 적엔 누구나 놀이에 정신을 집중하였었다. 그것은 그 사람이 어느 계층의 사람이건 상관없이 공통된 사항이다. 그가 궁핍한 유년시절을 보냈든 황금으로 지어진 궁전에서 살았든 관계없이 어린 시절엔 아무런 편견이나 선입견 없이 놀이에 열중했던 것이다. 그 순간이 우리의 영혼이 자유로웠던 순간이었음을 어렴풋이 기억하는가.

어린아이의 순수한 눈망울은 놀이를 하는 순간에 돈이나 명예나 이득 따위를 논하지 않는다. 오직 놀이 그 자체에서 오는 행복한 기분에 집중한다. 진정한 사유란 그런 것이다. 사색으로 인해 물질적인 혜택이나 사회적 성공을 보장받겠다는 생각을 하는 사람은 없을 것이다. 사색이 주는 것은 마음의 평화와 영혼의 자유이다. 그리고 내적인 성장과 치유다. 상처입고 아파하는 지금의 우리에게 그보다 더 필요한 것이 있을까. 나는 오늘도 사색으로 영혼의 자유를 만끽한다. 사색하는 순간은 내가 살아있음을 느끼는 가장 실제적인 순간이다.

바람결에 흩날리는 나뭇잎이 되어라

흩날리는 것들의 아름다움이 돋보이는 계절이 되어간다. 나뭇잎이 흩날리고 꽃잎이 흩날리고 새소리가 흩날린다. 이른 아침 지저귀는 청아한 새소리에 잠이 깬 나에게 덥석 달려드는 것은 차가운 냉기다. 우리가 원하지 않아도 시간은 흐르고 계절은 끊임없이 바뀐다. 봄, 여름, 가을, 겨울 이 사계절의 변화는 인간의 탄생과 죽음에 이르는 과정과 다르지 않음을 알 수 있다.

봄처럼 파릇한 유년시절과 여름처럼 푸르른 청년시절과 가을처럼 완숙한 중년 그리고 겨울처럼 모든 걸 통달한 초연한 모습의 노년시절이 인간의 성장과 노화과정과 비슷하다. 계절의 지난한 흐름을 보면서 인생살이의 무상함을 느끼는 사람이 많다. 금세 변해버린 바람의 온도처럼 나도 많이 변해있다.

내가 십대의 마지막 시절에는 이런 생각을 했었던 기억이 난다. '도대체 스무 살 이상의 사람들은 왜 사는 걸까. 그렇게 늙어서 무슨 재미로 살지? 이 멋진 십대가 끝나면 나는 죽어야겠다.' 왜 그런 생각을 했는지는 아직도 모르겠지만 십대의 그 푸릇푸릇한 젊음이 나를 단단히 매료시켰음에 틀림없는 것 같다. 그랬던 내가 살다가 보니 어느새 사십대 초반의 여인네가 되어있다. 이런 기가 막힌 일이 벌어지다니.

왜 지금까지 나는 살고 있는 걸까. 그토록 십대 이상의 나이를 경멸했던 내가 말이다. 스무 살이 되고 보니 이십대의 삶이 그다지 나쁘지 않았다. 서른 살이 되고 보니 삼십대의 삶도 그런대로 스릴 있고 견딜만했다. 마흔 살이 되고 보니 이젠 내게 주어진 사명을 깨닫게 되었으므로 더 열심히 살아야만 한다. 사십대의 삶도 그다지 나쁘지 않을 것이라고 믿는다.

그대의 나이가 몇 살이든 그러므로 용기를 가져라. 그대가 십대든 이십대든 삼십대 혹은 사십대 이상이든 그대의 나이는 찬란한 시절의 절정에 있다.

오늘은 모처럼 장날이다. 내가 사는 곳은 읍 소재지로 일주일에 한 번꼴로 장이 열린다. 예전 장날의 토속적인 모습은 조금 사라졌지만 그래도 여전히 장날은 이 소읍의 작은 축제의 날이다. 터미널을 중심으로 그 주변에 수많은 상인들이 갖가지 물건들을 펼쳐놓고 손님들의 관심을 기다린다. 글만 쓰느라 지친 난 오전에 장에 다녀왔다. 가는 길에 뜻밖의 풍경을 마주하게 되었다. 그것은 일 년에 몇 번 열리는 자선기금 마련 바자회 같은 행사였다. 헌 옷이나 신발, 가방 등을 싸게 파는 행사였다. 나는 호기심 가득한 눈으로 행사장으로 발길을 옮겼다.

"이 옷은 얼마인가요?" 제법 괜찮은 윗옷을 발견한 내가 미스코리아처럼 띠를 두른 진행요원에게 묻자 친절하게 그녀가 대답했다. "천 원입니다.""네? 천 원이라고요?" 난 믿기지 않는 표정으로 다시 물건을 천천히 살펴보았다. 아주 멀쩡하고 심지어 예쁘기까지 한 블라우스였다. 속으로 '이건 너무 싸군!' 하는 생각이 스쳤다. 그렇다. 그건 상식이하로 쌌다. 아무리 헌 옷이라고 해도 천 원이라는 헐값에 팔리기에는 그 옷의 가치가 아까워보였다. 그러나 그 옷을 천 원에 파는 사람도 사는 사람도 별 불만이 없어 보였다. 모두들 웃으면서 행사장을 거닐었다. 남편과 아이와 함께 온 아주 알뜰해 보이는 주부의 입가에는 코스모스 같은 미소가 머물렀다. "여보! 이 신발 한 번 신어보세요. 당신께 딱 맞을 것 같아요." 그러자 검소해 보이는 남편이 자상한 목소리로 대답했다. "그것 괜찮네. 내게 맞을까." 그 부부가 평상시에 어떻게 생활할지 상상이 갔다. 물건의 소중함을 알고 사람 냄새나는 정이 넘치는 가정을 이루고 있으리라. 난 몇 가지 물건을 사가지고 그곳을 나왔다. 청명한 가을 날씨에 어울리는 행사가 아닌가 싶었다. 자신이 입을 수 없는 옷이나 물건을 불우이웃을 위해 기꺼이 내놓은 기증자나 그 물건이 분명히 새 물건이 아님을 알고서도 소중한 돈을 내고 사는 구매자나 모두 천사 같은 사람들이었다. 내가 생각하기에 천사란 땅 위에 이렇게 걸어 다니고 숨 쉬고 있는 중이다. 그들은 생생하게 존재한다. 천사 같은 마음씨를 지닌 그들에게 감사하고 싶다.

장터에는 많은 사람들이 붐볐다. 어쩌면 그들은 그렇게 한결같은 자리에 한결같은 모습으로 있는지 모른다. 채소 파는 할머니들! 할머니들이 파는 채소에서는 고향냄새가 난다. 약간 성치 않아 보이는 둥근 애호박, 조그만 그릇에 담긴 소박한 모습의 나물류 등. 난 할머니들이 그렇게 앉아 계시는 모습을 보면 그냥 지나치는 게 죄송스럽다. 내 주머니에 현금이 가득 차 있다면 아마 난 그 분들의 물건을 모두 팔아주고 말았을 것이다. 그러나 마음만 가득한 채 몇 가지 반찬거리만 사들고 집으로 돌아오곤 한다. 돌아오는 길에 길거리에 흩어진 나뭇잎들이 나를 올려다보았다. 발끝에 채이면서도 그것들은 울지 않는다. 인간의 발바닥에 짓밟히고 으스러지거나 자동차 바퀴에 끼여서 산산이 부서져 가루가 되어도 나뭇잎은 비명을 지르지 않는다. 자신의 존재 가치를 세상에 내보이고 난 후에는 조용히 생을 마감하는 의연한 모습의 나뭇잎을 보면서 사색한다. 우리도 흩날리는 나뭇잎과 같은 생을 살다가야 하지 않겠는가. 너무 요란하지 않게 너무 적막히지 않게 그렇게 살다 가는 것이 좋을 것 같다. 나뭇잎은 말라가면서 더 향기로워진다. 인간의 노년기가 그러했으면 얼마나 좋겠는가. 나이가 들수록 배려심이 깊어지고 분노보다는 용서의 마음을 지니고 타인을 대하고 과거의 기억에 대해 슬퍼하기 보다는 지난날이 있었기에 지금의 자신이 있음을 감사히 여기는 그런 사람이 되기를 나 자신과 그대에게 바란다.

바람이 불어오고 다시 나뭇잎들이 흩날린다. 감나무에 매달려 있던 나뭇잎들이나 석류나무에 매달린 자잘한 나뭇잎들이 언젠가부터 후드득 땅바닥에 떨어져 뒹굴고 있다. 바람에 흩날리는 나뭇잎은 처연하다. 그리고 고요하다. 그러나 자신의 본분을 지킬 줄 안다. 다시 흙으로 돌아가 다른 생명들을 살리는 거름이 되기를 거부하지 않는다. 인간도 그처럼 자신의 능력을 마음껏 이 세상에 펼쳐서 다른 존재들에게 이익을 주는 삶을 살아가야 할 것이다. 바람에 나뭇잎이 눈꽃처럼 흩날릴 때 나도 나의 생을 아름답게 갈무리하는 존재가 될 것을 인간으로서 사색해본다.

우리는 왜 사랑하지 않으면 안 될까

사랑, 이 사랑에 관해 지금까지 낸 책에서 다루지 않은 적이 없을
정도로 나는 사랑에 열광하는 사람이다. 사랑이란 것은 우리가 태어
난 시초요, 살아갈 이유요, 살 수 있는 힘의 원천이다. 사랑하지 않는
자, 죽은 자요. 사랑하고 있는 자, 행복한 자다.

사랑을 할 때 인간의 눈은 빛나고 피는 뜨겁게 끓어오르고 인생은
장밋빛으로 물들고 미래는 밝은 희망으로 노래한다. 그러나 사랑이
끝날 때 우리는 탄식하고 슬퍼하며 괴로워하기를 반복한다.

사랑은 남녀 간의 이성적인 사랑만이 아니라 인간 대 인간의 사
랑, 인간 대 자연의 사랑, 더 나아가 인간 대 모든 사물과의 사랑이
있다. 우리는 이 많은 사랑의 홍수 속에서 살면서도 자신의 삶이 사
랑에 가득한 삶인지에 대해서 확신할 수 없다. 왜냐하면 사랑은 공기

처럼 늘 우리 곁에 머물러서 소중함을 모르는 까닭이다.

우리는 사랑하지 않으면 안 되는 존재들이다. 인간은 사랑으로 연명하는 종족이다. 라고 말해도 전혀 이상할 것이 없을 만큼 사랑은 인간을 연명시키는 가장 핵심적인 개념인 것이다. 그렇다면 우리는 왜 사랑하지 않으면 안 될까 라는 의문이 생긴다. 사색의 첫 단계는 이처럼 무엇인가에 대한 진지한 물음에서 출발할 수도 있다.

우리는 왜 사랑하지 않으면 안 되는 것일까. 이 막막한 질문 앞에서 잠시 멈춰서 숨을 들이쉬어 본다. 살아있으므로 마실 수 있는 공기의 맛, 나를 있게 한 것은 무엇일까. 사랑. 그것은 사랑이다. 그대를 있게 한 것은 무엇인가. 그것 역시 단 하나의 진리, 사랑이다.

사랑은 이처럼 모든 존재의 시원이며 근원이다. 사랑이 인간을 있게 한 이후 인간은 지구상에서 찬란한 역사를 써내려가고 있는 중이다. 그러나 사랑이 인간을 언제까지 지켜줄 수는 없다. 인간이 사랑을 지켜주지 않는다면 사랑은 본래의 곳으로 돌아가고 말 것이니까.

사랑이 있던 본래의 곳은 우주의 시작점 신의 영역이다. 신은 인간과 세계를 창조하시고 그 것을 운영하기 위한 틀을 사랑으로 만들어 놓았다. 우리는 신으로부터 사랑이라는 보호막을 부여받았던 것이다. 아무런 조건 없이 주어진 사랑이라는 울타리 속에서 인간은 보호받고 살아왔다. 그러나 사랑은 너무 지쳐 있다. 자신을 외면하고 소홀히 하는 인간에게 실망하고 있는 지도 모른다. 그러므로 우리들은 자발적

의지로 사랑을 하고 사랑을 번영시켜야 하는 것이다. 그것이 사랑에 대한 보답이다. 사랑을 번영시키는 방법은 서로 사랑하는 것이 아닐까 싶다. 지금처럼 사랑에 목마른 사람이 많은 시절도 없을 것이다. 사랑의 결핍으로 인해 얼마나 많은 사람들이 고통 받고 있는가.

우리가 서로 사랑하지 않는다면 암흑으로 가득 찬 세상이 도래할 것이다. 불신은 팽배해지고 믿음은 사라지고 이해는 시궁창 속에서 썩어가고 말 것이다. 사랑으로 서로를 보듬어주지 않는다면 인간의 심장은 멈출 수밖에 없다. 우리의 심장은 사랑으로 뛰고 있는 중이기 때문이다. 우리가 살아있음은 그 누군가의 사랑이 시초였고 우리가 살아가야 하는 이유 또한 더 많은 사랑을 교류하기 위해서임을 인식하자.

사랑에 대해 사색해보려고 하니 내 인생의 날들이 흑백영화의 필름처럼 스쳐지나간다. 역시 사랑은 한 개인의 역사를 이루는 최고의 가치다. 나를 있게 한 것들은 모두 사랑이었다. 어머니의 사랑은 내 심장을 처음 뛰게 만들었으며 고향의 들판과 산야의 사랑은 나를 감수성이 풍부한 작가로서 키워주었다. 대한민국이라는 자랑스러운 조국의 사랑은 나를 이 사회의 당당한 구성원으로서 살아갈 기반을 마련해주었고 가족들의 사랑은 내가 지금 버틸 수 있는 최후의 보루가 되어주고 있다. 친구의 사랑, 스승의 사랑 그리고 이름도 얼굴도 알 수 없는 수많은 인생 선후배들의 사랑이 있었기에 난 지금 이렇게 앉아서 사색할 수 있는 기쁨을 누리고 있는 중이다. 그것을 부정할 수 있겠는가. 그대에게도 마찬가지로 이 사랑의 법칙은 적용된다. 우리들이 지금 살아있는 이유는 명명백백하다. 그것은 서로 사랑하기 위함이다. 사랑하지 않는다면 삶이 도대체 무슨 가치가 있겠는가. 사랑이 없는 삶을 사느니 차라리 죽음이 안락할지도 모른다.

그렇다면 도대체 사랑한다는 것은 어떤 구체적인 행동을 동반해야 하는가에 대한 의구심이 생긴다. 그건 어쩔 수 없는 의문이다. 막연한 사랑에 대한 동경은 차라리 쓰레기통에 구겨서 던져버리자. 내 성격상 막연한 건 질색이다. 난 무엇이든 명확한 것이 좋다. 앞으로의 우리의 삶에서 사랑은 현실적이고 구체적인 형태로 다가와야 한다. 그래야 실천이 가능하지 않겠는가. 사랑하지 않으면 인간답게 살아갈 수 없는 존재로 태어난 우리들이다. 자신이 무슨 말, 무슨 행동을 하는 것이 사랑의 행위인지를 모른다면 아무리 이론상으로 사랑해야 한다고 인지하고 있다 하더라도 쓸모없는 일이다. 머릿속 이론이 실생활에 적용되지 못할 때 그 지식은 아무런 소용가치가 없다.

사랑한다면 이렇게 하라. 우선 상대방의 살아 있음에 감사하라. 인간에 대한 최고의 예우는 무엇일까. 바로 그 사람의 존재 자체에 대한 감사이다. 그가 살아 있음에 어떤 사소한 이유도 붙이지 말고 감사할 때 우리는 타인과의 관계가 호전되는 것을 느낄 수 있다.

생각해 보라. 그대에게 누군가가 단지 살아 있다는 자체만으로도 감사해하고 존중한다면 얼마나 행복한 일일 것인지를. 이것은 굉장히 단순한 실천법이다. 그저 내 눈 앞에 있는 사람이 지금 살아 있다는 것 자체를 감사하면 되는 것이다. 그가 평판이 좋든 나쁘든, 인기가 없든 있든, 부자든 빈자든, 무식하든 유식하든, 나이가 어리든 많든 상관하지 말고 그저 살아 있다는 자체에 감사하면 그대 자신의 마음이 한없이 편안해질 것이다.

그 후에는 그의 이야기를 경청하라. 그의 몸짓을 관찰하라. 상대방이 지금 하고자 하는 이야기가 무엇인지 오감을 동원하여 느껴라. 우리들에게 무엇인가를 토로하고 있는 상대방은 지금 자신의 아픔을 호소하고 있는 중이다. 울면서 말하든 화내면서 말하든 모두 동일한 것을 표출하고 있는 것이다. 그것은 외로움과 상처다. 그가 쏟아내는 가슴 속 이야기들을 묵묵히 들어주는 것만으로도 그는 큰 위로를 받을 수 있다. 사랑이란 그런 것이다. 가만히 누군가의 이야기를 경청해주는 것이 때로는 그를 향한 최고의 사랑 법이 되기도 한다. 그렇게 이야기를 경청해주고 몸짓을 관찰하고 난 후에는 진실한 위로의 말을 건네주어도 좋다.

상대방이 지금 살아있음에 감사하고 그의 이야기를 경청하고 몸짓의 의미를 파악하고 진실한 위로의 말을 건네는 것이 사랑의 전부는 아니다. 사랑은 밤하늘에 빛나는 무수한 별들처럼 수많은 경우가 있다. 그 중에서도 우리 모두가 공통적으로 받고 싶은 사랑은 이것이 아닐까.

　인정. 인정해주는 것. 상대방이 공부를 못해도 인정해주어라. 능력이 없어도 인정해 주어라. 바보 같아도 인정해주고 사회의 낙오자라도 인정해주어라. 한심해도 인정해주고 하는 짓마다 밉상이어도 인정해주어라.

　나는 인정하기를 즐긴다. 나를 괴롭히는 사람도 그 사람 자체는 인정해준다. 나에게 험한 말을 하는 사람에게도 인정이라는 마음을 베푼다. 그런 인정을 베풀 때면 마음속이 훈훈해지곤 한다. 인정하는 것은 인간이 베풀 수 있는 지극히 고결한 행위다. 그대 자신을 사랑한다면 타인을 인정하기를 머뭇거리지 말라. 그대가 상대방을 인정해준다면 그대 자신이 스스로를 인정하고 존경하게 될 것이다.

　사랑하고 또 사랑하자. 이 세상에 머물 시간이 그리 길지 않음을 늘 기억한다면 사랑할 날들이 짧아진다는 사실에 눈물짓게 될 것이다. 사랑할 수 없게 되기 전에 더 많이 사랑하고 보듬어 안아주어라. 인간은 사랑으로 영원히 존속되고 마지막 순간에도 사랑으로 행복해질 수 있다.

　어김없이 오늘 하루가 그대에게 주어졌는가. 오늘은 그대의 사랑이 온 누리에 축포처럼 퍼뜨려지기에 가장 좋은 날이다.

스물셋

우리는 지금 어디로 가고 있는가

　우리는 어디에서 왔을까. 우리는 어디로 지금 가고 있는 것일까. 이것이야말로 사색의 가장 기초적인 질문이 될 것이다. 나는 누구이고 나는 지금 무엇을 지향해 걸어가고 있는가. 장미꽃처럼 붉게 물들어가는 고운 석양을 바라보며 생각에 잠긴 인간에게 아주 적합해 보이는 이 질문은 인간이란 존재에 대한 가장 절실한 의문이 될 것이다.

　앞마당에 무화과나무가 있다. 얼마 전부터 거기에 벌들이 몰려들기 시작했다. 무화과 열매의 달달한 냄새를 맡고 동네 벌들이 모두 몰려든 것 같다. 그 덕분에 그 곁을 지나가는 사람은 약간의 공포심을 가지고 조심조심 벌을 피해 가야 한다. 행여 벌에 물릴까 두려움에 젖은 눈빛은 벌들에게 우스꽝스러워보일지도 모른다. 하지만 우리는 벌에 쏘이지 않기 위해 조심해야 할 것이다. 난 아직 벌에 쏘여

보지는 않았지만 어떤 사람들은 벌에 쏘인 쇼크로 사망에 이르기도 하는 만큼 무화과나무 근처에 가기 전에는 마음을 단단히 여민다.

벌 조심! 그러나 가만히 생각해보면 이러한 위험에 대한 태도는 처음부터 있던 것은 아니었음을 알 수 있다. 뜨거운 물에 데일까봐 조심하는 것이나 캄캄한 골목길을 걸어갈 때 혹여 괴한이 나타나지나 않을까 조심하는 것이나 모두 우리의 학습에 의한 결과물인 것이다.

그 학습이란 것은 살아온 시간 동안 겪은 직간접 경험들이 아니겠는가. 인간은 지속적으로 자극을 받는다. 부정적인 자극과 긍정적인 자극들이 쉴 틈 없이 우리의 뇌세포를 공략한다. 부정적인 자극 가운데 위험에 대한 인식은 특별히 민감하게 포착되고 저장된다. 그것은 곧 생존과 직결되기 때문이다. 벌들에게 물릴까봐 조심하는 사람들의 태도 역시 그런 위험에 대한 인식에 의해서 생겨난 방어본능이 발현된 것일 것이다. 우리는 여기에서 하나의 진리를 발견할 수 있다. 그 진리는 인간은 살기 위해 위험에 대처하는 자세를 확립하는 것이다. 어쩌면 그것은 본능일수도 있다. 본능은 타고난 성질이기에 진리와 유사하다. 진리는 변하지 않는 불변의 법칙이기 때문이다. 살기위해 위험을 감지하고 미리 대처하려는 것이 인간의 본능이요, 진리인 것을 감안해 사색해본다면 우리가 지금 어디로 가고 있는지 유추해볼 수 있다.

우리는 지금 위험을 피하고 죽음을 늦출 안락한 지대를 향해 가고 자 하는 것이다. 죽음을 피할 수 없다는 것을 깨닫게 된 순간 인간은 최대한 죽음으로부터 멀리 도망치고자 한다. 이것이 감춰진 진실이다. 누구도 대놓고 난 죽음이 두렵소, 죽음의 시간을 최대한 늦추고 싶다오. 라고 말하는 이는 없다. 그러나 결국 우리들이 하는 행동 하나하나를 세밀하게 관찰해보면 죽음에 대한 저항이 내재되어 있다. 이렇게 인간의 삶은 위험을 피하기 위한 몸부림으로 귀결되고 마는 것인가. 다행히도 우리가 지향해가고 있는 최종 목적지는 따로 있다. 그곳은 어디일까.

인간이 팔십 평생 길면 백 여 년의 생을 산다고 감안해볼 때 그 시간동안 수많은 일들을 경험하게 된다. 슬펐던 일, 기뻤던 일, 가슴 아리고 안타까운 일 등에 휘말려서 편안히 숨 돌릴 틈도 없이 노인이 되고 만다. 그것도 운이 좋은 경우에 한해서 누릴 수 있는 복이다. 어떤 사람은 노년의 시기를 경험하기도 전에 세상을 떠나고 만다. 우여곡절 끝에 노년기에 이르렀다고 해서 그의 일생이 행복하다고 장담할 수도 없다. 요즘의 추세는 노인도 일하지 않으면 살아남을 수 없는 지경이 아닌가. 자식에게 부양을 기대하는 노인은 거의 없을 정도의 세상이 되었다. 인간이 삶의 위험요소들을 피하고 최대한 죽음으로부터 도망쳐서 도달하는 곳은 어디인가. 인간의 최종목적지는 바로 이곳이다. 그곳은 우주다. 우주의 일원인 우리는 결국 우주의 티끌로 사라져 갈 것이다. 그것은 동물들이나 식물들, 기타 존재들도 마찬가지다. 인간도 그것들과 별 다르지 않는 마지막을 맞이하고 마는 것인가.

　그렇지는 않다. 인간이 죽음에 이르러서도 웃을 수 있는 것은 우주라는 따뜻한 품이 있기 때문에 가능하다. 인간과 다른 여타의 존재들과 차별화되는 점은 우리에게는 지적영혼이 있다는 것이다. 이 지적영혼이야말로 영원불멸할 것이다. 그러므로 죽음이 인간의 끝이라는 종말론적 시각을 버려도 좋다. 대신 희망을 품어라. 우리는 지금 죽음을 향해 가고 있는 것이 아니라 영원한 행복을 누릴 수 있는 천상의 낙원을 향해 가고 있는 것이다. 우리들 각자가 어떤 믿음을 지니고 있든 신은 우리에게 영원한 안식과 평화를 준비해두었다. 다만 그것을 획득할 수 있는 자는 지적영혼을 지닌 자에 한해서일 것이다.

지적영혼이 되려면
어떻게 살아야 하는가

사색하는 동안에는 어떤 사념도 허락하지 않는다. 사색은 본연의 나, 최후의 선(善), 모든 것들의 길을 탐구하는 긴 여정이다. 사색을 하면서 난 생각이 곁길로 빠지지 않기 위해 집중력을 발휘한다. 그런 집중력이 있기에 글을 쓸 수 있는 것이다. 나는 그렇게 오늘도 치열하게 사유한다. 머리말에서 여러분에게 약속했듯이 나는 뼈를 깎고 피를 토하는 심정으로 사색한다. 또한 지적영혼이 되기 위해서라도 단 하루도 사색을 거르지 않는다. 사색은 나의 존재이유요, 삶의 의미다.

그대는 얼마나 자주 사색하는가. 지적영혼으로 승화되기 위해 가장 중요한 것이 사색이다. 일단은 사색하라. 사색은 지적영혼자의 기본자격이다. 그것에 대해서는 이미 적었으므로 이제 다른 조건들에 대해 생각해본다.

우리는 광활한 우주를 향한 여행길에 오른 사람들이다. 우리보다 먼저 여행길에 올라서 본향에 다다른 사람들을 우리는 고인이라고 부른다. 고인, 옛사람. 그 한마디가 가슴에 먹먹한 울림을 주었던 기억이 있다. 그건 어머니의 장례식에서다. '고' 라는 말이 앞에 붙은 어머니의 이름은 낯설었다. 처음 엄마의 이름 앞에 붙은 그 '고'자를 보는 순간 나는 그만 눈에 눈물이 저절로 고이고 말았다. 단지 한 글자가 앞에 붙었을 뿐인데 어머니와 나는 견고한 칸막이에 의해 나뉘어져 버린 것 같았다. 그러나 이제는 어머니의 지적영혼을 만날 수 있으므로 예전처럼 무턱대고 슬퍼하지는 않는다. 어머니와 나는 언제나 함께 하고 있다. 어머니께서 지니신 지극한 사랑과 순수한 영혼은 내게 가장 큰 영향을 주고 있는 것이다.

내가 어머니를 그리워하듯 우리들보다 먼저 본향으로 향해 간 사람들을 그리워하는 일이 힘겨운 것은 그들을 사랑했기 때문일 것이다. 너무나 많이 사랑했던 사람이라면 그 그리움은 피보다 더 진하게 심장을 훑고 지나갈 것이다. 울고 싶어지면 울어라. 그리운 사람에 대한 슬픔은 눈물보다 울먹임으로 표출된다. 울고 싶어도 눈물이 나지 않는 슬픔, 사랑하는 사람과의 영원한 결별에 가슴 아프지 않은 이 어디 있을까. 오늘도 고인이 되어가는 무수한 사람들. 그리고 그들을 보내야 하는 또 다른 사람들의 슬픔이 가슴에 와 닿는다.

살아 있든 죽었든 인간은 존재한다. 살아서는 생명체로서 존재하고 죽어서는 지적영혼으로 존재한다. 생명체는 만질 수 있고 느낄 수 있고 볼 수 있는 것이고 지적영혼은 만질 수도 없고 느낄 수도 없고 볼 수도 없는 것이다. 그러나 지적영혼은 존재한다. 그리고 예민한 감각을 지닌 사람은 그것을 느낄 수 있다. 지적영혼은 지금도 우리 곁에 존재한다. 그들이 존재하는 것은 우리가 살아있는 것만큼 확실한 일이다. 왜냐하면 지적영혼으로 인해 우리는 험난한 인생살이를 이겨나갈 지혜를 얻고 있기 때문이다.

우리가 읽고 있는 책, 영화, 음악, 그 밖의 모든 예술작품과 현존하는 모든 건물과 물체들에 지적영혼이 새겨져 있다. 지적영혼은 지구촌 곳곳에 자신들의 지혜를 뿌리고 있는 중이다. 마치 겨울날 하늘에서 함박눈이 펑펑 쏟아져 내리듯이 우주에서 지적영혼의 지혜가 지구를 향해 날아들고 있다. 그것을 느낄 수 있겠는가.

그대가 먼 훗날 지적영혼이 되고 싶다면 그대 곁에 있는 지적영혼들을 만나야 한다. 그리고 그들로부터 우주의 지혜와 인생의 비밀을 배워야 한다. 지적영혼은 무한한 지혜의 보고다. 그렇다면 지적영혼이 되기 위해 어떻게 살아가야 할까.

현명한 이의 덕목 중 가장 밑바탕인 사색을 중심으로 하루를 설계하라. 그런 후에는 다음 세 가지 가치를 실천하라. 이것은 지적영혼이 나에게 준 지혜의 일부다. 나 역시도 부족한 사람이므로 이 세 가지를 실천하기 위해 노력할 것이다.

첫 번째는 존재에 대한 배려다. 두 번째는 사랑에 대한 확신이다. 세 번째는 자신에 대한 자긍심이다.

그렇다면 첫 번째 덕목인 존재에 대한 배려에 대해 사색해보자. 일 년 전 난 이 집에 이사 왔다. 주인집에는 인자하신 할머니 할아버지가 사신다. 그리고 얼마 전부터 토끼를 기르기 시작하셨다. 토끼를 가까이에서 본 적이 있는가. 난 문만 열면 토끼들과 마주한다. 안마당에 동물원이 있는 것이다. 빨래건조대에 빨래를 널거나 장을 봐오거나 산책을 하거나 어찌되었든 밖으로 나서기만 하면 토끼를 볼 수 있다. 이런 환경에 있는 것도 축복이 아닐까 생각한다. 심지어 그 귀여운 것들이 새끼를 낳았다. 얼마나 귀여운지 보고만 있어도 스트레스가 다 풀리는 것 같다. 그리고 새로운 사실도 알게 되었는데 토끼의 식성이 국수까지 먹어치운다는 것이다. 주인 할머니께서 국수를 한 가닥 들고 토끼에게 내밀면 토끼는 그것을 아주 맛있게 오물오물 먹는다.

토끼와 동거하는 작가. 난 이 집이 참 좋다. 그리고 토끼 집 위에 있는 석류나무도 좋다. 무럭무럭 자란 석류열매가 이젠 제법 탐스럽게 여물었다. 토끼와 석류나무, 낭만적인 조합이 아닌가. 내게 낭만적인 감상을 불러일으켜주고 감성을 되살려주는 고마운 토끼에게 해주는 나의 배려는 아주 조그만 것이다. 토끼들이 놀라지 않게 빨래건조대를 가만히 접어서 가지고 들어오는 것이다. 어느 날은 내가 건조대를 거칠게 다루었는데 토끼가 깜짝 놀라는 것이었다. 그 후로 난 사소한 배려를 하기로 했다. 가만히 건조대를 접어서 집 안으로 가지고 오는 것이었다. 별 것 아닌 것 같지만 이 배려는 토끼에게는 고마운 일이 아닐까 싶다.

소음에 민감한 건 나도 마찬가지여서 예전 아파트에 살 때 층간소음으로 스트레스를 받았던 기억이 있다. 그래서 토끼에게 배려를 하는 것이 자연스러웠다. 토끼 역시 소중한 존재가 아닌가. 사람들은 하찮은 것들을 함부로 대하는 경향이 있다. 자기보다 잘 나가고 한 마디로 돈이 많고 지위가 높은 사람들에게는 굽실거리다가도 자기보다 못해 보이는 사람에게는 거드름을 피우면서 무시하는 사람이 있다. 그는 존재에 대한 배려가 부족한 사람이다. 또 사람들에게는 친절하고 잘 대하지만 동물을 학대하는 사람도 있다. 그 사람 역시 존재에 대한 배려가 부족한 사람임이 틀림없다. 말은 못해도 동물이나 식물 역시도 고통을 느낀다. 우리는 그것을 잊지 말고 동식물을 인간을 대할 때처럼 조심해서 대해야 한다. 그것이 만물의 영장인 인간의 도리다.

들판에 나가면 이름 없는 들풀들이 우리를 반겨준다. 그 모습은 마치 우리네 민초들의 모습과 같다. 저 넓은 초원 위에 단 한 포기의 풀만 있다면 아니, 단 한 그루의 나무만 덩그러니 있다면 어떨까. 그야말로 쓸쓸함의 극치가 되고 말 것이다. 이름은 없어도 수많은 들풀들이 모여 있어서 들녘은 더욱 아름다운 것이다.

인간세상도 마찬가지 아닌가. 이름 없고 평범한 사람들이 들풀들처럼 모여서 더 사람 냄새나는 세상이 되는 것이다. 잘 난 사람만 모여 산다고 생각하면 벌써 현기증이 난다. 그러므로 우리는 우리보다 가진 것 없고 부족한 사람들을 더 배려해야 한다. 그것은 우리들의 당연한 의무다. 존재에 대한 배려는 그런 것이다. 자기 자신보다 어려운 이웃을 보살피고 약한 동물들을 사랑해주고 거리에 흔하게 핀 풀꽃 한 송이도 함부로 밟지 않는 것이다.

이 집에 이사 온 후 할머니 한 분이 다른 방으로 세를 들어서 이사 오셨었다. 그 할머니는 내가 머무는 방에 살던 분이었는데 요양원에 가셨다가 다시 이 집에 이사 오신 것이다. 내가 지금의 방에 살게 된 관계로 할머니는 집 뒤편의 방에 이사 오셨다. 그 할머니를 보는데 돌아가신 어머니를 너무 닮으신 것이었다. 할머니는 연세도 우리 어머니와 비슷했다. 할머니의 방은 햇살이 잘 비추지 않아서 가끔 앞마당 쪽으로 나오시곤 했다. 나는 할머니와 마주칠 때마다 반갑게 인사를 하였다. 어느 맑은 봄날에 할머니는 뭔가를 열심히 닦고 계신 것이었다. "할머니, 뭐하세요?" 내가 묻자 할머니는 백발의 머리를 들고 나를 바라보며 겸연쩍은 표정을 지으셨다. "아이고, 내가 어젯밤에 고기 넣고 김치찌개를 해먹으려고 가스 불에 올려놓았다 깜박해서 태워버렸지 뭐야. 냄비가 다 탔네." 그리고는 모래를 잔뜩 묻힌 지푸라기로 냄비를 계속 문지르시는 것이었다. "할머니, 제가 닦아볼게요." 난 할머니로부터 지푸라기가 든 냄비를 건네받고 열심히 닦았다. 그런데 좀처럼 탄 자국이 사라지지 않았다. 내가 한참을 닦고 지치자 할머니가 다시 냄비를 문지르시기 시작했다. 그 날의 햇살이 참 따스했는데 할머니는 얼마 후 다시 요양원에 들어가시고 말았다. 대문 앞을 나서다 넘어지셔서 골절상을 입어 누군가가 보살피지 않으면 안 되었기 때문이다. 지금도 가끔 할머니와 함께 냄비를 박박 문질러 닦던 기억이 난다. 우리는 그 순간 새까맣게 타버린 냄비를 함께 닦으면서 세대를 뛰어넘어 교감했던 것이다. 난 할머니가 좋았고 할머니는 내 호의를 기꺼이 받아주셨다. 그래서 그 시간이 행복했다. 배려란 그런 것이 아니겠는가. 누군가를 위해 자신의 손을 내밀어주는 것. 누군가가 내민 손을 기꺼이 잡아주는 것.

존재에 대해 배려하라. 특히 자신보다 불우한 존재들을 더 많이 배려하라. 그러면 그대 자신의 가치가 상승할 것이다. 이것이 바로 지적영혼으로 승화되기 위한 첫 번째 방법이다.

지적영혼으로 변화하기 위한 두 번째 덕목인 사랑에 대한 확신에 대해 사색하자. 글을 쓰다 보니 어느새 저녁시간이 되어가고 있다. 오늘은 유난히 글이 잘 써진다. 점점 어둠이 깊어지고 있다. 멀리서 개 짖는 소리가 들린다. 이 동네 개들은 무척 성격이 다혈질인가보다. 가끔 깊은 밤에 두 마리 개가 서로 격렬하게 싸우는 소리가 고막을 찢을 만큼 들려오기도 한다. 그 소리를 자장가 삼아 잠이 들면 어느새 날이 밝고 새로운 하루가 시작된다. 개들은 왜 밤에 잠도 자지 않고 그렇게 심각하게 다투는 것일까. 만약 내가 그 소리를 계속 신경 썼다면 밤잠을 제대로 이루지 못했을 것이다. 다행히 요즘은 그들의 사이가 좋아졌는지 그렇게 심각한 개 짖는 소리는 들리지 않는다. 아마 자기들끼리 서로 사이좋게 지내기로 합의를 했는가 보다.

인간에게도 합의가 필요하다. 그것은 서로의 안전을 보장하는 합의다. 그것을 구체적으로 풀어보면 사랑에 대한 확신이라고 볼 수 있다. 사랑에 대해 그대는 확신하는가. 잠든 남편의 아내의 모습을 바라보면서 사랑에 대해 확신할 수 있는가. 자식을 바라보면서 자기 자신이 부모로서 그 자식에 대한 사랑이 변치 않을 것을 확신하는가. 부모로서의 확신, 부부로서의 확신, 자식으로서의 확신, 친구로서의 확신, 국민으로서의 확신 등 사랑에 대한 확신의 대상은 무궁무진하다.

나는 스스로에게 묻는다. 너는 작가로서 독자들을 사랑할 것을 확신하는가. 물론 대답은 언제나 "그렇다."이다. 우리는 사랑에 대한 확신을 지녀야 한다. 그것은 곧 행복의 나라로 가는 지름길이요, 첩경이다. 행복이란 것이 일상의 소소한 것들에게서 얻는 것이라는 것은 사색의 기본기를 지닌 사람이라면 누구나 느낄 수 있는 것이다. 우리는 행복해져야만 한다. 불행에 소중한 시간을 내어주기는 삶이 아깝지 않은가. 그런 행복에 이르기 위해서 반드시 우리는 사랑에 대한 확신을 가지고 있어야 한다는 사실을 기억하길 바란다.

그렇다면 도대체 사랑에 대해서 어떻게 확신할 수 있단 말인가. 이처럼 위험한 세상에서 말이다. 걸핏하면 사건사고가 터지는 살얼음 판 같은 이 세상에서 사랑에 대해서 무슨 배짱으로 확신하란 말인가. 의구심이 솟구칠 것이다.

사랑을 확신한다는 것은 이런 것이 아닐까 생각한다. 사랑을 책임지겠다는 태도이다. 부모로서 자식을 책임지고 양육하고, 친구로서 책임지고 우정을 나누고, 연인으로서 책임지고 사랑해주고, 국민은 국민으로서 책임지고 자신의 의무를 다하고, 지도자는 지도자로서 책임지고 자신의 본분을 다하여 국민을 섬기고, 자녀들은 책임을 지고 부모님에게 효도를 하는 것이다. 자세히 살펴보면 사랑에 대해 확신을 지닌다는 것은 희생을 요구하고 있음을 알 수 있다.

자기희생 없이 사랑에 대한 확신을 가지고 살 수는 없다. 고귀한 희생은 책임지고 인생을 살아가는 데 있어서 필수불가결한 요소인 것이다. 그대 곁에 있는 모든 것들을 책임지기를 두려워하지 말라. 그대의 인생에 펼쳐질 갖가지 문제들을 책임지고 풀어나갈 것을 망설이지 말라. 얼마든지 사랑하는 사람들과 사랑하는 내 인생을 책임지겠노라고 다짐하면 용기가 생길 것이다. 세상은 자신이 하고자 하는 대로 되어 간다. 그것이 인간의 능력이요, 신이 주신 특권이다. 그러므로 오늘 사랑을 구하는 이들을 외면하지 말고 그들을 책임지고 사랑해주어라. 아주 조금만 더 사랑해주어도 그들은 삶의 진창에서 빠져나올 힘을 얻을 수 있다. 사랑에 대하여 확신을 가지고 오늘 이 사랑으로 인해 내가 조금 손해 본 것 같아도 웃으면서 사랑을 베풀어라. 그런 행동 하나 하나가 모여서 지적영혼을 이루는 것이다.

지적영혼이 되기 위한 세 번째 덕목은 무엇인가. 바로 자신에 대한 자긍심이다. 나는 내 자신에 대하여 최고의 작가라는 호칭을 부여하는데 있어서 인색하지 않다. 내 휴대폰에는 최고의 작가 백정미라는 문구가 버젓이 새겨져 있다. 그리고 나의 습작노트에는 나 자신을 추켜세우고 용기를 주는 글들이 맨 앞장에 적혀있다. 이것은 자신에 대한 격려요, 보상이다. 그리고 작가로서 삶을 사는 데 있어서 가장 중요한 기반이 된다. 이것이 바로 자신에 대한 자긍심의 표현이다. 우리는 스스로에 대해 칭찬하기를 부끄러워하지 말아야 한다.

자신을 사랑하는가, 얼마나 자주 자신에게 긍정적인 말을 해주는가. 다른 사람의 평가 따위에 목숨 걸 필요는 없다. 자신에 대한 평가는 자기 자신이 해야 가장 적절하다고 생각한다. 왜 자기 자신의 가치를 다른 사람의 주관적인 견해에 의해 좌지우지 되도록 허락하는가. 그대를 가장 잘 아는 사람은 그대 자신 외에는 없을 것이다. 자긍심을 지니고 사는 것은 든든한 보호막을 지니고 사는 것이다. 폭풍같은 비난의 화살이 쏟아져 날아와도 자신에 대한 자긍심이 확고한 사람은 묵묵히 제 갈 길을 갈 수 있다. 지적 영혼의 소유자는 자신에 대한 믿음이 있는 사람이다.

소심했던 기억은 버려라. 움츠리고 있던 자아는 저기 강물에 띄워 보내라. 이젠 나약한 자신과 결별해야 할 때다. 우리는 점점 더 강해질 것이다. 그리고 또 유연해져야 한다. 강함과 유연함이 공존하는 사람이야말로 진정으로 이 시대에 필요한 사람이다. 강자에게 강하고 약자에게 약하게 대하는 사람을 우리는 원한다. 강자에게 약하고 약자에게 강하게 대하는 사람은 자신을 사랑하지 않는 비겁한 사람이다. 자신을 사랑한다면 타인에게도 그러한 사랑과 호의를 베풀어야 한다. 우리는 혼자 살아갈 수 없는 존재이기 때문이다.

거리를 걸어도 고개를 들고 위풍당당하게 걸어라. 누가 뒤에서 수군거릴까 심장이 오그라들 필요는 전혀 없다. 만에 하나라도 누군가가 자신을 손가락질 하더라도 기죽지 말아야 한다. 그들은 별 볼일 없는 사람일 가능성이 크다. 타인에 대한 비난은 자신의 못남을 증명하는 일이다. 그런 이들에게 휘둘릴 이유는 없지 않겠는가.

자신이 하는 일에 자긍심을 지녀라. 그대가 하는 일은 그대의 일생이다. 어떤 직업을 지녔든 고귀한 일이다. 그 일이 비록 남들이 알아주지 않는 하찮아 보이는 일이더라도 자신이 하는 일은 세상에서 가장 소중한 일이라고 생각하라. 그리고 자신에게 용기를 주어라.

스스로 '너는 세상에서 가장 고귀한 일을 하는 사람이야.' 라고 격려하고 북돋아주는 사람이 자긍심을 지닌 사람이다. 그런 태도가 있는 사람에게는 아주 사소한 일도 즐거운 일이 될 것이다.

오늘도 이 세상은 자신에 대한 자긍심을 지닌 사람들에 의해 움직이고 있다고 해도 과언이 아니다. 얼마나 자기 자신을 사랑하는가에 따라 그의 성공의 크기가 결정될 것이다.

난 내 자신의 가능성을 믿고 능력을 확신하며 최고의 삶을 살 것을 다짐한다. 단 한 순간도 이러한 자긍심을 바닥에 내려놓지 않고 심장에 새기고 살아갈 것이다. 그러한 삶의 태도는 그대에게도 필요한 것이다. 단 한 순간도 그대 자신에 대한 자긍심을 포기하지 말기 바란다. 심장 깊숙한 곳에 내가 최고다. 라는 문구를 새겨 넣고 힘차게 세상을 향해 걸어 나가라.

인내심에 관한 고찰

극기의 가장 적절한 표현은 인내심의 한계를 측정하는 일이라고 할 수 있을 것이다. 인내심이란 고된 삶을 살아가는 우리들에게 없어서는 안 될 자산이다. 인내심이 바닥이 날 때 모든 불행한 사건은 터진다. 참고 또 참다가 저질러버린 한 때의 사건으로 평생을 후회하면서 사는 사람들이 얼마나 많은가. 그들에게 인내심이 끝까지 함께 하였다면 결코 그러한 후회스런 삶을 살지는 않았을 것이다.

오늘도 수많은 사람들의 인내심이 아슬아슬하게 시험받고 있다. 전세난, 취업난, 주가폭락, 과도한 물가상승 등에 인내심은 한계에 다다르고 있는 중이다. 그런 가운데 몇몇은 인내심을 잃고 행동하다가 비극적인 결말을 맞이하곤 한다. 그렇지만 대부분의 사람들은 인간 본연의 인내심을 효과적으로 발휘하여 삶의 위기들을 슬기롭게 넘기면서 잘 살고 있다.

가장 인내심이 위협받는 때는 누군가가 자신에게 말도 되지 않는 억울한 누명을 씌울 때일 것이다. 그 대표적인 예가 아마도 인터넷상의 루머가 아닐까 싶다. 인터넷이라는 익명의 공간을 악용하여 멀쩡한 사람을 아예 상종도 못할 인간으로 만들어 매장시켜버리는 일들이 허다하다. 그런 일을 겪은 사람들 중에서는 극도의 정신불안증세와 우울증으로 자신의 삶을 스스로 마감하는 사람도 있고 폐인이 되어 온전한 인간으로서 살아가지 못하는 사람도 있다. 이것은 그들의 인내심이 더 이상 버티지 못하고 무너져버린 탓이 아닐까 싶다. 이처럼 인내심이 결여될 때 인간은 위기에 처하게 될 것이다. 극단의 상황에서도 인내심을 잃지 않아야만 인간은 자신의 생명을 지킬 수 있다고 볼 수 있다.

그러므로 우리는 인내심을 고취시키고 일상에서 인내심을 자신의 성질의 일부로 삼아 적용시키며 살아가기를 연습해야 한다. 인내심은 삶을 평화롭게 만드는 데 일조한다. 어떻게 해야 우리는 인내심을 가지고 사람들을 대하고 매사에 안정적인 자세로 사건들을 처리해 나갈 수 있을까. 그 비법에 대하여 사색해보자. 먼저 무엇인가에 맞서 싸우기 위해서는 그것보다 더 강력한 무기를 지니고 있어야 한다는 점을 상기시켜본다. 그렇다면 우리가 삶의 갖가지 골치 아픈 사건들을 대하게 될 때 인내심이라는 강력한 무기를 지니고 있어야 한다는 결론에 도달할 수 있다.

인내심은 인간을 보호해주는 보호막이고 방패다. 하지만 매사에 안정적인 자세를 지닐 만큼 인내심을 자신의 것으로 만드는 데는 충격에 대처하는 대응 법을 익혀야 한다는 조건이 붙는다. 인내심이 있는 사람으로 거듭나기 위해서는 충격에 잘 대처하는 법을 알아야 한다. 예컨대 실연이나 실직이나 이별이나 손실이나 루머 등의 아픔에 직면했을 때 그 충격을 완충시킬 수 있는 완충지대를 마음속에 항상 마련하는 것이 중요하다. 위험한 너울을 막는 방파제처럼 우리 삶에도 충격을 완화시킬 수 있는 지대가 필요하다. 그것은 마음을 추스르는 수련에 의해서 형성된다.

우리는 매사에 신중하고 감사하며 살아가야 한다. 그리고 마음을 다독이고 위로해주는 시간을 가져야 한다. 그래서 말할 수 없이 충격적인 일이 발생했을 때 그것이 주는 충격파를 흡수하고 더 나아가 나머지 삶을 즐겁고 보람차게 살 수 있는 힘을 얻을 수 있어야 한다. 자신의 마음을 추스르는 특별한 시간이 절실하게 요구되는 현대사회다. 그렇지 않다면 조그만 충격에도 인간은 쉽게 와해되고 말 것이다. 인내심은 충격을 얼마나 잘 흡수하고 그 파장을 얼마나 잘 조절하느냐 하는 것과 동일한 말이다. 그러므로 인내심이란 결국 마음을 얼마나 잘 추스르느냐 하는 것과 같은 뜻이 된다.

인내심의 본질은 자신의 마음을 얼마만큼 효율적으로 다스리느냐에 좌우된다고 해도 과언이 아닐 것이다.

오늘도 나는 인내심을 시험받는다. 예전 같으면 불같이 화를 내고 좌절감에 허덕이고 말았을 정도의 스트레스지만 마음을 추스르는 시간을 가진 덕분에 한결 편안하게 대응하게 되었다. 내가 마음을 추스르는 비법을 공개하자면 사물에 대한 주시이다.

잡념이 마음을 혼란스럽게 하고 고통스럽게 하거든 어떤 것이라도 좋으니 사물을 주시해보라. 그리고 아무 생각도 하지 말고 그것을 바라보라. 그러나 인간은 역시 생각하는 존재이므로 아무 생각도 하지 않는다고 해도 생각이 날 것이다. 그 생각이 부정적인 것이든 긍정적인 것이든 구애받지 말고 그냥 내버려두어라. 잠시 후 생각들은 유유히 흘러가버린다. 그리고 남겨지는 것은 자신과 사물 두 가지다. 그 때 비로소 마음속 바다에서 물결이 일 것이다. 그 물결은 바로 자성의 시간이다. 자성의 시간만큼 인간을 단련시키는 시간도 드물지 않을까 싶다. 되돌아보면 모든 것이 후회스러운 일뿐이지 않은가. 그때 조금만 더 인내할 것을, 그 때 조금만 더 신경 써 줄 것을, 그 때 조금만 더 자주 찾아가 볼 것을, 그 때 조금만 더 사랑해줄 것을. 이렇게 인간은 과거의 어느 때를 되돌아보면서 스스로의 행동을 반성하곤 한다.

그런 반성의 시간, 즉 자성의 시간이 부족한 사람은 과거에 저질렀던 과오를 다시 저지를 가능성이 농후하다. 그러므로 늘 제자리를 맴도는 인생을 살게 될 것이다. 왜냐하면 같은 실수와 잘못을 반복하게 되기 때문이다.

자성의 시간을 가져라. 그리고 마음을 추슬러라. 그렇지 않으면 인생은 새로워질 수 없을 것이다. 그리고 인내심이란 미덕도 발휘하기 어려울 것이다. 인내심은 자성의 시간을 거친 후에야 생성되는 마음가짐이다. 사물에 대한 주시는 이러한 자성의 시간을 좀 더 심도 있게 누릴 수 있는 환경을 조성해준다.

하늘을 바라보면 하늘과 생각과 내가 엉켜 있다가 나중에는 하늘과 나만 남는다. 하늘과 나만 남겨질 때 비로소 마음속 바다에서 물결이 인다. 그 물결이 자성이다. 그것은 자신에 대한 반성이요, 세상에 대한 비판 없는 투시다. 인간에 대한 애정의 발현이요, 인생에 대한 관조다. 바다를 바라보더라도 같은 현상을 경험할 수 있고 꽃을 바라보더라도 같은 현상을 경험할 수 있다. 필요한 건 사물과 그대 자신이다.

사물이 주는 것은 거울과 같은 역할이다. 자신의 내부를 투영시켜주는 것을 사물이 대신해줄 것이다. 혼자서는 감당할 수 없는 슬픔도 사물과 함께 하면 감당할 수 있을 만큼 슬픔이 줄어들 것이다. 왜냐하면 우주의 모든 것들은 치유의 기운이 있기 때문이다. 그대 자신을 사랑한다면 인내심을 가져라. 인내심이 필요하다면 마음을 추스르는 시간을 가져라. 그리고 자성하라.

난 이렇게 자주 사물을 앞에 두고 자성의 시간을 갖는다. 그 시간은 바로 인내심이 강화되는 시간이요, 인간으로서 꼭 지녀야할 인간성을 회복하는 시간이다. 마음을 추스르고 진정한 인간으로 회귀하는 시간이기도 하다. 우리는 모두 인내심으로 기나긴 인생을 버텨내야 한다. 인내심이 고갈된다면 삶은 고된 시간의 연속일 뿐이다. 인내심은 인간과 인간을 이어주는 윤활유 같은 것이다. 인내심이 없는 관계란 얼마나 끔찍한가. 서로 이해하고 사랑하려면 먼저 인내심으로 서로의 환경과 성격을 포용해야 한다. 그럴 때에야 비로소 인간과 인간 사이에는 따뜻한 정의 흐름이 생겨나게 된다.

그대의 인내심은 지금 어느 정도인가. 누군가가 심한 욕설을 해도 참을 만큼의 인내심이 있다면 그대는 충분히 인내심의 달인이 될 수 있다. 오늘부터라도 사물을 앞에 두고 명상과 자성의 시간을 갖도록 하길 바란다. 그렇게 되면 도저히 인내할 수 없을 것 같은 일이 눈앞에서 벌어져도 충분히 참아낼 것이다. 행복과 성공은 인내심이 강한 자에게 미소 지어줄 것임을 기억하라.

스물여섯
잉여인간

인간사회에는 여러 가지 인간유형이 있다. 수많은 인간들 중에서 잉여 인간부류에 속한다면 그는 분명히 자신에 대한 새로운 관점의 확립이 시급하게 필요할 것이다.

잉여인간이란 말은 19세기 러시아문학에 자주 등장하는 인물유형으로 현실참여에 서툴고 사회의 불완전한 면, 불합리한 면을 인지하고서도 방관자의 입장을 고수하는 인간을 지칭한다. 그러나 나는 이 시점에서 19세기 러시아에 살았을지 모르는 소설 속 잉여인간을 논할 생각은 전혀 없다.

우리의 사색은 현재진행형이다. 우리는 현재를 살고 현재를 논해야 한다. 지금은 19세기가 아니다. 이곳은 러시아도 아니고 여기는 대한민국이다. 세계적으로 우수한 한민족의 영토 위에 존재하는 나는 아직도 잉여인간이 이 지구상에 상당히 많이 있다는 것을 말하고 싶다. 우리는 혹시 잉여인간이 아닐까. 당신은 혹시 잉여인간이 아닌가요? 가슴이 덜컥 내려앉는 질문이 아닐 수 없다. 자신이 잉여인간으로서 사회를 좀먹고 있다는 생각을 해보라. 소스라치게 놀랄 수도 있을 것이다. 21세기에 새롭게 정의를 내려 보는 잉여인간이란 이런 인간이 아닐까 싶다. 자신을 위협하는 위험을 감지하고서도 그것을 방치 내지는 묵인하는 인간이다.

자존감을 해치는 일들이 벌어져도 침묵하고 자아를 손상시키는 일인 줄 알면서도 그 일에 넌지시 참여하는 사람이다. 21세기형 잉여인간은 바람직하지 못한 일을 묵인하고 때로는 거기에 동참하는 사람인 것이다. 그런 태도로 인생을 살아가면 의외로 편하게 살 수도 있을 것이다. 불의를 묵인하고 거짓을 옹호하고 해서는 안 될 일을 하는 것은 예상과는 달리 경제적인 이득을 많이 가져다준다. 특히 모든 것이 돈으로 인정받기에 이른 자본주의 사회에서는 더욱 그러하다.

시사고발 프로그램을 보라. 얼마나 많은 사람들이 법을 어기고 불법적인 방법으로 어마어마한 돈을 끌어 모으는데 성공하고 있는지, 평소에 법을 준수하는 사람들의 입장에서 보면 분통이 터질 지경이다. 거짓을 옹호하는 사람은 달변가인 경우가 많다. 그들은 그럴듯한 말솜씨로 거짓을 진실로 감쪽같이 포장한다. 그래서 마음 여리고 사람을 잘 믿는 착한 이들을 손쉽게 이용한다. 그들에게 장난감처럼 이용당한 채 재산을 뺏기고 거리로 나앉은 사람도 많이 있다. 현 시대의 잉여인간들은 인간을 이용하기 위해 갖은 거짓말을 늘어놓기 바쁘다.

19세기 러시아 소설에 등장하는 잉여인간이 게으른 방관자였다면 우리가 사색하는 21세기형 잉여인간은 매우 바쁜 방관자인 것이다. 그들은 행동하는 방관자이다. 심지어 그들은 방관자의 입장에서 탈피하여 적극적 태도로 사회생활에 임하기도 한다. 하지만 실질적으로 볼 때 그들이 끼치는 사회적 악영향은 19세기 러시아 소설의 잉여인간과는 도저히 비교할 수 없을 만큼 엄청나다. 우리는 잉여인간이 되는 것을 경계하고 잉여인간이 된 사람들을 바르게 교화시키도록 힘써야 한다.

21세기의 잉여인간. 그들은 무엇을 방관하고 있는가. 위에서 말했듯이 자신에게 위험이 다가오는 것을 알면서도 방관하는 것이다. 그것만큼 무책임한 행동도 없을 것이다. 무슨 위험이 다가오고 있을까. 바로 자기 자신의 파멸이다. 파국을 맞이할 것을 알면서 왜 그들은 21세기 잉여인간으로 살아가는 것을 멈추지 못하는 것일까. 그 이유에 대해 사색해본다.

21세기형 잉여인간은 왜 만들어졌을까. 19세기 러시아 소설 속에서 허구의 존재였던 그들이 21세기에는 현실에서 명백하게 살아 움직이고 있다. 그들은 질서정연하게 자신의 일을 해나가고 사회에서도 나름대로 인정받는 지위를 획득하였다. 그래서 우리는 누가 잉여인간인지 누가 잉여인간에 의해 피해를 입은 피해자인지를 구별해내는 데 어려움을 겪는다. 확실히 구분 지을 수 있는 객관적인 잣대도 없거니와 일반적인 사람들과 표면적으로 별 차이가 나질 않는 것이다. 그래서 자신이 잉여인간인 것도 모르고 사는 사람도 허다하다. 잉여인간이 만들어진 이유는 필요에 의해서이다. 인간은 필요에 의해서 무엇인가를 만들어내는 종족이다.

잉여인간 역시 필요에 의해 형성된 세력인 것이다. 누가 그들을 필요로 했을까. 바로 자기 자신이다. 결국 잉여인간이란 인간 스스로 만든 것이다. 그들을 세력이라고 표현하는 것은 그만큼 그들의 기세가 등등하다는 뜻이기도 하다. 잉여인간들은 서로를 돕고 서로의 안전을 도모한다. 자신이 잉여인간이라는 개념자체는 잘 알지 못하지만 서로 끌리기 때문이다. 악은 악과 통하고 선은 선과 통하기 쉽다. 그러므로 잉여인간들은 자기네들끼리 끌리기 쉬운 것이다.

자본주의 사회에서 자신들의 필요에 의해 만들어진 잉여인간은 어떻게 구별할 수 있을까. 우리가 잉여인간이 아니라는 확신을 하기 위해서는 잉여인간을 구분할 수 있는 기준이 있어야 할 것이다.

잉여인간을 구분 지을 수 있는 분기점은 무엇일까. 나의 사색의 관점에서 그것은 윤리의식이다. 윤리의식이 결여된 사람은 바로 잉여인간이다. 끔찍하거나 구토를 유발하거나 멀찍이 떼어내 버리고 싶은 그런 인간 유형이 바로 잉여인간이라고 한다면 윤리의식 하나로 그것이 결정되어진다는 것은 너무 단정적이지 않느냐고 물을 수도 있을 것이다. 하지만 윤리의식이 없는 인간은 아무리 부정하려고 해도 잉여인간이 될 수밖에 없다. 농약가루를 듬뿍 넣은 밀가루로 반죽해서 만든 만두나 인간이 절대 섭취해서는 안 되는 발암물질 범벅의 공업용 재료로 만든 각종 먹을거리, 살아있는 동물의 가죽을 잔인하게 벗겨서 만든 가방이나 구두, 서민을 위한 법 개정은 안중에도 없다가 자신들의 급여를 올리는 일에는 여야를 떠나서 발 벗고 나서는 정치가, 자신은 법을 어기면서 국민에게는 법을 준수하라고 당부하는 통수권자 등. 이런 부조리한 것들과 부조리함을 생산해내는 사람에게 잉여인간이라는 말은 정말 잘 어울리는 말이다. 그들에게 윤리의식이 있었다면 그런 행동을 하지 않았을 것이다. 그러므로 인간이 윤리의식을 배우고 실천하는 일은 매우 고무적인 일인 것이다.

우리는 도덕시간에 잠을 자거나 너무 쉽다고 경원시하지 않았는지 자성해보아야 한다. 도덕만큼 인간다운 교육도 없는 것이다. 윤리와 도덕이 바르게 설 때 잉여인간은 자취를 감추게 되리라 생각한다. 그들은 19세기 러시아 소설 속으로 사라져야 할 존재들이다.

PART 2

인간의
출생과
존재
이유

모든 것은 의미를 부여받고 출생 한다

말 없는 시간은 지금 무색, 무취, 무형의 형태로 인간과 온 세계를 관통하며 흘러간다. 폭포수처럼 도도하게 떨어져내려 흘러가는 시간을 그 누구도 움켜잡고 멈추게 할 수 없을 것이며 잠시라도 그것을 붙잡을 수 있는 사람이나 기계가 있다면 그는 세계 최고의 갑부가 되거나 역사적으로 기록될 업적을 세울 수 있을 것이다.

그렇지만 그런 일은 애초에 불가능하다. 우주는 시간을 흘러가도록 만들어 놓았기 때문이다. 끊임없이 흘러가는 것이 시간의 본질이며 감춰진 본능이다. 그래서 시간은 단 한순간도 멈추지 않고 모든 것들의 겉과 속에서 성장과 노화를 은밀하게 주도해가며 유유히 흘러가고 있는 것이다.

우주는 인간과 다른 생명들의 탄생의 시간에 있어서 뚜렷한 계획과 고도의 절제된 의지를 반영했다. 뚜렷한 계획이란 모든 생명체들이 상호보완하고 서로 공생하며 번영하고 증식하고 소멸하는 것이며 소멸 자체에서 그치는 것이 아니라 다시 새로운 생명을 잉태해내는 소중한 자원이 되는 것이다.

우주는 생명의 탄생과 죽음 그리고 영원한 지혜의 보고로써 존재하고 있다. 그리고 우주의 의지는 명백하다. 우주의 의지는 분산되지 않고 정확한 목표점을 지니고 있는데 그 중 하나가 인간과의 애정이 깃든 교류이다. 인간에게 우주는, 자신의 크기 못지않은 무한한 가능성을 부여했다. 그것은 결과적으로 꿈이라는 목표를 각 개인의 삶에 제시해주었으며 또한 꿈을 완성해가는 지혜와 바탕을 선물해주었다.

모든 것은 의미를 부여받고 세상에 태어난 것이다. 지금 우리들이 처해 있는 환경과 처지도 결국은 예정된 수순을 밟아가기 위한 시간 속의 일부인 것이다.

예정된 수순이란 무엇인가. 그것은 인생의 어려운 역경을 이겨내고 삶의 승리자가 되는 것이다. 그러나 이토록 명확한 미래가 보장되어 있음에도 불구하고 수많은 이들이 그 길에서 절망하고 포기하고 뿌리 끝까지 좌절하고 만다. 그래서 삶의 승리자가 아니라 삶의 실패자로 전락한 채 눈물 속에서 생을 마치는 경우가 허다하다.

왜 그렇게 되는 것일까. 자신의 삶을 소중히 여기지 못한 까닭이다. 또한 자신의 생명이 얼마나 고귀한 것인지를 절실하게 사색하지 않았기 때문이다. 만일 그가 단 한 번만이라도 간절히 자신의 인생과 생명에 대해 생각해보았다면 역경에 무릎 꿇지는 않았을 것이다. 지금 내쉬는 한 호흡, 지금 뛰고 있는 심장의 두근거림, 지금 두 눈에 보이는 모든 사물들이 그저 우연에 불과하다고 생각하는가.

인간은 존재자체만으로도 기적이다. 기적은 먼 곳에 있지 않다. 바로 그대 자신이 기적의 존재인 것이다. 인간의 생명은 바람처럼 덧없는 것이 아니다. 우리에게 주어진 오늘의 이 삶은 그저 우연히 시작된 가치 없는 시간이 아니다. 그대는 세상의 전부인 대우주의 심오한 계획에 의해 태어난 소중한 작품인 것이다. 그것도 그저 그렇고 그런 평범한 작품이 아니라 최고의 걸작인 것이다. 한 마디로 우리 모두는 우주에서 가장 아름답고 빛나며 가치 있는 존재들인 것임을 명심해야 한다.

왼쪽 가슴 속에서 펄떡이며 뛰는 우리의 심장은 오늘 무엇을 위해 그토록 생동감 있게 살아 움직이는 것일까. 맑은 눈동자는 세상을 한 폭의 그림처럼 순순히 담아내 우리의 영혼에게 가감 없이 보여주고 있다. 왜 인간은 세상의 풍경들을 바라볼 수 있는 것일까. 귓가에 들려오는 무수한 소리들은 지상에 인간이 홀로 있는 것이 아니라는 것을 알려준다. 왜 인간은 소리를 들으며 그것들에 대해 인식하게 되는 것일까. 그 해답은 간단하다. 우리들이 지금 살아있기 때문이다. 우리가 시간 속에 살아 숨 쉬며 존재하고 있는 중이기 때문이다.

그러나 우리에게 주어진 시간은 영원하지 않다는 사실을 잊지 말아야 할 것이다. 우리는 세계의 모퉁이에 잠시 깃들어 시간 속에 살고 있는 중이다. 시간은 끊임없이 흘러가는 속성을 지니고 있으므로 시간이 흘러가는 틈에 인간의 생명은 잠시 깃들어 호흡하고 있는 것뿐이다. 그러므로 자신의 삶을 소중히 여기는 마음가짐을 가지도록 해야 할 것이다. 강물에 휩쓸려가는 맥없는 나뭇잎이 될 것인가, 강물을 거슬러 올라가서 목적지에 도달할 수 있는 불타는 의지를 지닌 아름다운 한 마리 연어가 될 것인가. 삶을 소중히 여기는 사람이라면 오늘 이 시간 살아있음에 감사하며 강철 같은 의지를 지니고 하루하루 최선을 다해 살아가야 할 것이다.

우리는 모두 각자의 영역에서 가장 훌륭하게 완성될 수 있는 명품 재료들을 가지고 태어났다. 모든 인간은 동등하게 생명을 부여받았다. 그리고 의미를 부여받고 탄생했다. 그 의미란 그대를 가장 인간적이게 만들 수 있으며 삶의 보람을 느낄 수 있게 해줄 수 있는 생명의 신비로움이다. 생명을 부여받은 이상 우리들은 생명을 귀하게 여길 줄 아는 마음을 지녀야 할 것이다.

생명 있는 것과 없는 것의 차이는 따뜻한 온기와 차가운 냉기, 죽음과 살아있음의 겉으로 드러난 차이만이 아니다. 생명이 있다는 것은 꿈을 꿀 수 있고 미래를 기대할 수 있고 과거에 대한 회상에 젖을 수 있으며 무엇인가를 동경할 수 있는 기본적인 틀을 갖추고 있는 상태인 것이다. 생명 없는 돌덩어리가 무슨 꿈을 꿀 것이며 미래를 기대할 것인가. 생명 없는 플라스틱 물건이 어떻게 과거에 대한 회상에 잠겨 애틋한 감회를 피력할 것이며 무엇인가를 동경하며 부드럽게 미소를 지을 수 있겠는가. 우리에게 지금 생명이 있기에 웃을 수 있고 화낼 수 있고 토라질 수 있고 눈물 흘릴 수 있는 것이다. 그러므로 그대를 짓누르고 있는 이 모든 감정, 이 모든 고뇌, 이 모든 고통에 대해 감사하라.

우리는 생명이 있음에 대해 뼛속깊이 절절하게 감사해야 한다. 그리고 또한 생명이 있는 다른 존재들에 대해서도 물론 감사해야 한다. 이것이 인간으로서 갖추어야할 기본적인 예의인 것이다. 모든 것은 의미를 부여받고 세상에 태어난다는 사실을 직시하고서 어느 것 하나도 허투루 대하지 말고 바른 자세로 예우하고 공경하라.

시간은 그것을 우리에게 바라고 있다. 우리가 자신만의 편협한 사상의 굴레에 갇히지 않고 타인에 대해 좀 더 너그럽게 대해주고 자비롭게 베풀며 살아가기를 바라고 있는 것이다. 그러나 시간은 강요하지는 않을 것이다. 시간은 지금도 역시 흘러가는 중이기 때문이다. 시간은 한 곳에 멈추어 서서 누군가에게 잔소리를 하거나 으박지르거나 고함치지 않는다. 시간은 점잖게 흘러가면서 조용히 속삭이기 때문에 그 소리를 귀 기울여 듣기를 원하지 않는 사람의 귀에는 전혀 들리지 않을 것이다.

그러나 시간의 소리를 듣지 못하는 자는 시간을 운용해가는 일에 서툴게 되므로 많은 곤경에 처할 수밖에 없다. 시간의 소리에 귀 기울일 줄 아는 사람에게는 사소한 것들에게서도 인생의 중요한 의미를 깨우칠 수 있는 예리한 혜안이 생기게 될 것이며 자신의 고민거리에 대처하는 방법도 좀 더 수월하게 될 것이다. 왜냐하면 그는 무엇인가를 공경하는 겸손한 자세를 지니게 되었기 때문이다.

사람은 누구나 탄생의 시간을 거치게 되어 있다. 탄생의 시간을 거치지 않고 이 세상에 나타난 사람은 있을 수도 없지만 있어서도 안 될 일이다. 탄생의 시간에 모든 것은 각별한 의미를 부여받게 된다. 우리는 각자 각별한 의미를 부여받고 세상에 태어난 몸이다. 보잘 것 없는 사람도 그럴 듯 해 보이는 사람도 나름의 의미가 새겨진 육체와 정신을 소유하고 있는 것이다. 사물 역시 마찬가지다. 땅바닥에 뒹구는 찌그러진 깡통 하나, 누군가 씹다버린 짓물러진 껌, 높이 치솟은 휘황찬란한 빌딩, 하늘을 날아가는 초고속 비행기 그 모든 것들은 저마다의 독특한 의미를 지니고 있다. 인생의 진리를 깨우친다는 것은 그 의미들을 찾아가는 숙연한 과정이기도 하다.

그대에게는 어떤 각별한 의미가 새겨져 있을까. 우리가 사랑하는 주변 사람들에게는 어떤 특별한 의미가 아로새겨져 있을까. 온갖 잡념들을 떨쳐내 버리고 그것들을 찾아내기 위해 사색하길 귀찮아하지 말라. 그리고 모든 것은 의미를 갖고 태어났다는 절대적 진리를 가슴

깊이 간직하길 바란다.

　그렇다면 이제 그대와 나는 인간의 육체가 어떻게 이루어졌는지 의문을 품어보는 것이 마땅할 것이다. 서로가 서로를 이해하는 세상이 도래한다면 불신과 충돌을 유발하는 그 어떤 불행한 일들도 자취를 감추게 될 것이기 때문이다. 이해를 촉발시키는 것은 호기심이다. 우리는 반짝이는 호기심으로 탄생의 시간을 천천히 더듬어나가는 즐거운 모험에 동참하게 된 것이다. 모든 것은 의미를 갖고 태어났다는 절대적 진리를 유념한다면 그 모든 것 중에서 가장 의미 있는 존재인 인간의 육체에는 어떤 의미가 내포되어 있는지 알아야만 하는 것이 행복한 인생을 살려는 우리의 자세일 것이다.

　인간의 육체는 과연 어떻게 완성되어진 것일까.

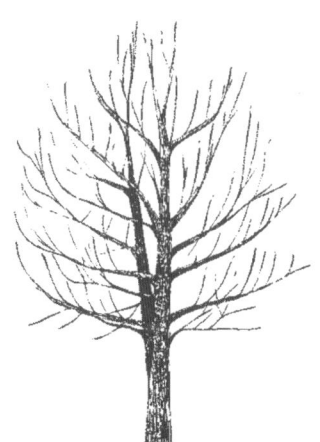

인간의 육체는
자연과의 교감을 통해서 완성된다

불현듯 어떤 것들을 보다가 참 잘 만들어졌구나 하며 감탄을 금치 못하는 것들이 있을 것이다. 잘 다듬어진 물건들을 보다가, 누군가가 정성껏 그려놓은 멋진 그림을 보다가, 감미로운 음악을 듣다가 우리는 그런 감동을 불현듯 느끼게 된다. 그러나 그 모든 것들의 감동보다 더 큰 감동을 주고 가장 소스라치게 우리의 영혼을 놀라게 하는 것이 있으니 그것은 바로 인간의 육체인 것이다. 우리가 지닌 것 가운데 잃어서는 안 될 첫 번째 보물은 바로 우리의 몸이다.

그대의 생각은 그대의 머리에서 잉태되어 세상에 나올 수 있고 그대의 눈물은 그대의 두 눈이 있어야 흘러나올 수 있으며 그대의 노래는 그대의 부드러운 입술을 통해야 공기를 진동시키며 사방에 아름답게 울려 퍼질 수 있는 것이다. 그런데 우리들은 이토록 소중한 가치를 지닌 육체에 대하여 한 번만이라도 어떻게 완성되었는지 진중하게 생각해본 적이 있는가.

솔직히 멀지 않은 미래에 어머니가 될 임산부조차도 알 수가 없다. 자신의 뱃속에서 지금 무슨 일이 벌어지고 있는지를 우리의 예비 엄마들은 어렴풋이 짐작할 뿐이다. 병원에 가서 초음파 사진을 찍어보고 의사가 아기의 몸이 이 정도로 커졌다고 말해주어야만 대충 짐작할 수 있을 뿐이다. 그저 상상하고 손끝으로 점점 커져가는 배를 어루만져보며 잘 자라고 있구나 라고 위안을 삼을 뿐이다. 아기는 분명히 엄마의 따스한 자궁 안에서 자라나고 있지만 그 안에서 벌어지는 신비로운 일들을 모두 이해하기는 어려운 일이다. 그것이 인간의 한계이기도 하다. 태아는 점점 성장하고 있다. 그리고 우리에게 보이는 초음파 사진 속의 육신이 전부인 것 같다. 그렇지만 아기의 육체 안에는 수많은 이야기들이 비밀스럽게 적혀가고 있는 중인 것이다.

그 비밀스런 이야기들을 알아야 인간을 이해할 수 있는 기반을 닦을 수 있다. 태아의 여린 육체에 도대체 무슨 이야기들이 차곡차곡 기록되어 가고 있는 것일까. 인간은 그 시기에 우주의 모든 것들과 긴밀히 교류하면서 눈과 코와 입과 척추와 심장, 뇌 등을 만들어 나간다.

태아의 가슴 속에 아로새겨진 것들은 장대한 우주의 역사이며 또한 인간 진화의 유구한 역사일 것이다. 엄마의 애정과 관심 속에 지상의 생명력 있는 에너지를 흡입하면서 점점 자라난 아기는 이제 곧 세상에 힘찬 울음과 함께 나올 수 있을 만큼 성장했다.

그러나 어느 아기이든 이 마지막 완성의 단계를 거쳐야 한다. 그 마지막 완성의 단계는 바로 자연과의 교감이다. 엄마와 아빠는 곧 나올 아기의 탄생의 시간을 손꼽아 기다리며 설레고 있을 것이다. 분만이 임박할수록 아기와 자연과의 교감은 점점 절정을 향하여 치달아 오를 수밖에 없다.

자연과 인간, 자연과 태아는 어떤 교감을 하는 것일까. 숲 속의 떡갈나무는 아기에게 초록 숲의 무성한 안정과 충분한 휴식의 메시지를 전해준다. 초고속 전파처럼 그것은 빛의 속도를 넘어서 숲과 들판을 가로질러 아기에게 순식간에 전달된다. 뱃속의 아기는 아무 것도 모르는 것 같지만 사실 지금 숲 속에 있는 떡갈나무 한 그루가 자신에게 보내오는 무언의 메시지를 읽어내고 있는 중인 것이다.

도심의 음습한 뒷골목에 서성거리는 길 잃은 도둑고양이 또한 아기에게 인간세상의 극도로 오염된 환경과 무질서로 얼룩진 세계의 혼란스런 상황을 전하고 있다. 자연은 태아에게 아름답고 좋은 것만 골라서 인위적으로 선별해 보여주지는 않는다. 있는 그대로의 모든 것을 각인시켜주는 것이 그의 본연의 모습임을 기억하라.

많은 어머니들은 자신의 아기에게 좋은 것 아름다운 것만을 보여주고 들려주기 위해 노력을 기울이지만 사실 아기는 이미 수정되는 순간부터 세상의 모든 추악하고 어두운 면들에 대해서도 학습하기 시작한 것이다. 그래서 인간의 내면에는 어쩔 수 없이 선과 악, 추함과 아름다움, 부드러움과 강함, 나태와 성실 등의 극과 극의 성향이 깃들어 있을 수밖에 없다. 태어나기 이전부터 그 모든 것들을 학습해왔기 때문이다. 그리고 그 학습은 우리의 의지에 의해서가 아닌 제 3의 존재, 즉 대우주의 섭리에 의해서이다.

잠깐, 여기에서 정확히 짚고 넘어가야 할 것은 인간의 본성은 순수하고 아름다우며 성실하다는 것이다. 학습은 본성이 완성된 이후에 이루어진다. 학습으로 인간은 선과 악, 추함과 아름다움, 부드러움과 강함, 나태와 성실 등의 다양한 성향을 배우게 되는 것이다. 이렇게 자연과의 끊임없는 교감은 인간이 태아로 존재하는 열 달 동안 꾸준히 진행된다. 그것을 거부하고 싶다고 아무리 발버둥 쳐도 소용없는 일이며 한 인간으로 탄생하기 위해 반드시 겪어야만 하는 학습의 시기임을 알아야 할 것이다. 이렇듯 무궁무진한 자연의 가르침을 받고 완성된 아기가 이 세상에 탄생하는 것이 바로 한 인간의 태어남이다. 물론 다른 동물이나 식물들도 자연과의 교감을 하며 탄생한다. 그러나 인간처럼 다채롭고 깊이 있는 교감을 거치는 종은 없다. 인간은 선택받은 존재이기 때문이다.

나는 수 만권의 철학책을 독파한 사람도 아니며 신을 모시고 사는 영험한 무속인도 아니다. 나는 어떤 진리에 관한 책을 읽은 적도 없으며 종교에 심취한 적도 없다. 아주 지극히 평범한 듯 보이는 사람이다. 심지어 조금은 어설프고 덜렁대기까지 한 여자이며 글을 쓰는 작가다. 그런 내가 이렇듯 커다란 명제에 대해 책을 쓰고 있다는 것 자체가 어떤 불가사의한 힘에 의해서라고 밖에 설명할 길이 없다. 그 불가사의한 힘 그것이 바로 우주의 섭리다라고 밖에는 설명할 길이 없다. 그대에게도 그러한 섭리들이 분명히 기록되어 있으며 지금의 삶에 이르게 만들어준 근본 원인이 되었을 것이다. 우리가 육체의 신비로움에 대하여 깊이 성찰해야 하는 것은 그 일이 지금의 우리와 미래의 우리들에게 중대한 영향을 끼칠 수 있기 때문임을 기억하길 바란다.

우리의 영혼은 어디에서 오는가

인간을 완성하는 가장 중요한 두 가지 요소가 있다. 그것은 육체와 영혼이다. 우리는 육체에 대해서는 가꾸고 보살피기를 게을리 하지 않는다. 매일 아침 향기 나는 비누로 깨끗이 씻고 세심하게 화장하고 얼마나 정성들여 매만지는가. 그렇지만 또 하나의 중요한 존재인 영혼에 대해서는 그다지 많은 관심을 가지고 있는 사람은 별로 없을 것이다.

영혼을 위해 한 권의 좋은 책을 구입해 읽는 것조차 참 인색하고 영혼을 위해 잠시 고즈넉한 명상에 잠기는 시간조차 아깝게 여겨지는 것이 요즘 사람들이다. 영혼 같은 건 애초에 없다며 부정적인 표정을 지으며 고개를 젓는 사람도 있을 것이며 영혼이 있다고 하더라도 귀신영화에나 나오는 무시무시한 존재쯤으로 치부해버리고 사는 사람도 많이 있다.

인간에겐 영혼이 실재하고 있다는 것은 불변의 진리이다. 이것은 대우주의 위대한 진리다. 우주의 고유한 법칙이며 신의 일관된 뜻이다. 우주의 신은 인간에게 영혼을 선물해주었다. 영혼이란 향기로운 음악처럼 육신을 전적으로 책임지고 지휘하는 천상의 지휘자이며 바람의 속삭임처럼 부드럽고 달콤한 사랑의 밀어다. 영혼을 지니게 되었다는 것은 인간이 신으로부터 선택받았다는 결정적인 증거이며 모든 생물들 중에서 가장 으뜸인 존재라는 증거가 되는 것이다.

우리는 자신의 몸속 깊은 곳에 영혼이 뿌리내리고 있음을 간과해서는 안 된다. 그대에게 어떤 놀라운 일들이 벌어지더라도 그대의 자신의 영혼이 본연의 자세로 우주의 진리에 합당한 처세를 한다면 얼마든지 감당해낼 수 있을 것이다. 그것이 차마 입에 담을 수 없는 치욕이든지 거리의 떠돌이보다 비참한 생활이든지 지독하게 뼈를 갉아먹는 고독이든지 그대의 영혼이 변치 않고 순수하고 아름다울 수만 있다면 그대에게는 어느 누구와도 비교할 수 없는 행복이 찾아올 것이다. 인간이 지닌 소중한 보물, 그것은 가치를 환산할 수 없을 만큼 고결한 것이다. 그것이 바로 영혼이다.

그대가 얼마나 잘 생겼는지 혹은 예쁜지 나는 알 수 없다. 그대가 얼마나 키가 큰지 혹은 작은지 또한 나는 알 수 없다. 그러나 난 그런 겉모습에 관심이 없다. 내가 관심이 가는 건 그대의 영혼이 얼마나 아름다운지만 궁금하기 때문이다. 영혼의 아름다움이란 순수함이다. 순수하지 못한 영혼은 추악한 영혼이며 가여운 영혼이다. 영혼이란 것은 누구에게나 있다. 살아있는 사람이라면 육체가 있듯이 영혼 또한 분명히 거기에 선명하게 각인되어 있는 것이다. 하지만 영혼은 경박하거나 가볍지 않으므로 아무 곳에서나 쉽게 그 실체를 드러내지 않는다. 그래서 우리는 영혼의 중요성과 가치를 절실하게 깨닫거나 알지 못하고 살고 있다.

그렇다면 우리의 영혼은 어디에서 오는가. 탄생의 시간에 있어서 우리는 육체에 대해서만 사색해서는 안 될 것이다. 왜냐하면 육체와 더불어 존재하는 영혼이 없다면 그는 살아 있으나 죽은 자나 마찬가지이기 때문이다. 만일 반대로 영혼만 있고 육체가 없다면 그는 실제로 죽어 있는 자다. 죽은 자에게는 겉껍데기였던 빈 육신만 있을 뿐이다. 영혼이 사라진 육체는 서글픈 생의 잔영이다. 얼마나 영혼이 존귀한 것인지를 몰랐다면 이제 우리들은 영혼의 가치와 중요성을 가슴 깊이 깨달아야 한다.

영혼은 저 머나먼 시공에서 은은한 한 줄기 별빛처럼 찾아온다. 지금 이 순간에도 수많은 영혼들이 우주의 시공간 속을 자유롭게 유영하고 있다. 심해를 누비고 다니는 파릇한 물고기들처럼 영혼은 지금 이 세계 곳곳을 여행하고 있는 중이다. 그들의 존재는 너무나 자유로워서 어디든 갈 수 있고 어떤 일이든 할 수 있다. 그 자유로운 영혼들이 위대한 우주의 신의 뜻에 의해 하나의 육신에 깃들게 되는 것이 인간의 탄생이다. 그러므로 우리는 여기에서 분명히 한 가지 사실을 알 수 있다. 우리가 얼마나 자유롭고 순수한 존재였는지를.

우리들 영혼의 세계에는 그 어떤 고통도 두려움도 의심도 없었다. 우리들이 이 세상에 오기 전까지는 서로에 대해 티끌만큼의 응어리나 원한도 없었다. 오직 면면한 자유로움과 지극한 평화가 있었을 뿐이다. 어쩌면 그래서 삶은 서글픈 것인지도 모른다.

지극히 자유롭게 존재하던 영혼이 하나의 틀 안에 고정되어 갇힌 채 살아가야 하는 것이 삶이니 말이다. 그것을 스스로 거부하는 일은 자살이고 타인에 의해 깨트려지는 것은 타살이며 사고에 의해 벗어나는 것은 사고사이고 자연스럽게 노화현상에 의해 틀이 깨어지는 것을 우리는 자연사라고 한다. 누구나 영원불멸하게 틀 안에 갇혀 살지는 않는다. 얼마나 다행스러운 일인가.

그대가 만일 조금이라도 죽음을 두려워하고 있었다면 이젠 전혀 두려워하지 않아도 된다. 죽음이란 것은 우리의 영혼이 본래의 곳으로 되돌아가는 행복한 순간이다. 인간에게 피할 수 없는 죽음조차도 영혼이 있음으로 인해서 우리는 안도할 수 있는 것이다. 영혼이 우주의 일원이었다는 것을 기억하라. 빛나는 자유로움과 천연의 순수함을 소유한 영혼, 그것이 우리들이다. 인간이 태어날 때 그 아름다운 것들은 지상에 내려와 천사의 향기처럼 조용히 깃든다.

그렇다면 우리들의 자유로운 영혼, 순수한 영혼은 왜 변하는 것일까. 태어날 때 가지고 있던 본질을 이토록 퇴색하게 만드는 것은 어떤 것들일까. 자신의 영혼이 맑고 순수하고 자유롭길 원한다면 탄생의 시간에 갖고 있었던 아름다운 상태로 되돌아가길 원한다면 진리에 대해 사색해야 할 것이다.

조금은 골치 아프더라도 조금은 귀찮더라도 나는 누구인가, 왜 살고 있는가, 왜 살아야만 하는가, 나는 어떤 존재인가를 늘 사색하길 바란다. 부정하고 싶지만 끊임없이 변해가는 우리의 영혼, 처음 태어날 때처럼 맑고 깨끗한 영혼으로의 회귀를 꿈꾸는 삶을 살아가고 있는가. 한 번쯤 진지하게 되돌아보라.

처음 우리는 누구나 천사였다

수십 명을 처참하게 살해한 희대의 엽기 연쇄살인마나 쭈글쭈글한 주름과 검버섯으로 뒤덮인 백발의 노인이거나 스치기만 해도 혐오스러운 냄새가 역하게 나는 지하철 계단에 엎드린 걸인이거나 처음에는 모두 눈부신 순백색 영혼을 지닌 천사였다면 믿을 수 있겠는가.

지극히 못되거나 덧없이 쇠락한 그들에게도 솜털 보송보송한 아기시절이 있었고 그 이전에는 더 순진무구한 한 떨기 생명체였다는 사실을 안다면 쉽게 믿어지지가 않을 것이다. 어떻게 그런 사람들에게 그런 꽃다운 시절이 있을 수 있단 말인가. 그들은 마치 처음부터 악랄하고 교활하며 늙고 볼품없었던 것만 같다.

우리는 누구나 어머니의 뱃속에 잉태될 때 천사였다. 하늘의 향기로운 기운이 온 몸에 골고루 스며들었고 성스러운 온기로 오밀조밀 이루어진 고결한 생명이었다. 자연과의 교감에 의해 이 세상의 이야기들을 전해 듣고 조금씩 성장해가는 과정 속에서도 결코 변하지 않는 것은 그 아기가 애초에 천사였다는 사실이다.

그런데 어쩌다 우리들이 이토록 변해온 것일까. 변하지 않고 쭉 천사로 살 수는 없는 것일까. 온갖 욕심과 탐욕으로 일그러진 현대인들에게 있어서 변함없이 순수하게 살아간다는 건 이룰 수 없는 꿈이며 도달할 수 없는 환상에 불과한 것일까. 욕심을 내지 않으면 도태된다고 믿고 조금이라도 남들보다 더 소유하고 남들보다 더 높은 지위에 오르고자 몸부림치는 사람들. 성공한 사람이란 무릇 남들보다 더 많은 물질을 소유한 사람이거나 남들보다 더 높은 지위를 얻은 사람이라고 철썩 같이 믿는 사람들. 그런 사람들이 주류를 이루고 있는 세상에서 우리들이 천사였던 과거를 들먹이면 미쳤다는 소리를 듣기 쉬울 것이다.

천사라니, 무슨 헛소리야. 우린 돈을 벌어야 해, 돈이 최고의 가치니까. 라고 외치며 질주하는 이 사회의 구성원들에게 그러나 누군가는 당신의 과거는 천사였습니다. 라고 말해주어야 한다. 자신의 현재를 정확히 알고 싶다면 자신의 과거를 정확히 또한 알아야 할 것이다. 현재는 과거에 의해 이루어졌다는 사실을 부정할 수는 없기 때문이다. 그대는 천사였다. 정말 기쁘지 아니한가.

우리들이 변해가는 건 순리이다. 우리는 변해가야만 하는 숙명을 지니고 살아가고 있다. 시간이 흐르므로 그 시간에 걸맞게 누구나 무엇이나 예외 없이 변해간다. 그러나 어떻게 변할 것인지는 각자의 영역에 속한다. 모두가 똑같은 형태로 변해가지 않는 것은 얼마나 다행스러운 일인가.

그래서 인생은 재미있다. 인간세상도 참으로 흥미롭다. 지하철이나 광장의 벤치에 느긋이 앉아 지나가는 사람들을 바라보기만 해도 참 재미있는 것은 모두가 다르기 때문이다. 어떤 이는 청바지에 티셔츠를 입고 있고 어떤 이는 완숙한 모습의 정장을 입고 있고 어떤 이는 집에서 자다 나온 것 같은 후줄근한 차림으로 곁을 스쳐간다. 어떤 사람은 외롭게 혼자 걸어가고 어떤 사람은 연인의 어깨에 살포시 기댄 채 다정하게 걸어간다. 어떤 사람은 화가 난 듯 씩씩거리고 어떤 사람은 뭐가 그리 즐거운지 입가에 미소가 떠나질 않는다. 그래서 이 사람 저 사람 눈으로 구경만 해도 책을 읽거나 텔레비전을 보는 것만큼이나 쏠쏠한 재미가 있는 것이다.

처음에는 누구나 천사였지만 결국엔 조금씩 변해가는 인간에게 신은 나지막하게 경고한다. 너의 처음을 잊지 말라고.

우리들의 처음. 그것은 천사처럼 해맑은 영혼일 것이다. 삶에 대하여 인생에 대하여 비관적이지 않고 실패에도 굴복하지 않으며 타인에 대해 너그러운 관용의 정신을 지닌 천사의 마음씨일 것이다.

우리들의 처음을 잊지 말자. 우리가 태어난 순간은 이 세상에 한

명의 천사가 태어난 순간이다. 천사의 생각과 천사의 마음을 전하러 한 명의 천사가 우주에서 찾아온 것이다. 충분히 자랑스러워해도 좋다. 그대의 본성은 아름다운 천사였으므로 가끔 우울하거나 비관적인 기분에 사로잡히더라도 비참해질 필요는 없다. 얼마든지 그 역경들을 이겨낼 힘을 지니고 있기 때문이다. 그대에게는 광대한 우주의 힘이 보석처럼 응축되어 있다.

모든 고난을 헤치고 나갈 확고한 의지만 지니고 있다면 어떻게 그대가 변해왔는지에 상관없이 삶의 거친 바다를 항해해 가는 일은 가능한 일이 될 것이다. 단, 우리가 원래부터 지니고 있었던 순결하고 고결한 천사의 마음을 다시 되찾았을 때 참다운 삶을 살아갈 수 있다는 것을 잊지 않는다면.

바다에는 누구나 갈 수 있다. 살아만 있다면 남녀노소 상관없이 바닷가에 갈 수는 있다. 배만 있다면 또한 누구나 바다 위에 뜰 수는 있다. 그러나 자신이 원하는 방향으로 가기 위해서는 노를 저어야만 한다. 노를 젓는다는 건 노력을 의미한다. 그렇지만 또한 노력도 누구나 할 수 있다. 다만 선한 곳을 목표로 항해해 갈 것인가, 악한 곳을 목표로 항해해 갈 것인가에 따라 각자의 도착지는 달라질 것이다. 그것을 선택하는 일이 반드시 천사의 마음을 회복하는 일에서부터 시작해야한다는 사실을 기억하길 바란다.

한 치의 오류도 없는 완벽한 순수함을 꿈꾸어라. 아무리 그대의 처지가 답답하고 어지럽고 숨이 막힐 것 같이 엉망진창이어도 그러한 마음만 지닐 수 있다면 그대란 인생의 배는 흔들리지 않고 어둡고 거친 바다를 건너 행복과 평화의 지점에 도달할 수 있다. 그 마음은 이미 탄생의 시간에 각자의 내면에 깃들어 있는 특별한 자산이다.

다섯

빛나는 영성이 인간에게 각인되어 있다

실재하는 것은 모두 눈에 보이는 것이라고 우리는 단순하게 단정하기가 쉽다. 그러나 실재한다고 해서 모두 인간의 눈에 보이는 것은 아니다. 들판을 가로질러가는 바람소리가 그러하고 머나먼 우주의 행성들이 그러하고 공기가 그러하고 시간이 그러하다. 눈앞에 당장 보이지 않으면 그것의 실체를 도무지 감 잡을 수 없는 것이 우리들의 한계일 것이다. 누군가가 눈앞에서 사라지면 서서히 잊어버릴 수 있는 것도 실재하는 것은 보이는 것이라고 인식하는 인간의 성향에 기인한 것인지도 모른다.

사랑하는 사람의 죽음 앞에서 우리는 가슴이 찢어지는 슬픔을 느낄 것이다. 그의 차갑게 식은 육신을 바라볼 때 우리의 심장은 산산이 부서져 내리는 고통을 껴안을 수밖에 없다. 그러나 그를 땅에 묻거나 화장터에서 화장한 후에는 이제는 그가 이 세상에 존재하지 않음을 실감하고 만다. 그는 더 이상 볼 수 없는 존재가 되어버렸기 때문이다. 따뜻한 손을 만져볼 수도 없고 익숙한 목소리를 들을 수도 없는 그는 이제 실재하지 않는 존재가 된 것만 같다.

영성도 마찬가지다. 존재하고 있으나 그것의 실체를 본 사람은 없기 때문에 그것이 무엇인가에 대해서 생각한 사람도 드물다. 그런데 놀랍게도 인간에게는 영성이 반드시 하나씩 주어져 있다. 그것도 빛을 잃은 퇴색하고 꾀죄죄한 낡은 영성이 아니라 찬란하게 빛나는 신선한 영성이 있는 것이다.

눈이 부셔서 똑바로 바라볼 수 없을 만큼 아름다운 영성을 우리는 어머니의 자궁 안에 있을 때 이미 획득한 것이다. 그래서 인간존재가 고결한 것이다. 영성이 있기에 인간은 다른 동물과 비교할 수 없을 만큼 단아한 품위를 지닌 존재가 되었다. 그러나 수많은 그대와 나, 우리는 그것을 여태까지 확실히 몰랐다. 왜 몰랐던가. 누군가 그런 말을 들려준 이가 없었기 때문이다. 이제 그대와 나는 이 불멸의 진리를 발견한 사실을 행복한 미소를 지으며 공유해야 한다. 인간이 한낱 붉은 고깃덩어리가 아니기 위해서 신은 우리에게 영성을 주었다. 겉보기에 우리와 돼지들과 개들과 말들과 뭐 그리 달라 보일 것도 없지 않은가. 심지어 말은 우리보다 훨씬 멋지게 생겼다. 쭉 뻗은 네 다리에 우아하게 휘날리는 말 갈퀴는 인간과 비교할 수조차 없을 만큼 아름다운 외모를 뽐낸다. 게다가 침팬지의 외모란 인간의 과거를 고스란히 옮겨놓은 것 같질 않은가.

눈도 두 개씩 있고 발도 있고 코도 있고 먹고 배설하고 심지어 말이나 호랑이는 인간보다 더 멋지게 잘생겼고 달리기도 잘 하고 용맹스러우며 코알라와 강아지는 인간보다 훨씬 더 귀엽고 앙증맞기까지 하다. 그렇지만 인간에게는 그들과는 다른 영성이 있다. 이런 차별성으로 인해 지구의 가장 중추적인 일원이 되어 긴 시간 동안 세계를 운영하고 주도하는 기능을 수행하게 되었다고 해도 과언이 아닌 것이다.

영성이란 무엇인가. 바로 신과 우주와 소통하는 능력이다. 신과 우주의 목소리를 듣고 그의 심중을 헤아리며 그에 알맞게 처신하며 살아갈 수 있는 사람은 영성이 바로 선 사람이다. 그와 반대로 신과 우주의 목소리 따위는 무시하고 무질서하고 혼란스러운 육체의 욕망이 탐닉하고 싶은 정신 상태로 세상을 살아가는 사람은 영성이 결여된 사람이다.

인간과 사물을 뜨거운 그대의 피 속에 새겨진 통찰력의 눈으로 바라보고 교감할 수 있도록 이끌어주는 근원적인 힘이 영성이라는 것을 기억하라. 마법의 구슬처럼 우리의 내면에서 과거와 현재와 미래를 파노라마처럼 펼쳐서 보여주는 것이 또한 영성이다. 무의식을 지배하며 이성을 조율하고 감성을 고양시켜서 궁극적인 행복을 향해 전진할 수 있는 에너지를 주는 것도 영성인 것이다.

　이러한 영성은 다행히도 인간의 가장 깊숙한 자아 속에 이미 각인되어 있다. 그것을 꺼내어라. 꺼내어서 깨끗하게 닦고 정갈하게 간직하라. 어떤 절망적인 상황 앞에서도 영성으로 미래를 예측하고 행동한다면 엉뚱한 곳으로 인생의 방향을 틀어버리거나 뜻하지 않은 곁길로 빠지지 않게 된다. 인간을 가장 인간답게 하는 방법은 자신 안에 있는 영성을 발견해내어 신과 우주와 소통하며 타인과 세상의 모든 생명체들을 진실한 마음으로 자애롭게 대하는 것이다.

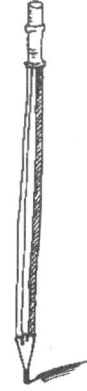

태아도 생각한다

임신 초기의 태아는 여느 동물과 외견상 큰 차이가 없다. 임신 10주가 되어서야 비로소 사람으로서의 형태를 갖추기 시작하고 그 크기는 겨우 4센티미터에 불과한 작은 존재인 것이다. 그런 태아가 자라서 이 세상에 나오는 데 걸리는 시간은 거의 임신 40주가 걸린다. 40주라는 시간동안 뼈 조직이 생겨나고 머리카락이 자라나고 지방이 축적되는 과정을 거치면서 하나의 생명체 즉 인간이 된다. 태아는 비록 엄마 뱃속이라는 밀폐된 환경 속에 머물고 있지만 하나의 완전한 인간으로서의 모습을 갖추어가고 있는 중인 엄연한 생명인 것이다.

그런 태아가 생각한다는 것을 믿는다는 것은 어쩌면 불가능한 일일 수도 있다. 난자와 정자의 결합으로 이루어진 수정란이 자궁에 착상하며 발육하는 임신이라는 과정은 여자의 배가 점점 커져간다는 표면적인 변화로만 보면 곤란하다. 임신 중인 여자의 자궁 안에서 벌어지고 있는 일들을 가볍게 예단하는 것은 어리석은 행위인 것이다. 현대에는 의학의 발달로 초음파와 각종 기기로 태아의 상태를 조금은 밝혀낼 수 있게 되었지만 우리가 알지 못하는 세계가 지금 그 안에 펼쳐지고 있음을 간과해서는 안 될 것이다. 우리가 상상도 하지 못했던 그 일이란 무엇일까.

태아가 머무는 곳으로 흐르는 신비로운 기운을 알지 못한다면 인간 탄생의 시간을 이해하기는 어려울 수밖에 없다. 임신 중에 있는 예비엄마의 자궁 안에서 무슨 일이 벌어지고 있는지 알지 못한다면 인간 본연의 모습과 선천적으로 지닐 수밖에 없는 것들을 모두 알아내기도 역시 어려울 것이다. 그러므로 우리는 태아가 머무는 곳으로 유입되고 있는 신비한 기운의 발원지에 대해 알아야 한다. 태아는 엄마의 영양분만 먹고 자라나고 있는 것이 아니다. 엄마도 모르는 것, 의사도 알 수 없는 것, 과학자도 아직 밝혀내지 못한 것의 영향을 받으며 조금씩 커가고 있는 것이다.

그것은 태아를 생각하게 하는 가장 중요한 요인이 된다. 그것은 우주라는 거대한 자궁이다. 우주의 자궁으로부터 유입되는 영양분은 엄마가 전해주는 것과 확연히 다르다. 태아는 엄마로부터는 육신의 성장을 돕는 영양분을 얻고 우주로부터는 영혼의 성장을 촉진시키는 영양분을 얻게 된다. 그에 따라 태아는 어느 어른 못지않게 다양한 생각들을 하는 것이다.

태아의 생각은 성장한 어른들의 생각보다도 더 깊이가 있고 청아하기까지 하다는 것을 아는가. 태아가 생각한다는 것을 증명할 방법은 아주 쉽다. 엄마가 좋은 이야기책을 읽어주면 태아는 부드럽게 몸을 움직이며 행복해 한다. 반면 엄마가 화를 내거나 고함을 치거나 귀에 거슬리는 소음을 들을 때 태아는 움츠러들며 사태를 주시한다. 태아는 작은 어른인 것이다.

우리는 자라서 태아였을 적을 까맣게 잊고 산다. 기억의 저 너머에 태아 시절을 갖다 버리고 원래부터 이렇게 컸던 것처럼 제 멋대로 행동한다. 그러나 인간이라면 누구나 태아였던 시절이 있었다. 그것을 어떻게 부정할 수 있겠는가.

태아가 생각한다는 사실은 많은 것을 시사한다. 태아 역시 생각하므로 태교가 중요하다는 건 기본적인 상식이고 더 나아가 사색해보면 태아도 생각을 하는데 우리들이 생각하지 않고 인생을 살아간다는 건 문제가 있다는 것을 깨닫게 해준다.

생각은 늘 인간에게 우주의 자양분을 공급해주는 매개체이다. 우리가 태아 시절에 그러했듯이 자연과 우주와 교감하면서 생각의 고삐를 늦추지 말아야 하는 까닭은 그것이 인간이 가장 행복했던 시절의 가장 중요한 호흡법이었기 때문이다. 태아는 생각하면서 세상을 들이마셨던 것이다.

그대는 오늘 얼마나 자주 세상의 기운을 들이 마실 것인가. 먼 옛날 엄마의 자궁 안에서 평화롭게 생각하던 그 시절을 회상하면서 오늘 생각다운 생각을 한 번쯤 해보도록 하라. 좋은 생각은 인생의 등대불이며, 삶의 윤활유가 될 것이다.

일곱

죽음, 지극히 자연스러운 순환의 법칙

내가 초등학생 시절에 방 한 쪽 면을 통째로 차지한 갈색 책장 안에는 많은 책들이 있었다. 세계문학전집에 푹 빠져서 그것들을 읽으면서 감동에 젖었던 기억이 아직도 선명하다. 그 화려한 문체며, 놀라운 상상력과 유려한 묘사력은 어린 나를 문학에 대한 동경을 지니게 만들었다. 그렇게 책에 빠져 살던 즈음 어느 책의 표지를 열었는데 그만 충격을 받고 말았다. 그리고 그 페이지를 몇 번이나 다시 들여다보고 깊은 상념에 잠겼다. 그것은 그 책을 쓴 작가가 숨을 멈춘 후에 찍은 죽은 후의 사진이었다. 그의 화려하고도 훌륭한 생애가 한 페이지에 걸쳐 길게 적혀있었지만 내게는 그가 생전에 했던 일보다는 그의 마지막 모습이 담긴 그 사진이 더욱 강하게 뇌리에 박히고 말았다. 그것은 말 그대로 충격이었다. 그 때까지도 나는 누군가의 죽음을 가까이에서 목격한 적이 없었다. 기껏해야 집에서 키우던 강아지들이 죽는 것이나 보았던 터였다. 그리고 사람이 죽어가는 모습을 목격한 것은 멀리서 의식불명의 상태인 모습을 목격한 것이 전부였다. 마을에 있는 작은 방죽에서 수영을 하다 동네 언니 두 명이 물에 빠져 의식을 잃은 것을 어른들이 업고 황급히 마을 아래에 있는 병원으로 달려가는 모습을 본 것이 죽음에 대한 목격의 전부였던 내게 이미 싸늘히 식은 시신의 사진을 본 것은 가히 충격적이 아닐 수 없었다.

난 얼이 빠진 채 그 사진을 한참동안 멍하니 바라보았다. 그리고 서서히 정신을 차리고 그 작가의 얼굴을 하나하나 자세히 관찰하였다. 마치 성형외과 의사가 환자의 얼굴을 보고 견적을 뽑듯이 내 눈은 그 작가의 얼굴을 세밀하게 관찰하였다. 왜 그랬는지는 아직도 의문스럽지만 난 아마도 죽음에 대한 충격으로 그것을 내 자신의 눈으로 분석하고 싶었던 것이다.

그의 우뚝 솟은 코는 생전에 맑은 공기를 호흡하였으리라. 감은 두 눈에 감춰진 눈동자는 생전에 많은 것을 보고 느끼면서 인생에 대해 이해하기 위해 노력하였으리라. 그리고 가늘게 다문 입술은 생전에 사랑하는 이들과 살아온 시간만큼 수많은 이야기들을 진솔하게 나누었으리라.

난 그의 감은 눈을 뜨게 만들어주고 싶었고 코에 산소를 불어넣어

숨 쉬게 만들어주고 싶었다. 창백한 모습으로 누워있는 그가 정말 미치도록 가여웠다. 그래서 너무나 가슴 아팠다. 그게 죽음에 반응한 나의 감정이었다.

흑백사진 한 장에 담긴 작가의 사후모습은 십대의 내 가슴에 잔잔하게 파문을 일으켰다. 나는 가끔 생각이 날 때마다 그 사진을 들여다보면서 죽음에 대해 사색하곤 하였다. 내가 그 사진을 통해 본 죽음은 적막함 그 이상도 그 이하도 아니었다. 아직은 사색의 초보단계였던 나여서 그랬을 수도 있겠지만 지금도 죽음하면 떠오르는 느낌은 정적, 적막, 멈춤, 고요 등이다. 단지 적막한 상태로 되는 것이 죽음인가.

이제 나는 그 때의 네 배에 이르는 시간을 살아왔다. 이제는 죽음에 대한 사색이 결코 두렵지는 않다. 솔직히 말하면 그 때의 나는 죽음에 대한 공포를 느꼈던 것이다. 그것은 지극히 자연스러운 반응이었지만 조금은 실망스러운 반응이기도 했다.

난 왜 그 때 죽음을 두려워했을까. 이것은 나 자신에 대한 질문이다. 어린 나에게 묻는다. 넌 왜 그 때 죽음을 두려워했니. 내가 대답한다. 난 죽음을 두려워한 게 아니야. 나이든 정미야. 넌 나보다 많은 시간을 더 살아내었구나. 난 죽음에 대해 이해하지 못한 내 자신이 두려웠던 거야.

그랬던 거였다. 초등학생 정미는 죽음을 이해하지 못한 자신이 두려웠던 것이다. 지금의 내가 절대로 죽음을 두려워하지 않는다고 딱 잘라 말할 수 없다. 나 자신도 평범한 인간의 한 사람으로서 죽음이 두렵기도 하다. 그러나 죽음에 대한 두려움의 정도를 조절할 수는 있다. 이것이 초등학생 정미와 내가 다른 점이다.

사람은 죽는다. 누구나 죽는다. 모든 생물은 죽는다. 그걸 알게 된 건 어느 날 뜻밖의 사건들로 알게 된다. 우리는 누구나 그 사실을 알고서 실망한다. 아, 죽는 거구나. 내가 사라지는 거구나. 그렇다면 언젠가는 이 세상에서 나란 존재가 감쪽같이 사라지고 마는구나. 다시는 친구들을 볼 수 없고 부모님을 뵐 수 없을 수 있는 거구나. 이렇게 절망스러운 한숨을 토한다. 그리고 모든 걸 체념한 듯 죽을 때 죽더라도 살 때나 열심히 살자는 식으로 살아간다. 그것이 일반적인 죽음에 대한 태도다. 그리고 최대한 죽음이란 말을 입에 올리지 않고 살고 싶어 한다. 죽은 자의 사진이나 옷은 불 질러서 없애는 게 관습처럼 되어 있고 누군가가 죽었다는 소식은 가능한 듣고 싶어 하지 않는다. 죽음에 관계된 시설이 자기 동네에 건설된다고 하면 기를 쓰고 나가서 반대한다. 화장장이나 납골당을 세우지 않기 위해 밥을 거르고 투쟁하는 주민들도 있다. 그렇게 필사적으로 죽음을 회피하면서 살다가 주위 사람들이 점점 죽고 사라지고 난 후에는 점점 죽음을 수용하게 된다. 그것이 죽음에 대한 수용이며 인간이 죽음을 받아들이는 점진적인 과정의 하나다.

그렇다고 해서 자신의 죽음을 대비하고 받아들이는 것은 아니다. 주변에서 아무리 친한 사람이 죽었다고 해도 자신의 죽음에 대해 사색하고 그것을 준비하는 사람은 의외로 드물다. 왜냐하면 아직도 여전히 죽음은 무섭고 두려운 일이기 때문이다. 특히나 사랑했던 사람이 어느 날 갑자기 사라지면 그 부재로 인한 충격은 상상을 초월한다. 그래서 사랑하는 사람과 함께 살던 집에서 도저히 못살겠노라고 이사하는 사람도 있다. 하지만 발버둥 쳐도 세월은 흐르고 죽음은 어느새 턱밑까지 찾아오고 만다. 죽음에 대한 사색으로 마음의 준비를 하지 않는 사람은 죽음에게 붙들려 허둥지둥 인생을 끝내고 만다. 얼마나 허무한 일인가. 그러므로 우리는 건강할 때 더 많이 자주 죽음에 대한 사색을 하여야 한다. 죽음이 무엇인지, 죽음에 이르기 전에 내가 해야 할 일들은 무엇인지 미리 생각해보고 자신의 삶을 아름답게 정리할 수 있어야 한다.

죽음은 지극히 자연스러운 순환의 법칙이다. 그러니 두려워할 이유가 전혀 없다. 우리는 죽어서 무엇이 되는가에 대해 위에서 말했듯이 지적영혼이 되므로 소멸이라느니, 사라짐 등으로 자신을 비하하지 않아도 된다. 자신의 의지대로 자유롭게 살다가 편안하게 눈감는 것이 행복한 삶이다.

가끔은 자신의 죽음에 대해 깊이 사색해보고 어떤 삶이 죽음 앞에 이르러 후회되지 않을지 고뇌해보아야 하지 않겠나 싶다. 이 시간에도 누군가는 죽어가고 있으며 누군가는 이미 죽었다. 그들은 우리와 같은 인간이었으며 한 때 이 지구상에서 우리와 함께 살아 숨 쉬던 존재였다. 죽은 이를 두려워할 것도 없다. 그는 다만 우리보다 일찍 육신이라는 허물을 벗고 우주로 떠났을 뿐이다. 그러니 밤길을 홀로 걸어도 두려워하지 않아도 된다. 오히려 산사람이 나타나는 게 더 위험할 수도 있는 것이 밤길이다.

나는 날마다 조금씩 세포가 노화되는 걸 느낀다. 젊었을 때와 지금의 피부는 확실히 다르다. 더 나이가 들면 더 많이 노화되어 주름이 자글자글해질 것이다. 나는 지금 늙어가고 있으며 죽어가고 있는 것이다. 하지만 두려워하지 않기로 한다. 그것은 누구나 겪는 한 번쯤의 홍역과도 같은 것이니까. 살아있는 동안에 인간으로서 더 많이 사랑을 나누어주고 내가 할 수 있는 최선의 선을 베풀며 살고 싶다.

우리는 누구나 죽는다. 하지만 모두 다 허무하게 사라지는 건 아니다. 우리가 자신의 삶에 충실하고 착한 마음으로 다른 존재들을 대하였다면 죽은 후에도 지적영혼으로 남아 다른 인간에게 도움을 줄 것이다. 죽어서도 살아남는 사람은 살아서 최선의 인생을 산 사람이다. 환경이 어려워도 용기를 잃지 않고 자신의 삶을 끝까지 책임지는 사람이 지적영혼이 될 것이다. 부정과 부패에 굴복하지 않고 정의롭게 인생을 꾸려온 사람은 지적영혼이 될 자격이 충분하다. 자신에게 남은 마지막 속옷 한 벌마저 타인에게 양보하는 이는 죽어서도 존경받을 것이다. 그들에게는 죽음이 오히려 반가운 손님이 된다. 왜냐하면 스스로에게 부끄럽지 않은 삶을 살아왔기 때문이다.

　어느 날, 우리의 육체가 이 세상과 작별하더라도 울지 말자. 그 순간은 한 영혼이 다른 세계로 이동하는 축제의 시간이다. 헌 집을 버리고 새집으로 이사 가는 순간인 것이다. 호들갑 떨거나 몸서리치지도 말자. 우리가 죽어서 남겨주는 건 후세에게 위대한 유산이 될 것이다. 그대가 사는 지금 이 순간이 얼마나 소중한 것인지 죽음 앞에서 깨닫는다면 오늘이라는 시간을 헛되이 보내지 않을 것이라 믿는다. 우리는 죽어서도 죽지 않는다. 우리는 죽음에게 두려워 떠는 모습을 보이지 않는다. 우리는 죽음이 모든 것의 끝이 아니라는 것을 분명히 알고 있기 때문이다.

그대는 인생의 위기 앞에서 의연한가

존재에 대한 사색은 언제나 그렇듯 설렌다. 사랑하는 연인을 만나기 전에 설레듯 난 이 책을 쓰는 순간이 요즘 가장 행복하고도 떨리는 순간이다. 존재란 무엇인가. 살아있는 것이나 죽어 있는 것이나 이 세상에 실존하고 있는 것이 존재라면 평생을 다 해도 그것들에 대한 사색은 못할 것이다. 책 한권에 다 담을 수 없는 것이 존재에 대한 사색이리라. 무한한 존재의 보고 속에서 난 보물을 캐내듯 존재에 대한 사색을 한다. 어쩔 때는 글이 나를 쓰는지 내가 글을 쓰는지 모를 만큼 정신없이 써내려가기도 한다. 사색이란 어차피 어떤 특정한 체계나 형식을 지닌 것이 아니질 않는가. 그렇지만 내가 지향하는 바는 명확하다. 그것은 존재에 대한 사색을 함으로써 진리를 깨닫는 일이다.

사람은 미래를 예측할 수 없으므로 늘 불안하다. 진리란 그런 불안요소들을 잠재워줄 수 있는 등대불과 같은 것이 아닐까 싶다. 오늘도 숱한 존재들이 날 보고 자신에 대해 사색해달라고 말하는 것 같다. 이 책에서 말하는 존재란, 생물일 수도 있고 무생물일 수도 있고 그것들이 일으킨 사건이 될 수도 있으며 그 사건이 몰고 온 사회적 파장일 수도 있고 각 존재들의 마음가짐이나 가치관이 될 수도 있음을 밝힌다. 그러므로 존재의 범위는 무한대다. 이 세상에서 일어나는 모든 일, 모든 생명체, 무생물 등. 인간으로서 감지할 수 있는 모든 것들이 존재란 포괄적인 원안에 포함된다.

이번 사색의 주제는 인생의 위기라고 정하였다. 위기라고 하면 불길한 기운부터 느껴진다. 위기에 빠진 여자, 남자 이런 종류의 제목은 인간의 말초신경을 자극하기에 아주 적합하다고 여겨진다. 그래서 남녀 간의 불륜이나 패륜적인 행위를 소재로 한 영화의 제목으로 쓰이기도 한다.

위기, 인생의 위기란 누구에게나 찾아올 수 있는 것이다. 그 위기 앞에서 그대는 의연한가. 라고 나는 그대에게 묻고 싶다. 인생의 선배 혹은 후배로서 내가 이 질문을 던지는 이유는 그대가 위기에 대처할 수 있는 지혜를 주기 위함이다.

나는 인생의 위기를 지나칠 정도로 많이 겪어온 것 같다. 그래서 누군가가 위기에 처해있을 때 그 경험들을 통해 얻은 생생한 삶의 지혜를 전수해줄 수 있다고 믿는다. 그리고 사색으로 지혜는 더욱 농익어서 실질적인 도움을 줄 수 있는 것들로 바뀐다. 사색은 언제나 인간과 인간이 지닌 모든 것들을 기존의 수준에서 성숙한 경지로 도약시키는 힘을 지니고 있기 때문이다.

우리가 흔히 맞이하는 인생의 위기는 무엇일까. 사람마다 처한 환경이 다르고 살아가는 방식이 다르며 가치관이 다르기 때문에 위기라고 여기는 것들도 다르기 마련이다. 그러므로 위기란 것은 인간마다 다를 수밖에 없다. 그렇더라도 공통적인 인간의 위기는 있다. 위기란 괴로움을 유발하는 환경이 조성되었을 때이다. 또한 불안감이 엄습해오고 자신의 삶에 대해 확신을 잃어버릴 정도의 스트레스를 받은 상태를 말한다.

가장 현실적인 위기란 경제적인 위기가 아닐까. 자본주의 사회에서 경제적인 위기란 곧 파멸을 의미한다고 해도 과언이 아니다. 단돈 몇 만원 때문에 강도나 살인사건을 저지르는 경우가 의외로 많다는 사실을 아는가.

겨우 몇 만원을 얻기 위해 사람을 죽이다니, 우리는 제 3자의 입장에서 혀를 끌끌 차지만 막상 우리가 돈 몇 만원이 없어서 굶어죽게 생길 정도의 위기에 처해있다면 어떻게 할지에 대해서는 자신 있게 아니다 라고 말할 수 없다. 사흘만 굶어도 사람은 제정신을 상실하게 되어 있다. 경제적인 파탄으로 오늘도 멀쩡한 사람들이 스스로 목숨을 끊고 있다. 그들은 인생의 위기관리에 실패한 것이다. 현실주의자 입장에서 본다면 경제적인 위기에 처한 사람에게 가장 적절한 도움을 줄만한 지혜란 애초에 없을 수도 있다. 차라리 현금을 주는 것이 그를 위해 더 나은 지도 모른다. 하지만 물고기를 잡기 위해 그물을 주는 건 일시적인 방편일 뿐이다. 그물을 만들고 수선하는 방법, 고기를 낚는 방법, 고기가 많이 몰리는 곳, 고기를 유인하는 방법, 고기를 요리하는 방법 등을 가르쳐주는 것이 장기적인 관점에서 더 유익한 정보일 것이다.

그러면 경제적인 위기에 대처할 지혜란 무엇인가. 이것은 나의 경험이 산증인이며 사색이 결정적 해답을 제시한 것이다. 내가 생각하는 경제적 위기에 대한 해법은 돈에 관한 것이 아니다. 그것은 자기 자신에 관한 것이다. 나 역시 경제적으로 가장 어려운 형편에까지 다다라보았기에 가능한 대답이 아닐까 싶다. 그대에게 만일 경제적으로 가장 어려운 시절이 도래한다면 이렇게 하면 된다. 일단 돈에 대한 생각은 차후에 하기로 하고 자기 자신에 대해 암시를 시작하라.

"나는 뛰어난 재능을 지닌 사람이다. 난 부자가 될 것이다. 지금은 잠시 숨을 고르는 시기일 뿐. 난 내 자신을 믿어. 걱정할 것 없지. 난 부자가 될 사람이니까."

이렇게 스스로에게 최면을 걸어라. 지갑에 돈이 한 푼도 없어도 이렇게 자기최면을 걸게 되면 점점 풍족해지는 느낌이 든다. 그리고 왠지 모를 자신감이 솟아난다. 특히 자신의 재능에 대해 칭찬하라.

"난 이 분야에서 최고의 소질과 재능을 지녔지. 난 이 분야의 최고가 될 거야. 돈은 부수적인 것일 뿐. 내 재능을 마음껏 펼치면서 살면 머지않아 부자가 될 거야."

이렇게 하루에도 수십 번 수백 번 스스로를 세뇌시키는 것이 당장 밖에 나가서 몇 푼 버는 것보다 낫다. 이 말들을 반복하다보면 어느새 자기 자신이 부자가 된 느낌, 그 분야의 실력자가 된 느낌이 들게 되어 있다. 그런 후에 일거리를 찾아 나서라. 그렇게 하면 충분한 자신감으로 그 일에서 성공하게 될 것이다. 사람들은 그대의 그런 당당한 모습에 끌리게 된다. 이것이 경제적 위기를 타개해나갈 가장 현명한 해법이라고 나는 생각한다.

삶을 살다보면 또 다른 위기가 찾아올 것이다. 경제적인 위기와 더불어 인간을 가장 힘들게 하는 것이 있다면 건강상의 위기일 것이다. 이것은 위기가 닥치기 전에 미리 대비하고 예방하는 것이 최선의 방법일 것이다. 그렇지만 어쩔 수 없이 위기가 다가온다면 우리는 자신의 건강에 대해서 객관적인 시각으로 바라보아야 한다. 주관적으로 자신을 본다면 건강을 망치게 한 것들을 옹호할 수가 있기 때문이다. 예를 들어서 술이나 담배, 커피, 단 음식, 기름진 음식, 불규칙한 수면시간 등이다. 그런 것들을 객관적인 입장에서 보고 자신에게 끼

친 영향을 분석해보라. 그리고 지금이라도 늦지 않았다는 마음가짐
으로 잘못된 생활습관을 고치고 전문가의 처방에 따라 치료를 받으
면 된다. 절대 금기시해야 하는 것은 포기이다.

건강이 조금 안 좋아졌다고 인생이 끝난 것은 아니다. 요즘은 의
학이 날로 발전하고 있으므로 현재의 불치병이 내일 당장 신약으로
인해 치료할 수 있는 병으로 바뀌는 추세다. 그러므로 용기를 잃지
말고 이렇게라도 살아 있음에 감사하고 적극적으로 치료에 임하길
바란다. 약을 먹어야 된다면 웃으면서 먹고 주사를 맞아야 한다면 즐
겁게 맞아라. 병원에서 일 년 내내 입원해 있어야 한다면 병원 내에
서도 얼마든지 행복하게 지낼 수 있음을 기억하고 의료진들과 다른
동료 환자들과 보호자들과 원만한 인간관계를 유지하도록 노력하라.
그렇게 하면 병은 반드시 호전될 것이다.

세 번째 생각해볼 인생의 위기는 이별이 아닐까 싶다. 이별. 특히
사별은 너무나 가혹한 일이다. 긴 세월 함께 한 노부부가 있었다. 부
인이 암으로 세상을 떠나고 남편은 부인을 잊지 못해 밤마다 눈물로
지새웠다. 남편은 부인을 잃은 슬픔을 어떻게 다루어야 할지 몰랐다.
그는 그녀를 차마 보낼 수가 없었다. 한 달도 채 되지 않아 남편은 아
내 곁으로 간다는 짧은 유서를 자식들에게 남기고 연탄불을 피우고
생을 마감했다. 이런 비슷한 뉴스를 우리는 종종 듣는다. 주변에서도

사랑하는 사람을 잃고 방황하고 슬퍼하다가 스스로 목숨을 끊는 사람들 이야기가 들려오곤 한다. 사별은 한 사람이 죽음을 맞이하여 이별하는 것이다. 떠난 이는 말이 없으나 남겨진 사람은 그를 다시 볼 수 없다는 상실감과 생전에 더 잘해주지 못했다는 죄책감과 안타까움으로 고통 받는다. 사별의 대상은 부부가 될 수도 있고 부모나 자식이나 친구나 연인 등이 될 수 있다. 이런 위기를 만나게 되면 우리는 예기치 못했던 사건이기에 놀랄 수밖에 없다. 그런 후에는 그 사람이 죽었다는 사실이 믿기지 않아서 힘들어 한다. 더욱 우리를 힘들게 하는 것은 조금만 더 잘 해줄 것을 하는 후회의 마음이다. 이런 위기 앞에서 우리는 어떻게 해야 할까.

우선 그와의 행복했던 시절을 떠올리는 것이 좋다. 아쉬운 점, 후회스러운 일들을 자꾸만 연상하면 고통만 배가될 뿐이다. 정말로 자신이 그 사람에게 잘 대해주지 못했더라도 그것에 집착하면서 자신을 자학하는 행위는 그만두어야 한다. 아무리 사이가 안 좋았어도 분명히 서로 즐거운 한때가 있었을 것이다. 그 때를 기억하고 회상하는 것이 남겨진 우리들이 떠난 자에게 줄 수 있는 배려가 아닐까 싶다. 왜냐하면 사람은 죽어서 영혼으로 승화되는데 자신 때문에 누군가가 괴로워하고 고통스러워하면 그는 죽어서도 우리를 염려해야 하기 때문이다. 우리가 죽은 이를 사랑했다면서 그를 붙잡고 놓아주지 않을수록 그는 지적영혼으로 승화되는 시간이 늦추어진다. 영혼은 생전에 자신이 사랑했던 이들이 아파하는 것을 싫어한다. 그대가 그 사람을 진정으로 사랑했다면 울지 말라. 죽음은 잠시 이별이다. 영원한 이별이란 없다고 봐도 좋다. 우리는 다시 만날 것이다. 사랑했던 엄마, 사랑했던 아빠, 사랑했던 아들, 사랑했던 딸, 사랑했던 친구들. 비록 저 멀리 하늘로 떠나갔더라도 이별은 잠깐이다. 그러니 슬픔을 거두어야 한다. 자신에 대한 질책도 멈추어야 한다. 그래야 그 사람이 편하게 쉴 수 있다.

그대는 인생의 위기 앞에서 의연한가. 의연할 것인가. 나는 그대를 믿는다. 그대는 진중하고 사려 깊은 사람으로서 모든 위기 앞에서 침착하게 삶의 지혜를 발휘하여 그것들을 위기가 아닌 기회로 바꿀 수 있음을 믿는다. 위기란 결국엔 자신이 선택하는 것이다. 내가 이 일이 위기라고 느끼면 위기가 될 것이고 내가 이 일이 내일을 위한 도약의 발판이 될 것이라고 믿고 의연하게 대처한다면 그 일은 위기가 아니라 꿈을 향해 나아가는데 도움을 주는 좋은 계기가 될 것이다. 돈이 없어져도 의연하라. 사랑이 떠나가도 의연하라. 병이 걸려도 의연하라. 모든 걸 잃어도 의연하라. 그래서 세상이란 험준한 산위의 정상에 우뚝 서라. 자신보다 더 위기에 처한 사람이 보일 것이다. 그들에게 그대가 위기를 넘긴 슬기와 지혜를 전해주어라. 우리의 윗세대들이 그러했듯이.

과거에 대한 사색

　부끄러운 줄도 모르고 시간이 간다. 갑자기 이 문장이 쓰고 싶어졌다. 시간과 부끄러움이란 말이 썩 어울리지는 않다. 사색은 이처럼 가끔 제 멋대로 방향을 틀기도 하지만 샛길로 접어들기 전에 다시 제자리로 돌아오곤 한다. 너무 천편일률적인 영화가 재미없듯이 글도 가끔 엉뚱해야 감칠맛이 나지 않겠는가.

　다시 본래의 자리로 돌아와 사색해본다. 이번 사색은 과거에 대한 것이다. 과거란 지나간 시간. 너무나 간단한 정의가 아닌가. 하지만 과거란 결코 간단히 치부해버릴 것이 아니다.

　과거를 묻지 마세요. 사람들은 자신의 과거를 숨기는 일에 익숙하다. 대체적으로 숨기고 싶은 일들은 누구에게나 있기 마련이다. 왜 우리는 과거에 대해 당당하지 못할까. 과거라는 말이 주는 약간은 어둡고 냉소적인 분위기 탓이 아닐까. 당신의 과거는 어떠신가요. 라고 누군가가 질문해온다면 그리 기분이 좋지는 않을 것이다. 대신 당신의 어린 시절에 대해 듣고 싶군요. 라고 말하면 한결 가벼운 마음으로 지나온 시절을 이야기해줄 것이다. 그렇지만 결국 지나온 시절이든 과거든 똑같은 말이지 않는가. 인간은 이처럼 표현하는 말에 따라 같은 것도 다르게 받아들이는 모순투성이 존재이기도 하다.

모순투성이 존재 인간, 과거에 대해 그리 떳떳하게 밝히지 못하는 사람은 범죄자나 사회에 물의를 일으킨 사람만이 아니다. 우리들 사이에서도 그런 사람은 많다. 나 역시도 과거에 대해 누가 꼬치꼬치 캐묻는다면 과히 기분이 좋지만은 않을 것 같다. 숨기고 싶은 자신만의 은밀한 역사는 누구에게나 있는 것이다. 그런 숨기고 싶은 역사의 단골메뉴는 아마 이런 것이 아닐까.

첫사랑과의 달콤한 키스, 누군가의 속살을 훔쳐보던 기억, 엄마 몰래 피워본 담배나 한 모금의 술, 길거리에 떨어진 만 원짜리를 재빨리 주워서 슬며시 주머니에 넣었던 일 등. 이렇게 보니 그럴 만도 한 내용들이다. 누가 자신의 첫 키스의 그 순수하고 애틋했던 기억을 사람들에게 공개적으로 떠벌리고 싶을 것이며 누가 길거리에서 주운 돈을 주머니에 넣던 일을 말하고 싶겠는가.

그런데 우리 주변에서는 자신의 과거에 대해서는 일절 함구하면서 다른 사람의 과거사를 캐고 다니는 사람이 있다. 심지어 그들의 눈동자는 의욕에 가득 차 있다. 마치 숲 속에서 산삼을 캐기 위해 돌아다니는 심마니처럼 비장한 각오로 다른 사람의 과거를 염탐한다. 그리고 그 내용들을 가십거리로 만들어버리고서도 아무런 죄책감을 느끼지 못한다.

타인의 과거를 존중하라. 그것은 그가 써온 개인의 역사다. 그의 허락 없이 그의 과거를 들추어내어 심심한 대중의 입술에 올리지 말아야 할 것이다. 물론 그가 범죄행위를 했을 때는 예외일 것이다. 그러나 대부분의 경우에 우리는 타인의 과거에 대해 함구해야 한다. 이것만큼 사람들 사이에서 지켜지기 어려운 일이 있을까. 그래도 우리는 지킬 건 지켜야 하는 것이다. 다른 사람의 과거를 존중하지 않으면 우리의 과거도 안전을 장담하지 못하니까.

자신의 과거가 소중하듯이 다른 사람의 과거도 소중하다. 과거란 시간 속에서 얼마나 많은 우리들이 살고 있는가. 생각은 과거로 흘러가는 걸 좋아한다. 몸은 회사에 있으면서 생각은 어젯밤에 만난 연인의 얼굴을 떠올리는 김 과장도 과거에 생각이 가 닿아있는 중이다. 의식하지 않아도 생각은 과거로 달음질친다.

자석처럼 우리의 생각을 과거는 끌어당긴다. 그걸 거부할 수 있는 사람은 매우 드물다. 살아있는 사람이라면 자신의 생각이 무의식중에 과거에서 노닐고 있는 걸 깨닫게 된다. 서둘러 생각의 초점을 현재로 돌린 적이 꽤 많이 있지 않은가. 과거는 생각을 유혹하는 전라의 무희와 같다. 강렬한 매력으로 우리의 생각을 수시로 유혹한다. 그런 과거에게 자신의 생각을 전부 빼앗겨버린 사람도 있다. 그는 현재를 살 수 없는 사람이다. 미래 역시 그에게서 멀어지고 있는 중이다. 그러므로 우리는 과거의 유혹을 뿌리칠 수 있어야 한다. 적당한 회상은 좋은 것이지만 지나친 과거사랑은 오히려 독이 되어 인생을 망칠 수 있다.

과거에 대한 생각이 모두 부정적인 작용만 하는 것은 분명히 아니다. 내가 보는 관점에서 과거에 대한 생각은 절반의 부정과 절반의 긍정을 유도해낼 수 있다. 그러므로 우리는 과거라는 지나간 시간을 회상함에 있어서 긍정을 유도해낼 수 있는 사색의 기술을 가져야 할 것이다.

생각하면 할수록 분하고 억울한 과거는 그대를 더욱 암울하게 만드는 독과 같다. 반면에 잠시만 생각해도 가슴 따뜻해지는 과거는 그대를 더욱 행복하게 만드는 삶의 활력소가 될 것이다. 우리는 늘 이런 선택의 갈림선 상에 서 있다. 어떤 선택을 하겠는가.

과거에 대한 생각이 그대를 행복하게 하라. 그렇게 하기 위해서는 과거도 분리할 필요가 있다. 자신에게 치욕스러웠던 과거, 상처만 남겨준 과거, 슬프게 한 과거, 화를 돋우는 과거는 말끔히 수거해서 버려라.

그 대신에 자신에게 자랑스러웠던 과거, 즐거웠던 과거, 행복했던 과거는 시간에 구애받지 말고 회상해도 괜찮다. 그런 과거는 우리를 고달픈 현재로부터 구제해줄 수 있는 효과를 발휘할 수 있는 것들이다.

사람은 무엇으로 사는가. 문득 이런 질문을 해본다.

사랑, 첫 번째 대답이다. 그리고 생각, 이것이 두 번째 대답이다. 그리고 더욱 구체적으로 파고든다면 생각 중에서도 과거에 있었던 행복했던 생각이 많은 비중을 차지한다. 오늘도 우리는 과거를 만들며 살고 있는 중이다. 지금 이 순간을 어떻게 사느냐에 따라 행복했던 과거 혹은 불행했던 과거가 결정 된다.

최대한 웃으면서 마음을 평화롭게 지니고 살아라. 행복한 인생의 주인공은 결국 얼마나 많은 행복한 과거를 지녔는가에 따라 결정된다. 그러므로 인간은 바로 오늘을 행복하게 살도록 노력하여야 한다. 힘들어도 웃어라. 거절당했어도 용기를 잃지 말라. 시련이 다가와도 좌절하지 말라. 그대의 과거는 오늘 그 모든 역경을 이겨낸 시간의 결과물이다. 그리고 또한 당차게 미래를 살아갈 힘의 근원이 된다.

비 오는 밤, 허무에 대하여

가을비가 내린다. 무언가를 인간에게 말하고 싶어 하는 듯 유난히 소곤소곤 내리는 비. 밤이 되면 나는 더 감정이 침잠해지는 것만 같다. 왜 그런지 나는 낮보다 밤이 더 좋고 구석지고 응달진 곳이 좋다. 그런 성향은 언제부터 비롯되었는지 모르지만 봄보다는 가을이 더 좋고 댄스가요도 좋지만 사람의 심금을 울리는 발라드가 더 좋다. 이 건 순전히 내 개인적인 취향이다. 사색도 개인의 취향이다. 무엇을 사색할지는 모두 자기 마음대로이니까 말이다.

오늘은 허무에 대하여 사색하고자 한다. 지금 난 굉장히 허무하다고 여겨진다. 이렇게 기분이 저하될 때 바로 사색의 깊숙한 곳에 다다를 수 있는 것을 나는 안다. 사색의 심연에 가 닿을 수 있는 절호의 기회인 셈이다. 허무하다는 감정을 수시로 느끼는 사람은 많지 않을 것이다. 아주 가끔 손님처럼 찾아오는 이 감정을 분석해보기 위해 이 밤을 하얗게 지새워보려고 한다. 밤을 하얗게 지새운다는 말, 참 사람을 낭만에 빠뜨리는 말 같다. 무엇인가를 위해 앞뒤 가리지 않고 순수하게 열정을 불태우는 젊은 날의 초상이 그려지는 까닭이다. 밤을 하얗게 지새우면서 사랑하던 시절. 우리는 그 시절을 그리워한다.

그대가 지금 청춘의 중심에 서 있다면 그 시절의 아름다움을 충분히 만끽하기를 바란다. 정작 빛의 중심에 선 사람은 빛이 얼마나 찬란한지를 알 수가 없다. 빛에서 벗어나 어둠 속에서 살아본 사람만이 빛의 소중함과 찬란함을 뼈저리게 느낀다. 청춘 역시 그렇다고 본다. 내가 청춘이었던 시절에 난 그 시절의 아름다움을 깨닫기보다는 그저 삶에 저항하느라 힘을 뺐다. 그러나 지나와보니 사무치게 그 때가 그리워지는 것이다. 청춘이 지나고 하루하루 살다보면 우리는 어느덧 나이가 들어간다. 아무리 절세미인이라도 영원히 그 미모를 유지할 수는 없다. 오늘날 아이돌 가수의 평균수명이 몇 년이라는 글을 보더라도 젊음은 영원할 수 없고 잠깐 스쳐가는 것이다. 나이가 들면 흰머리가 나고 주름이 늘고 외관상의 큰 변화를 맞이한다. 여성은 갱년기를 맞이하고 남성도 남자만의 갱년기를 맞이해 우울해지고 삶의 허무를 느끼게 된다. 평생 뒤도 안 돌아보고 살아왔건만 남는 건 허무뿐이라는 탄식이 절로 나오기도 한다. 허무란 말이 내 가슴을 싸늘하게 파고든다.

빗소리는 허무한 내 마음을 더욱 허무하게 만드는 데 일조한다. 비 오는 날의 허무는 맑은 날 느끼는 허무에 비해 더욱 고적하다. 이 허무는 사람을 애태운다. 특히 혼자서 맞이하는 비오는 밤의 허무는 애간장을 태우기에 적합하다. 요즘 혼자 사는 사람의 비중이 높아지고 있다. 혼자서 밤에 허무를 맞이하는 사람에게는 적당한 음악이나, 간식이 필요할 것이다. 그렇지 않으면 허무에 지쳐서 기운을 잃을 수도 있기 때문이다. 혼자가 아니어도 인간은 허무하다. 그래서 허무가 사람을 미치게 하는 것이다.

또한 허무는 인간의 정신을 허기지게 한다. 모든 걸 잃어버린 것처럼 삶이 막연해지게 생각되는 것이 허무다. 비에 젖은 우산처럼 허무는 인간을 무채색 감성에 젖게 만든다. 그리고 가끔 눈물 나게도 만든다. 나는 허무란 말을 싫어하지는 않는다. 오히려 허무주의자라고도 할 수 있다. 그렇지만 나 자신을 완벽한 허무주의자라고 단정하고 싶지는 않다. 허무한 것이 인생이지만 그 허무 속에서도 보람을 찾고 꿈을 꾸며 열심히 사는 것이 인생의 아름다움이라고 생각하는 사람이기 때문이다.

그렇다. 엄밀히 따져보면 허무라는 것은 감정의 사치라고 볼 수 있다. 아니, 감정의 속임수 내지는 기분의 농락이라고도 볼 수 있다. 허무한 것은 없다. 다만 그렇게 생각하는 우리의 감정과 기분이 있을 뿐이다.

비가 내리는 소리에도 아무런 의미가 없는 것이 사실이다. 다만 우리가 거기에 자신의 감정을 투영시켜서 제 멋대로 해석하는 것뿐이다. 비는 그저 비다. 빗소리는 그저 비가 어느 물체에 부딪쳐서 내는 소리의 단편적인 파열음일 뿐이다. 그렇다면 허무주의자는 있을 수 없는 존재가 될 수밖에 없다는 소리가 된다. 이렇게 사색은 자유롭게 허무에 대해 통찰한다. 허무란 것은 인간이 만든 감정의 사치요, 기분의 농락이요, 허무주의자는 환상 속에나 존재할 허상의 인물일 뿐이라고 사색이 결론짓는다. 이것은 어디까지나 나의 사색이므로 진실로 허무를 숭배하고 허무주의자로서의 길을 걷는 사람에게는 맞지 않을 수도 있겠다.

가을비가 내리다가 이제 조용해졌다. 개도 짖지 않고 토끼들도 부스럭거리지 않는다. 너무나 고요해서 심장이 멎을 것처럼 아득하다. 산다는 게 이렇게 고요하기만 한다면 얼마나 심심할까. 그렇다. 그래서 신께서는 우리에게 그토록 다양하고 난해한 삶의 숙제들을 내주신 것이다. 그것을 풀고 해결해내는 것이 인생의 묘미라는 것을 깨닫게 하기 위해서 말이다. 우리는 허무란 감정의 왜곡 내지는 사치에 더 이상 현혹되지 않을 것이다. 그것은 기분의 농락이요, 현실에서의 도피와 다르지 않음을 알 수 있기 때문이다.

허무하다고 느끼는 그 순간이야말로 인생에 있어서 새로운 다짐이 필요한 시기라는 것을 기억한다. 그래서 더 이상 삶을 원망하거나 환경에 얽매이지 않을 것이다. 비가 그치듯 우리 인생의 시련의 비도 그칠 때가 있다. 그러나 다시 비는 내린다. 인생의 시련의 비도 다시금 내릴 것이다. 허무하다고 삶을 한탄하느니 비가 내리기 전에 배수로를 정비하고 우산을 준비하는 것이 더 낫질 않겠는가. 나는 허무주의자가 되는 것을 경계할 것이다. 산다는 게 아무리 힘들고 괴로워도 스스로를 허무의 늪 속으로 밀어 넣지는 말아야 할 것이다.

우산을 사러 가는 길

우산을 산 기억이 잘 나지 않는 걸 보니 오래되었나 보다. 우산들이 하나같이 낡았다. 어떤 우산은 살이 다 빠져나와서 잘못하다가 다치게 생겼고 어떤 우산은 윗부분이 떨어져나가 우산의 중심부분이 사라져버렸다. 접었을 때 정중앙에 위치한 꼭짓점이 사라진 우산은 유두를 잃어버린 여자처럼 밋밋하고 볼품없었다. 그런 우산들이 벌써 세 개다. 이제 이것들과 결별해야 할 시기가 온 것이다.

우산을 사러가야겠다고 며칠 전부터 벼르던 나는 간밤에 그친 비로 맑아진 가을하늘을 올려다보면서 밖으로 나섰다. 비가 오고 나면 세상은 왜 이렇게 깨끗한 걸까. 이 사색은 우리들이 자주 하는 것이리라. 비온 후에는 온 세상의 이물질이 모두 씻겨 나간 듯 한결 말끔해진 풍경이 우리를 맞이해주곤 하질 않는가.

집에 두고 온 아직은 버리지 않은 세 개의 우산이 뒤에서 부르는 것만 같다. 이제 더 이상 우산으로서의 기능을 못할 것이 훤한데 난 왜 우산들을 선뜻 버리지 못하고 있는 걸까. 정이라도 들었나보다. 정이란 인간과 인간 혹은 애완동물 간에나 드는 것이 아니었나. 아니다. 가만 생각해보면 정은 인간과 사물 간에도 드는 것이었다. 우리가 집이라는 아늑한 공간을 떠올리며 편안해지는 것은 우리가 집과 정이 들어서일 가능성이 높다. 그런 의미에서 본다면 모든 것들은 정을 나눌 수 있는 것들이 아닐까 싶다. 내가 걸어가는 이 길도 정이 들 것이고 길 가에 핀 들꽃들이나 이웃집의 대문, 재활용함, 건물의 형태도 정이 들고 말 것이다.

정든 길을 걸어서 마트에 갔다. 마트까지 가는 길에는 특이한 사람이 한 명 늘 그 자리에 있는 것을 발견하곤 한다. 내가 그 길을 지나온 동안 그가 없었던 적은 몇 번 되지 않았고 그는 마치 그 길에 세워둔 망부석이나 표지 석처럼 항상 서 있었다. 아니 정확히 표현하면 웃으면서 인도 위를 왔다 갔다 하고 있었다. 그 지점은 어느 은행의 정문 앞이었다. 그는 하필이면 그 지점에 둥지를 튼 것일까. 그도 그곳에 정이 들어서일까. 난 오늘 그를 자세히 살펴보고 지나쳐오기로 한다. 나이는 사십대 정도 되는 그는 혼자서 무슨 말인가를 계속 한다. 가만히 보니 지나가는 행인들을 향해서 무슨 말인가를 하고 있었다. 실없이 웃으면서 그는 잘 이해되지 않는 말을 하고 있었다. 약간 정신적으로 문제가 있는가 보다 하면서 사람들이 그를 피해 지나쳐 갔다. 아무리 봐도 정상적인 사람은 아닌 것 같은 행색이었다. 얼굴도 검게 타고 어딘지 모르게 생활의 빈곤이 묻어나고 있는 그였다. 그는 뭔가 모자란 사람일까. 내가 지나가자 그는 당연하다는 듯 또 무슨 말인가를 했다. 그런데 난 그가 무슨 말을 하는지 도무지 알아들을 수가 없다. 귀가 잘 들리지 않는 내 탓이기도 하겠지만 그는 자신만의 언어로 사람들에게 말을 거는 것 같았다.

그는 정신적으로 문제가 있는 사람일까. 아니면 지극히 정상적인 사람인데 심심해서 저러고 있는 걸까. 아니면 아주 고도의 지적능력을 지닌 사람인데 일부러 저렇게 있으면서 사람들의 심리상태를 확인하려고 하는 것일까. 겉모습만 보고서 어찌 그 사람에 대해서 판단할 수 있겠는가. 설부른 판단은 인간의 본질을 왜곡할 것이다.

난 그저 그 사람이 참 재미있다고 생각하기로 하였다. 그 사람이 있어서 그 길을 지날 때 행인들은 지루함을 덜 수 있다. 그리고 그 길을 지키는 지킴이처럼 보여서 한 편으로는 든든해 보이기도 했다. 그는 사람들에게 해를 끼치지도 않았다. 그는 자신의 세계 속에서 완벽하게 행복해보였다. 그렇다면 그는 우리 사회에서 불필요한 존재라고 할 수는 없다. 그러므로 그는 정신적으로 문제가 있는 사람은 아닐 것이다. 질문에 대한 답이 완성되었다.

그는 정신적으로 문제가 있는 사람일까에 대한 나의 대답은 '아니다'이다. 그리고 그 이상은 확인할 수 없다. 내가 그를 24시간 관찰하지 않는 이상은 밝혀내기 어려운 개인의 사생활이 아닌가.

항상 그 자리에서 그는 밝게 웃는다. 그리고 지나가는 행인들에게 자신만의 언어로 인사하면서 서성거린다. 바람에 흐느적거리는 행사장 앞의 긴 풍선인형 같은 그의 모습이 사람들에게 이색적으로 보이기도 한다. 그러나 나는 알 수 있다. 그는 자신의 삶에 지극히 정상적으로 임하고 있다는 것을. 그에게는 이례적인 일이 아닌 일상적으로 수행하는 일과라는 것을. 우산을 사러가는 길에 만난 수더분한 사내에게서 집에 두고 온 낡은 우산들의 모습이 언뜻 보인다. 자신을 잊지 말아달라는 우산들의 속마음을 대신 해주고 있는 것 같은 남자. 나를 기억해달라고 말하는 길 위의 남자는 오늘도 행인들이 지나갈 때마다 알 수 없는 언어로 인사를 할 것이다. 그것은 그가 오늘을 살아가는 이유이기 때문이다.

통찰력을 키우는 비법

　자신만의 세계관을 가진 사람은 통찰력을 지니게 된다. 그러면 그 통찰력을 키우는 비법에 대해 사색해보자. 통찰력은 가만히 있어도 저절로 키워지는 것이 아니다. 거기에는 각고의 노력이 필요하다. 난 여러 가지 면에서 노력을 강조하고 있는 중이다. 인간은 노력하지 않으면 발전할 수 없고 노력을 게을리 하는 사람은 쇠퇴와 쇠락의 길로 접어들 수밖에 없다. 쉬운 예로 내가 글쓰기를 노력하지 않고 머리만 믿고 성의 없이 쓴다면 작가로서의 능력은 서서히 사라지고 말 것이다. 매일 목표한 만큼의 글을 꾸준히 수년간 써온 노력이 지금의 나를 있게 한 것이다. 노력을 과소평가하지 말고 매사에 노력을 기울이는 것을 망설이지 말아야 할 것이다.

　노력하면 이루어지지 않을 것은 거의 없다. 인간의 능력으로 가능한 일이라면 노력한다면 모두 다 그대는 이룰 수 있음을 기억하라. 그러기에 우리는 통찰력을 키우는 노력에 대해서도 역시 수긍해야 한다. 누군가가 대신 나의 통찰력을 키워줄 수는 없는 노릇이질 않은 가. 만약 그렇다면 그것은 우스운 일이 될 것이다. 인간의 존엄성을 빼앗는 일이기 때문이다.

내 인생의 주인공은 나다. 인간세상의 기본법칙을 무시하는 행위 가 바로 누군가가 내가 할 일을 대신 해주는 일이다. 그것만큼 치욕 스러운 일은 없다. 자신의 할 일은 자신이 해야 한다.

여기에서 내가 말하고자 하는 통찰력이란 무엇인가. 사물이 가지 고 있는 것들의 내면을 직시하는 것이 통찰력이고 현상에 대하여 가 감 없이 고찰하는 것이 통찰력이며 우주를 관통하는 지혜를 얻는 것 이 통찰력이다. 사물이 가지고 있는 것들의 내면을 직시하는 것이란 무엇을 뜻하는가, 사색해보자.

한 포기의 풀이 있다. 그 풀을 보면서 그대는 무엇을 생각하고 느 끼는가. 감수성이 예민하고 문학적인 그대라면 풀을 보며 가련함, 외 로움, 고독 등을 느낄 수 있을 것이며 식물에 관심이 많은 그대라면 풀을 보며 저 풀의 이름은 무엇이며 얼마 후에 풀꽃을 볼 수 있겠다 는 것을 유추할 것이다. 풀이라는 하나의 사물을 두고 인간은 여러 가지 갈래의 사색을 할 수 있다.

그렇다면 내면을 직시하는 사람이라면 무엇을 생각할 것인가. 풀의 내면을 직시해보라. 풀이 가진 본연의 존재성을 파악하는 것이 바로 풀의 내면을 직시하는 일이다. 풀은 왜 거기에 피어 있을까, 풀은 이 시간 왜 내 눈 앞에 출현한 것일까, 나와 풀은 어떤 인연으로 지금 여기에서 대면하고 있는 것일까. 풀이 인간에게 주는 메시지는 무엇인가. 풀에 의해 이 세계는 얼마나 변화되고 있는가. 이 정도로 생각하고 멈춘다면 진정한 직시가 아니다. 여기에서 사색의 깊이를 더하라. 풀로 인해 내 인생은 어떤 변화를 맞이할 수 있을까. 풀과 나의 관계설정에 이르도록 직시하는 것이다. 이런 직시는 오랫동안 사색한 사람이라면 누구나 다다르는 지점이다. 사물과 본연의 나의 관계에 대해 직시하는 것이 통찰력을 키우는 첫 번째 방법이다.

그리고 두 번째 방법, 현상에 대하여 가감 없이 고찰하는 것에 대하여 사색해보자. 현상이란 무엇인가. 우리네 삶에서 벌어지는 온갖 사건들을 이르는 말이다. 예를 들어, 누군가가 아이를 출산했다거나 비가 온다거나 눈이 내린다거나 산사태가 난다거나 전기요금이 오른다거나 에이즈가 급속도로 확산된다거나 이 모든 것들이 현상이다. 현상은 시간의 흐름에 의해 발생한다. 시간이 멈춘다면 현상은 더 이상 발생되지 않는다. 시간과 현상은 불가분의 관계인 것이다. 그러므로 현상을 가감 없이 고찰하는 것은 곧 시간을 가감 없이 고찰하는 것과 같다. 시간의 흐름을 읽고 시간의 변화를 목격하고 시간을 자신의 것으로 만들어서 시간을 지배하는 능력을 배양하라. 그러면 저절로 현상에 대한 이해가 이뤄질 것이다.

통찰력을 키우는 세 번째 방법은 우주를 관통하는 지혜를 얻는 것이다. 이것이야말로 최고의 경지에 다다른 사색가가 얻을 수 있는 신의 선물이다. 이 선물을 획득하는 자는 아주 드물 것이다. 왜냐하면 희소성이 강하기 때문이다. 누구에게나 쉽게 접근을 허락하지 않으므로 가치가 더욱 높을 수밖에 없다. 우주는 우리가 측량할 수 없는 범위를 지녔다. 그리고 우리가 상상하는 이상의 신비로움을 가진 곳이다. 그리고 그 안에는 지혜가 머물고 있다. 우주를 관통하는 지혜는 사색의 정상에 다다랐을 때 깨달을 수 있을 것이다. 매일 경건한 마음가짐으로 삶을 관조하고 인생의 참의미를 찾기 위해 노력하라. 우주를 관통하는 지혜란 인간이 우주의 일원으로서 살아가야 하는 날들 속에 숨어 있는 보물들이다. 우리가 보내는 오늘이라는 이 시간이 바로 지혜를 얻는 절호의 기회인 셈이다.

통찰력을 키우면 삶이 달라진다. 비좁은 우물 안에서 넓은 바다로 나서는 것처럼 생각의 폭이 넓어지며 시야가 확 트이게 된다. 사람들이 원하는 것이 무엇인지, 싫어하는 것이 무엇인지를 알 수 있게 된다. 그래서 인간관계의 어려움을 해소할 수 있다. 또한 자신의 삶이 지금 어디쯤 도달해있는지 파악할 수 있게 된다. 그럼으로써 인생의 길을 잃지 않고 원하는 길을 향해 전진할 수 있다. 이처럼 통찰력은 인간을 성장시키는 숨은 원동력이다. 그리고 삶을 윤택하게 만든다.

　가슴으로 세상을 보고 마음으로 인간을 읽어라. 눈은 외면을 보더라도 마음의 눈은 인간의 까마득한 곳에 감춰진 내면을 보아라. 자신을 제외한 다른 모든 것들에게서 지혜를 구하길 바란다. 그런 마음가짐이야말로 통찰력을 키울 수 있는 겸허한 삶의 태도인 것이다.

열셋

그 그물 속에는 무엇이 들어 있을까

어부들이 그물을 바다에 던지는 것은 물고기를 낚기 위함이다. 성난 파도와 긴 어둠의 시간이 지난 후 어부는 총총히 그물을 걷으러 간다. 어느 날은 빈 그물만 올라와서 사람 애간장을 녹이고 어느 날은 그물이 터질 정도로 엄청난 고기가 잡혀서 만선의 기쁨을 누리게 만들어준다. 그물이 사람을 울리기도 하고 웃기기도 하는 건가. 그물이 없었다면 어부는 물고기를 그렇게 많이 잡을 수는 없었을 것이다. 그물은 어부의 생존에 가장 필요한 도구임에 틀림없다. 그물, 완벽하게 폐쇄되지 않은 여러 개의 자잘한 구멍들을 가진 그것. 그물이 가진 구멍이 커서는 곤란할 것이다. 그런 그물이 있다면 그물로서 인정받기 어렵다. 그물은 자잘한 구멍을 지님으로써 자신이 그물임을 증명한다. 그물 사이로 바람도 드나들 수 있고 질펀한 액체도 드나들 수 있고 가끔은 들어와서는 안 될 것들도 드나든다.

난 지금부터 그물에 대한 사색을 해볼까 한다. 인간에게도 그물이 있다. 그물은 무엇인가를 포획하는데 유용하다. 그러나 그물에 걸리지 않는 작고 미끈한 물고기가 있듯이 모든 것들이 그물에 포획되는 것은 아니다. 그물코가 너무 크면 작은 물고기는 빠져나가기 마련이다. 인간의 그물은 눈동자 속에 있다. 그래서 자신이 낚을 수 있는 것인지 아닌지를 순식간에 판단한다. 자기에게 이득을 줄 것과 해를 끼칠 것을 추려내는 기술을 습득한 사람일수록 그물을 잘 관리하는 축에 속한다고 믿는다. 우리에게 그물이 있었다니 왜 신은 인간에게 그물을 준 것일까. 그 그물 속에는 도대체 무엇이 들어 있을까.

그물코가 크든 작든 그물이 낡았든 새것이든 인간들은 그물의 존재를 은연중에 인식한다. 그것의 존재여부에 대해 직접적으로 언급한 사람은 별로 없는 것이다. 왜냐하면 우리의 그물은 자신의 치부를 드러내지 않으면서 타인을 걸러내는 일종의 필터와 같은 역할을 하기 때문이다. 그물 속에 무엇이 들어 있는지 알고자 한다면 그 사람의 치부를 들여다봐야 한다. 그래서 사람들은 그물의 존재에 대해서 말을 삼간다. 눈동자 속에 그물이 은밀히 숨겨져 있었다는 사실을 이제야 알았노라고 탄식하는 사람도 분명히 있다. 그물이 애초에 거기 있었다는 것을 그 누구도 일러주지는 않았다. 다들 살다보니 스스로 그물의 존재를 알고 그것을 보수하고 개선하여서 자신에게 맞게 사용하고 있는 것이다. 그대의 그물은 지금 눈동자 속에서 잘 지내고 있는가. 혹시 그물 때문에 지금 눈이 간지럽다면 그물이 활발하게 활동하는 중이므로 안심해도 좋다. 가끔 그물은 간지러움을 동반한다. 그 이유는 너무나 많은 것들을 분리하고 포획하고 절제하고 추스르고 토해내느라 지쳐 있기 때문이다.

보이지 않는 그물의 실체에 대해 우리가 관심을 가지는 것은 그것이 인간으로서 정상적인 생활을 해나가는 모든 이들에게 결정적인 역할을 하기 때문이다. 즉, 인간으로서 안전하게 살아가려면 자신만의 그물을 잘 관리해야 한다는 것이다. 그물 속에 무엇이 들어 있는지 모르고 살아간다면 언젠가는 그물이 찢어지거나 훼손될 가능성이 농후하다. 누가 아는가. 그물 속에 괴 생명체가 들어가 있는지 아니면 그물이 부패하고 훼손되어서 곧 끊어질 위기에 처해 있는지. 자신이 아니면 절대 알 수가 없다.

인간의 그물은 그럼 무엇으로 제작된 것일까. 그물의 정체가 궁금하다. 그물의 기원은 어디에서 비롯되었을까. 무엇보다도 그물을 만드는 재료가 궁금하지 않을 수 없다. 그것을 안다면 우리는 그물의 실체에 대해 더 많이 알게 되지 않을까 싶다. 그물에 대한 사색으로 얻은 지혜에 따르면 인간의 그물을 형성하는 데 가장 크게 기여한 재료는 바로 이것이다.

두려움과 호기심, 이 두 가지 소재가 그물을 이루는 주요한 재료라고 볼 수 있다. 인간은 두려움으로 그물을 만들고 호기심으로 그물을 던진다. 그리고 자신만의 낚시 법으로 다양한 것들을 낚아 올린다. 인간에게 두려움이란 자신을 지키는 가장 실질적인 경고인 셈이다. 두려움을 느끼지 못한다는 것은 위기를 불러들이는 단초역할을 할 수 있다. 몇 발자국 앞에 낭떠러지가 있는데 낭떠러지에 대해 두려움을 느끼지 못하는 사람이라면 그는 아무런 두려움 없이 낭떠러지 아래로 추락하고 말 것이다.

우리가 흔히 생각하기에 두려움이란 부정적인 감정이라고 매도하기 쉽지만 이렇듯 두려움에 의해 인간은 은연중에 보호받고 있는 것이다. 그 두려움들이 인간에게 방어벽을 형성할 명분을 제시해준 것이 아니겠는가. 두려움이 모여서 개인의 그물이 되는 것이다. 그러나 그물만 있다고 해서 그 그물이 제 역할을 할 수 있는 것은 아니다. 그물의 역할이란 세상에 대한 열렬한 탐구이기도 하다. 그것을 가능하게 하는 것이 바로 호기심이다. 호기심이야말로 인간 세계를 발전시킨 본능이라고 할 수 있다. 오늘도 호기심에 가득한 사람들에 의해 새로운 물건이 만들어지고 온갖 기적이 일어나고 있는 중이다. 세상은 호기심을 가지고 있는 사람들에 의해서 날로 새로워지고 발전한다고 해도 될 것이다. 우리의 그물은 두려움으로 이루어져 있으며 호기심에 의해 제 기능을 수행하게 된다.

오늘 이런 일이 있었다. 일단 이 글을 쓰는 계절은 가을이다. 이제

갓 10월의 초입에 들어선 초가을 날씨가 유난히 맑고 싱그럽다. 그러나 오전에는 약간 쌀쌀하고 낮에는 약간 더운 것이 감기 걸리기에 제격인 날씨다. 오늘 오전에 난 헤어드라이기를 바꾸기 위해 터미널 근처에 있는 만물백화점 비슷한 곳에 다녀왔다. 얼마 전 구입한 헤어드라이기에서 이상한 냄새가 났기 때문이다. 그래서 참고 견디다가 못해서 그걸 교환하기 위해 간 것이다.

　주인이 내가 내민 헤어드라이기를 이리저리 살펴본다. 내가 물었다. 역한 냄새가 심하게 나는 원인이 뭔가요. 주인이 짤막하게 대답했다. 호일이 타서 그래요. 그렇다면 대부분의 경우에 그 냄새는 얼마쯤 후에는 나지 않아야 정상이다. 그런데 내가 구입한 헤어드라이기만 유독 냄새가 독하게 났다. 동물이나 식물에도 돌연변이가 있듯이 헤어드라이어계에도 돌연변이가 있는 건가. 난 피식 웃으면서 새로 교환한 헤어드라이기를 들고 집으로 왔다. 집에 도착해 그걸 개봉한 순간 이전 것과는 가격 면에서 저렴한 탓인지 입구 쪽이 분리되어 있는 것이었다. 그래서 내부가 훤히 들여다보였다. 다행히 그물처럼 생긴 플라스틱 입구의 칸막이가 헤어드라이기의 수치심을 약간 줄여주었다. 입구라고 생각되는 납작한 부분을 끼우고서야 본래의 모습을 찾은 드라이기가 새치름하게 웃는 것 같았다. 긴장된 마음으로 코드를 꽂았다. 또 냄새가 나면 어쩌지. 코를 대고 킁킁 냄새를 맡아도 이전의 헤어드라이기에서 나던 하수구 냄새는 나질 않았다. 드라이기에도 그물이 있었던 것을 오늘 새롭게 발견한 나는 그것을 다시 한 번 회상해보았다. 컴컴한 내부에는 무엇이 있는지 구체적으로 알 수 없었으나 입구 안에 있는 플라스틱 그물에 의해서 그나마 숨을 들이쉬고 있는 것이다.

그물과도 같은 그 통로가 없었다면 헤어드라이기와 인간은 적절하게 교류하지 못했을 것이다. 왜냐하면 바람이 나오지 않는 헤어드라이기란 당장 폐기처분해야 할 대상이기 때문이다. 만약 그물 구멍이 없이 엄청난 바람이 대책 없이 쏟아져 나와도 쓰레기통에 버려질 것이 분명하다. 그물은 바람이 너무 한꺼번에 범람하는 것을 막아주는 조절자로서의 역할도 했다. 헤어드라이기의 그물 구멍이 그렇다면 인간의 그물도 제 구실을 못한다면 사장되고 말 것이지 않을까. 무엇이든 쓸모없는 것은 버려지거나 소외되기 쉽다.

이렇듯 생활인이라면 누구나 그물의 혜택을 볼 것이다. 그물은 보이는 유형의 그물, 보이지 않는 무형의 그물이 있다. 우리에게 있는 그물은 보이지 않는 무형의 그물이다. 우리가 인간으로서의 삶을 안전하게 유지하려면 그물의 도움이 꼭 필요하다. 우리는 그물로 자신에게 유익한 영향을 끼칠 것과 해를 입힐 것을 구분해서 수용하기 때문이다. 그렇다면 우리들의 그물 속에는 무엇이 들어 있을까. 지극히 사적인 그물 속 내용물에 대해서 일일이 열거하기는 어렵다. 그러나 공통적으로 들어 있는 것들이 있기 마련이다. 그것들이 무엇인지 들여다보자.

우리는 아침에 일어나서 저녁에 잠들기까지 그물던지기를 반복한다. 엄마가 잠을 깨우거나 아내가 아침식사를 차리고 잠을 깨우거나 스스로 잠에서 깨어나거나 누구나 아침잠에서 깨어나는 순간에 그물을 던지고 있는 중이다. 그것은 타인의 마음에 던지는 그물이기도 하고 세상이라는 거대한 바다에 던지는 그물이기도 하다. 우리는 간절히 낚고자 한다. 무엇을? 그것은 타인의 사랑과 관심, 친절, 너그러움, 이해, 우정, 배려 등의 행복을 부르는 것들이다. 또한 세상의 조화와 안전, 질서, 도덕, 정의, 양보 등의 평화를 부르는 것들이다. 이런 것들이 마음 속 그물에 걸리지 않는 사람은 늘 우울할 수밖에 없다. 왜냐하면 그의 그물은 그것들과는 상반된 것들로 채워지기 쉽기 때문이다. 우리들의 그물 속에 있어야 할 것들은 바로 행복과 평화를 부르는 것들이어야 한다.

지금 그대의 그물 안에는 무엇이 들어 있는가. 티끌만큼의 손해도 보지 않겠다는 야무진 각오는 평화를 부르는 것들에 속하지 않는다. 누군가 한때 잘못한 것을 수십 년 째 곱씹으면서 그를 증오하는 것 역시 행복을 부르는 것들에 속하지 않는다. 자신의 그물이 행복과 평화를 부르는 것들로 가득 차게 만들어라. 그렇게 하는 방법은 그것들을 낚겠다는 포부를 가지고 삶을 살아가는 것이다. 유형의 그물은 물고기를 낚지만 무형의 그물은 인간의 행복과 평화를 보장한다. 우리는 인생에서 평화와 행복을 낚는 어부들이다. 인간의 그물 속에 무엇이 있을지 그것은 순전히 자신에게 달려 있음을 기억해야 할 것이다.

날마다 스스로에게 물어라,
너는 왜 사는가

반추하다란 말이 있다. 이 말의 의미는 두 가지인데 첫 번째 의미는 소와 같은 포유동물이 한 번 삼킨 먹이를 다시 입으로 되돌려 씹는 것을 말하고 두 번째 의미는 인간이 자신의 생각을 되풀이해서 생각하는 것을 말한다. 뭔가를 되풀이해서 계속 생각한다면 그 생각은 점점 증대되어서 일상을 지배하게 될 수 있다. 좋은 생각은 좋은 일상을 만들 것이라는 것은 당연한 결론일 것이다. 하지만 부정적인 생각을 곱씹는다면 그것은 점점 증대되어서 일상을 지옥으로 만들어버리기에 충분하다. 그래서 우리는 잠깐 동안의 생각을 하더라도 자신이 하는 생각의 종류에 대해서 굳이 파악하는 수고를 아끼지 말아야 한다는 결론에 다다를 수 있는 것이다. 번거롭더라도 지금 하는 생각이 최종적으로 지향하는 바가 어떤 곳인지 파악하도록 하라. 그런 작은 수고가 자신의 일상을 보다 더 안전하게 유지시켜준다. 그리고 또 한 가지 우리는 이 생각을 늘 가지고 살아야 한다.

무슨 생각인가. 자, 주목해보라. 바로 이 질문이다. 너는 왜 사는가. 스스로를 타인화하여서 너라는 인칭대명사를 이용해 질문해보는 것이다. 너는 왜 사는가, 무엇 때문에 오늘이라는 시간을 통과하고 있는가. 혹은 너는 왜 살고자 하는가, 무엇을 위해서 인생을 영위하고자 하는가. 이렇게 던져보는 질문은 반추하듯 날마다 곱씹으면서 해야 제격이다. 이 생각이야말로 그대의 인생의 좌표를 정확하게 제시해주는 생각이다. 이 질문이야말로 우리의 삶을 어긋나지 않게 만들어줄 곧은 잣대라고 할 수 있다.

나는 날마다 너는 왜 사는가, 라는 질문을 해본다. 그러면 그에 대한 답변이 절로 나온다. 이제는 그렇게 되었다. 내가 처음부터 그 질문에 대한 답을 명쾌하게 한 것은 아니었다. 그러나 매일 반복하면서 질문에 대한 답을 구하기 위해 사색한 결과 지금은 그 질문에 대해 망설임 없이 답할 수 있게 된 것이다.

날마다 스스로에게 물어라. 너는 왜 사는가. 날마다 밥을 먹듯 자신에게 물어라. 너는 왜 사는가. 날마다 숨을 쉬듯 그대 자신의 자아에게 질문하라. 너는 왜 사는가. 이 질문은 묘한 마력을 지니고 있다. 바로 어떤 감정에 사로잡혀 있을 때라도 그 질문을 한 순간에는 고요한 평정의 상태에 머물 수 있다는 사실이다. 이 질문은 이렇게도 해석할 수 있다. 너는 누구인가. 너는 어디에서 왔는가. 너는 어디로 가고 있는가. 너는 무엇을 갈구하는가. 너는 무엇을 추구하는가. 내가 아닌 너에 대해 질문함으로써 자신에게 좀 더 책임감을 부여할 수 있게 된다. 우리는 자신에게 지나치게 관대한 일면이 있다. 같은 실수라도 내가 하면 별 것 아닌 것 같고 다른 사람이 하면 엄청난 과오로 여겨지는 것이 인간이다. 그러기에 우리는 자신에게 너라는 호칭으로 객관적 입장에서 질문하면서 자신을 단련시키는 방법을 터득하도록 해야 한다.

내가 나에 대해 질문한 결과를 여기에 공개하고자 한다. 너는 왜 사는가에 대한 내 답을 이 책에 공개하는 것은 여러분에게 사색의 길을 안내하고자 하기 때문이다. 나의 답변이 그대에게도 어떤 지침이 될 수 있을 것을 기대한다. 아니면 같은 인생의 동지로서 동료의식을 나눌 기회가 될 수도 있을 것이다. 그러므로 너는 왜 사는가에 대한 나의 답을 적어보고자 한다. 그대도 나처럼 스스로의 질문에 답해보는 귀한 시간을 자주 갖길 바란다.

너는 왜 사는가, 백 정미. 내가 왜 사냐고 네가 물었다. 너는 결국 나. 우리는 하나의 영혼으로 교감하는 존재지. 너의 질문에 처음 맞닥뜨렸을 때가 기억난다. 난 약간 의아했었지. 왜냐하면 그런 질문을 처음 들었기 때문이야. 이 질문만큼 사람을 당혹하게 만드는 질문도 드물지 않을까 싶다. 사는 것에 대해서 누가 그렇게 고심하면서 살아갈까. 우리는 너무나 많은 일들을 겪고 해결하고 골치를 썩이느라 정신이 없으니 자신이 왜 사는가에 대해 고민할 여력이 남아 있지 않아. 그래서 너의 질문은 참 사람을 힘들게 만드는구나. 그렇더라도 난 너의 질문이 그리 싫진 않구나. 그 질문은 나에 대한 관심의 또 다른 표현일 수도 있으니까 말이야. 네가 내게 관심이 없다면 왜 사는지에 대한 궁금증도 일지 않았을 것이고 구태여 이런 질문을 하지도 않았겠지. 그래 우리는 이렇게 서로에 대해 관심을 가지면서 친해지는 거야. 세상 사람들 역시 마찬가지 아닐까 싶다. 서로에 대한 관심이야말로 이 질문을 있을 수 있게 하는 최초의 근원이 될 것이야. 나는 왜 사는 걸까. 이제는 이 질문에 대해 흔들리지 않는 믿음을 지니고 대답할 수 있게 되어 참 다행이야. 그만큼 내가 내 생각과 인생에 대해서 자부심을 가지게 되었고 스스로의 가능성에 대해 인정하게 되었음을 증명하는 일이니까. 나는 아름다운 일을 하기 위해 살아. 그 아름다운 일이란 이거야. 우주의 진리를 깨닫고 인생의 지혜를 사색으로 도출해내어서 고통 받고 외로운 인류에게 전해주는 거야. 그래서 그들이 아픔을 줄이고 상처를 치유 받고 고통으로부터 자유로워지기를 바라는 거야. 나는 아름다운 일을 하기 위해 산단다. 그 아름다운 일을 구체적으로 말해본다면 글을 쓰는 것이지. 사람을 살리는 글, 사람에게 잔잔한 미소와 감동을 주는 글, 사람에게 진리를 깨닿게 해주는 글, 사람에게 지혜를 전해주는 글, 사람에게 용기를 주는 글, 사람에게 희망을 주는 글, 사람에게 위로를 주는 글, 사람에게 자부심을 심어주는 글. 이런 글을 쓰는 일이 내게 있어서 아름다운 일이란다. 인간은 누구나 자신만의 아름다운 일을 하고 살게 될 때 존재감을 느끼며 자긍심을 지니게 되지. 난 그 사실을 너의 질문으로 비로소 알게 되었구나. 고맙다. 나의 또 다른 나여. 너에게 감사해. 우리가 이 세상에 머무는 시간이 얼마나 남았을지 모르지만 우리 함께 이 지상에 머물 동안 서로 협력하여서 아름다운 일을 많이 하자. 그 일을 하는 일이 비록 어렵고 힘든 과정을 거치게 되더라도 그 일이 남은 인생을 전부 걸어도 아깝지 않은 가치 있고 소중한 일임을 알잖아. 나는 오늘도 나보다 더 아프고 더 외롭고 고통 받는 다른 사람을 위해 살아. 너도 나와 같은 삶을 살아주렴. 지금까지 그랬던 것처럼.

슬픔으로 마음을 정화시켜라

학창시절 내가 유난히 좋아하는 향기가 있었다. 그건 측백나무의 향기였다. 측백나무는 잎이 특이한 나무다. 다른 나무들의 평범한 나뭇잎 모양의 잎을 거부하고 엄청난 길이의 잎을 가지고 있다. 그래서 내 시선을 사로잡기에 부족하지 않았다. 나무들은 질서 정연한 군인들처럼 학교 곳곳에 일렬로 늘어서서 그 긴 잎으로 사시사철 초록색을 뿜어내었다. 그 모습은 군기가 바짝 든 신병들 같았다. 특히 측백나무의 향기는 폐를 아릿하게 만들었다. 지금도 측백나무 곁을 지나면 그 향기를 맡아본다. 어쩐지 익숙한 향기, 그것을 나는 슬픔의 향기라고 말하고 싶다. 우리는 지나칠 만큼 슬픔을 경계하지만 인생살이는 슬픔의 연속이요, 슬픔에 의해 정화되고 있다. 나는 극도의 비관주의자는 아님을 밝혀둔다. 난 언제나 긍정을 사랑하고 밝게 살아가려고 노력하는 사람이다. 하지만 슬픔을 배척하지는 않는다. 마치 고독을 도외시하지 않는 것처럼 말이다. 슬픔이 불행의 전조 곡쯤으로 여기는 것은 잘못된 생각이다.

슬픔은 측백나무 향기처럼 폐를 아릿하게 만들어준다. 그리고 오래도록 기억 속에 새겨져서 눈물을 생성해내기도 한다. 이런 경험은 누구나 있을 것이다. 가슴이 먹먹하고 답답해서 소리 내어 실컷 울고 났더니 가슴이 뻥 뚫린 것처럼 시원해진 경험. 물론 혼자 있을 때에 한해서이다. 우리는 혼자 있을 때 자신의 감정을 상세하게 잘 읽을 수 있다. 그리고 그것을 정화시켜낼 눈물, 즉 슬픔을 자신의 것으로 온전히 소화시킬 수 있다. 슬픔이 절망의 후예라고 생각하는 것은 지나친 편견이다. 물론 슬픔에 젖게 되면 부정적인 기운이 휘몰아칠 수도 있다. 그렇지만 자세히 들여다보면 그것은 진짜 슬픔이 아닌 경우가 더 많다. 슬픔을 가장한 좌절이나 절망일 수 있다. 측백나무처럼 슬픔은 심장을 아릿하게 만드는 향기가 난다. 그것이 없다면 그것은 슬픔이 아니다. 우울증이 슬픔에 의해서 발생한다는 것 또한 인간의 지나친 비약이다. 내가 생각하기에 우울증이란 슬픔이 발전한 것이 아니라 절망이 빚어낸 지극히 비정상적인 감정의 왜곡일 뿐이다. 그러므로 우리는 슬픔을 통해서 자신의 절망과 좌절을 정화시켜야 한다. 우울증에 걸린 사람도 진짜 슬픔을 통해서 우울증을 극복해야 한다.

진짜 슬픔이란 무엇인가. 절망과 좌절에 비해 인간을 이롭게 하는 이것의 가장 큰 특징은 삶의 아픔과 고통을 정화시키는 능력이다. 인간을 불행의 구렁텅이로 몰아넣는 부정적인 감정들이 가지지 못한 것을 슬픔은 지니고 있는 것이다. 흔히 울고 난 후에는 울기 전과 기분이 달라진 경험을 한다. 뭔가 시원하고 후련한 느낌. 가슴이 트이고 시야가 넓어진 느낌. 곁에 누가 있다면 꼭 끌어안아주고 싶은 느낌. 이것이 슬픔이 지닌 순수한 정화의 능력이다. 그러나 울고 난 후에 모두가 다 그런 편안한 감정을 경험하는 것은 아니다. 어떤 이는 울고 난 후에 더 많은 분노와 절망, 침체된 감정을 느끼기도 한다. 그렇다면 이 두 경우의 차이는 무엇일까. 똑 같이 울었는데 왜 한 쪽은 감정의 정화를 느끼고 한 쪽은 감정이 더 부정적인 방향으로 나아간 것일까.

위에서 말했듯 슬픔인 것처럼 보여도 진짜 슬픔이 아닌 경우에는 울어도 전혀 시원한 기분이 느껴지지 않고 오히려 가슴이 더 답답해지고 심장이 더 빨리 뛰고 누군가를 향한 분노가 사람을 미치게 만들 정도로 치솟아 오르는 것이다. 그러므로 우리는 진짜 슬픔에 자신의 영혼을 담가야 한다. 거짓 슬픔에 현혹되지 않아야 하는 것이다. 진짜 슬픔이 다른 것과 구별되는 가장 큰 차별성인 고통과 아픔을 정화시키는 능력을 경험하고자 한다면 이렇게 하면 된다.

어떤 것에서 무엇인가를 얻고자 한다면 그것을 우리는 어쩔 수 없이 조금씩 파괴하게 되는 경우가 있다. 사과에서 사과주스를 얻기 위해 우리는 사과를 기계에 넣어서 파괴시키지 않으면 안 된다. 콩에서 두부를 얻기 위해서 우리는 콩의 영양소의 일부를 파괴시키면서 뜨거운 물에 삶아낸다. 그렇다면 우리가 진짜 슬픔을 얻기 위해서도 우리 내부에 있는 그것이 파괴되어야 한다. 그것은 무엇인가.

내가 보는 사색의 관점에서 그것은 아집과 교만이다. 이 두 가지를 파괴시키지 않으면 우리는 슬픔이 주는 혜택인 감정의 정화를 맛보기 어려울 것이다. 아집이란 지나치게 자기중심적인 사고방식이다. 이것은 건강한 자기애와는 구별되는 것이다. 무엇이든 자신만 옳고 다른 사람은 틀리다는 식으로 반응하는 것이 아집이다. 반면 건강한 자기애는 자신도 옳고 다른 사람도 옳을 수 있다고 타인에 대해 관대하다. 아집에 사로잡히면 아무리 괜찮은 사람과 사귄다고 해도 친밀감을 형성할 수 없다. 왜냐하면 아집에 붙잡힌 사람에게는 타인의 그 어떤 결점도 용납할 수 없는 죄악이 되기 때문이다.

아집을 버려라. 지나친 자기중심주의에서 벗어나라. 그리고 또한 교만한 것도 슬픔이 주는 정화가 자신에게 오는 것을 차단하는 주요 원인이다. 우리는 누구나 부족한 사람이다. 이 세상에서 가장 완벽한 사람조차 신 앞에 서면 초라한 존재일 뿐이다. 가까운 자연 앞에만 서도 인간은 스스로의 한계를 인정하게 되질 않는가. 얼마 전 서울에서 산사태가 나서 아파트까지 토사에 잠겼다. 인간이 만든 것들은 자연의 위력 앞에서 얼마나 무기력했는지 여실히 보여주질 않았던가.

우리는 늘 겸손하게 삶을 대해야 할 것이다. 자만하지 않는 것은 자연에 대해서, 인간에 대해서 할 수 있는 우리들의 기본 도리가 아닐까 싶다.

　이렇듯 두 가지 아집과 교만을 버리면 우리는 비로소 슬픔을 통해서 자신의 영혼을 정화시킬 수 있게 된다. 눈물을 흘리는 자신을 가여워하지 말고 이 눈물이 멈춘 후에 더 강해지고 현명해질 것을 믿어라. 삶이 자신에게 지나칠 정도로 가혹하다고 한탄만 한다면 우리의 인생은 한없이 비참할 것이지만 시련 앞에서도 꿋꿋하게 슬픔으로 자신의 아픔과 고통을 정화시키고 다시 일어서서 걸어간다면 우리의 인생은 태양보다 더 찬란한 행복의 빛으로 가득찰 것이다. 측백나무의 향기가 불현듯 사무치게 그리워지는 오늘이다. 쌀쌀해지는 가을 날씨에 어디선가 측백나무의 아릿한 향기가 날까 잠시 먼 산을 바라본다.

　오늘도 누군가는 어디에선가 홀로 울 것이다. 그러나 이제 그에게 더 이상 무의미한 슬픔은 없을 것이라 믿어본다. 그는 눈물로써 마음을 정화시키고 새로운 각오를 다지며 용기 있게 오늘을 살아갈 것이기 때문이다.

침묵에 다다른 자,
고요 속에서 평안할 것이다

나는 말수가 별로 없다. 말을 많이 하면 불편하다. 뭔가 나와 어울리지 않는 것 같아서 어색하다. 사실 글 쓰는 일을 업으로 삼다보니 대화할 일이 별로 없기도 하지만 원래 말이 많은 사람은 아니다. 그래서 침묵이란 단어가 아주 익숙하다. 침묵 속에 잠겨 있을 때 인간은 그 가치가 돋보이게 마련이다. 사회생활을 하는 사람이 말을 잘 못하면 상당한 어려움을 겪는다. 그것은 한편으로는 사실이다. 말 못하는 사람보다는 말 잘하는 사람이 인정받고 승진도 빨리 되고 사회적으로 성공하는 경우가 더 많다. 그래서 말을 잘 못하는 소위 소심하거나 내성적인 사람들은 자신감을 잃고 말을 잘하기 위하여 남몰래 노력하기도 한다.

그렇다면 정말 말 잘 하는 사람이 행복한 걸까. 그것은 그럴 수도 있고 그렇지 않을 수도 있다. 말을 너무 많이 하다보면 우리는 본의 아니게 실수를 하기 쉽다. 너무 많은 말들을 뱉어내다 보면 자신이 무슨 말을 했는지 가늠이 안 되는 일이 많기 때문이다. 말이란 이렇듯 한 번 밖으로 표출하면 다시 수거할 수 없는 일회성의 것이다. 그렇기 때문에 말을 하는 일에 각별히 조심해야 하는 것이다.

　그대가 자신이 말을 잘 못한다는 생각에 사로잡혀 있다면 그래서 소심해지거나 사회생활에서 움츠러들어있다면 그것은 즉시 바꿔야 할 생각이다. 왜냐하면 선천적으로 말을 잘 못하는 사람은 이 세상에 없기 때문이다. 우리는 누구나 말을 잘 하는 사람으로 태어났다. 말을 잘 못한다는 것은 자신이 스스로 채운 족쇄에 불과하다. 정말 모두가 인정하는 말더듬이라도 그는 말을 잘 할 선천적 재능을 이미 지닌 사람이다. 다만 그 방법을 아직 터득하지 못했을 뿐이다. 그리고 또한 여기에서 우리는 말을 많이 하는 것의 폐해를 짚고 넘어가야 한다. 말이 지나치게 많은 사람치고 신뢰성이 가는 사람은 드물다. 그는 내면에 담고 있어야 할 비밀들마저도 폭로하고 다른 사람이 듣고 싶어 하지 않는 말들을 자신이 하고 싶다는 욕구해소의 수단으로 말을 하기 때문에 다른 사람에게 불쾌감을 유발시킨다. 그러므로 우리는 뭐든지 중용의 미덕을 실천하며 살아야 하는 것이다. 적당히 말하고 적당히 침묵하라.

지금부터 나는 침묵에 대하여 사색하고자 한다. 비수 같은 말, 상대를 조롱하는 말, 스스로를 비하시키는 말, 욕설, 비참함을 연상시키는 말 등으로 이 사회가 얼마나 멍들고 있는가. 가정에서 일어나는 무수한 폭력의 근원에는 말이 있다. 사회생활에서 벌어지는 수많은 사건 사고들에도 역시 말이라는 뿌리가 있다. 텔레비전에서도 말, 인터넷에서도 말, 친구들과 만나도 말, 가족들과도 말. 이렇게 말을 하지 않거나 듣지 않는 날이 없을 정도로 우리는 말의 홍수 속에서 살고 있다. 그래서 자신도 모르게 말의 오남용으로 고통 받고 있는 것이다.

침묵하는 자, 고요 속에서 편안할 것이다. 전체가 말에 의해 운용되는 것 같은 세상에서 고고하게 침묵하고자 하는 일은 어쩌면 미친 짓인지도 모른다. 누군가가 질문을 했는데 침묵으로 일관한다면 소위 말해 싹수가 없다는 평을 들을 가능성도 있다. 하지만 침묵함으로써 인간은 고요함의 진수를 맛보고 몸과 영혼의 평안을 누릴 수 있다. 그러므로 우리는 침묵이라는 영역에 자주 머물러야 한다.

침묵이 우리에게 주는 위로는 완숙한 고요로부터 우러나오는 것이다. 우리가 조용히 입을 닫고 세상의 소리에 귀 기울이면 비로소 그동안 들리지 않았던 소리들이 물밀듯이 들려온다. 그 소리의 출처는 우주요, 마음이요, 영혼의 심원이다. 침묵한다는 것은 단지 말을 하지 않는다는 개념이 아니다. 진정한 침묵이란 고요 속에 머물며 만물의 기를 느끼고 그들이 보내오는 에너지를 흡수하는 일이다. 우리는 침묵하고 있을 때 우주의 신비로움과 인생의 경이로움을 더 구체적으로 확인할 수 있다. 침묵은 인간에게 우주의 신비한 에너지를 주고 자신에 대한 성찰의 시간을 갖게 해준다. 완숙한 고요의 경지에 다다르기 위한 침묵의 방법은 그러므로 우리들이 습득해 두어야 할 삶의 자산이 될 것이다.

인간은 침묵으로 자신이 겪는 병으로부터 파생되는 고통과 통증을 경감시킬 수 있다. 그만큼 침묵은 사람의 뇌파를 진정시키고 일상의 혼란스러움으로부터 유발된 고통에 효과적인 치유법인 것이다.

어떤 침묵이 우리에게 유용할까. 그것에 대해 사색한다면 잡념을 떨쳐버리고 자아에 집중하는 침묵이 아닐까 싶다. 완숙한 고요에 다다르려면 우리는 어깨를 짓누르는 일의 무게나 삶의 허무, 인간에 대한 실망감 등을 떨쳐내어야 한다. 일이 주는 피로감에 지쳐 계속 그것에 대한 부정적인 생각을 한다면 침묵은 자신을 괴롭히는 시간이 되어버릴 것이다. 침묵이란 그저 입을 다물고 가만히 있는 것이 아니다. 고요 속에 머물면서 우주와 삶이 주는 메시지를 듣고 그것들이 내뿜는 에너지를 온몸으로 받아들이는 신성한 의식이다. 이러한 침묵의 행위는 그대를 편안하게 할 것이다. 침묵이 끝난 후에는 마치 오랜 잠에서 깨어난 듯 몽롱할 수도 있겠지만 어느덧 피로가 사라지고 가슴에 뜨거운 기운이 느껴지고 무엇인가를 하고자 하는 의욕이

불타오르게 될 것이다. 일상에 대한 부담감이나 타인에 대한 불만 등의 인생을 불행하게 만드는 것들 대신 생동감 있는 에너지로 활력이 넘치는 사람이 될 것이다.

나는 오늘도 침묵한다. 그리고 고요함에 젖는다. 입술에 침묵의 옷을 입히고 세상만물이 내게 하는 말들을 들으면서 신비로운 에너지를 내 안에 받아들인다. 한 번도 느껴보지 못했던 보랏빛 감각, 상상조차 할 수 없었던 정열과 환희, 시간조차 거스르는 지적 유희. 이 모든 것들의 황홀한 소용돌이 속으로 영혼을 맡긴다. 비록 나는 지금 홀로 존재하지만 나는 하나의 존재가 아니라 온 세상, 온 우주, 온 생명들과 함께 공존하는 공동의 존재임을 세포 마디마디 인식한다. 그것들이 침묵하는 나에게 쏟아부어주는 황금빛 에너지를 마지막 한 방울까지 받아 마시기를 주저하지 않는다. 신께서는 우리에게 침묵의 시간을 주신 후에 치유의 에너지를 주신다. 그것이 바로 이 세상에서 날마다 수고롭게 일하는 인간을 사랑한 우주의 선물임을 깨닫는다.

우리가 존재하는 이유는
실패를 성공으로 바꾸기 위함이다.

실패를 통해서 그대는 무엇을 배웠는가. 내가 이렇게 묻는다면 그대는 내게 무슨 말을 들려줄까. 아마 다시는 실패하지 않는 방법을 배웠다고 말하지 않을까. 인간은 실패하기 위해 태어난 것이나 마찬가지다. 우리는 실패했을 때 크게 절망한다. 실패란 하고자 하는 것이 장애물에 가로막혀서 좌절감을 맛보는 일이 아닌가. 하고자 하는 일을 못하는 것만큼 우리를 슬프게 하고 억울하게 만드는 일도 드물 것이다. 인간은 하고 싶은 일을 해야 정체성을 찾고 삶을 살아갈 추진력을 얻기 때문이다. 그러나 모두가 하고 싶은 일을 하면서 살 수 없는 것이 현실이다. 끊임없이 실패하고 넘어지면서 우리는 비명을 지른다. 지금 우리 자신의 몸과 마음에는 실패로 인해 얻은 상처의 흔적들이 남겨져 있을 것이다.

어떤 일에 실패하고 나서 얻은 절망감과 당혹감, 자기연민, 세상에 대한 원망, 현실에 대한 부정, 사회에 대한 저주, 미래에 대한 어두운 전망 등. 그런 실패의 사생아들은 우리의 의지를 꺾고 마음을 나약하게 만든다. 웬만큼 무덤덤한 사람이 아니고서는 자신이 실패했는데 아무렇지 않을 수는 없을 것이다. 겉으로는 괜찮아, 하면서도 실패한 후에 혼자서 독한 소주를 들이마시는 사람이 얼마나 많은가. 포장마차의 백열등은 그런 실패자들의 얼굴을 기억하고 있을 것이다. 그렇다면 실패자는 인생의 실패자인가. 그들은 사회의 낙오자요, 인생 쓰레기가 되어야 마땅한가, 라고 질문해본다. 물론 일의 실패자가 인생 자체의 실패자는 아니다. 다만 그는 자신이 원한 무엇인가에 대한 성공에 도달하지 못한 것뿐이다. 우리는 부분을 과장해서 전체로 해석하는 오류를 범하곤 한다. 실패에 대해서도 그렇다. 부분의 실패를 인생전체의 몰락 내지는 전멸로 오해하곤 한다.

인간은 누구나 실패자다. 약간 독한 말이지만 이건 사실이다. 실패를 단 한 번도 해보지 않은 사람이 있을까. 단언하건데 그런 사람은 있을 수 없다. 왜냐하면 우리는 누구나 무엇인가를 시도하지 않으면 생존할 수 없는 존재이기 때문이다. 생존에 필수적인 숨쉬기조차 시도가 필요하다. 그러다 가끔 숨이 잘 쉬어지지 않는 경우가 있다. 코가 막혔거나 갑자기 재채기가 나왔다면 그는 숨쉬기에 일시적으로 실패할 것이다. 그런 그가 인생 전체를 실패한 사람이라고 말한다면 말도 되지 않는 소리라고 모두들 반박할 것이다. 그렇지 않은가. 단지 숨 한 번 못 쉬었다고 인생이 망하는 법은 없다.

그런데 우리는 자신의 실패 한 가지에 목숨을 걸다시피 한다. 누군가가 자기가 원하는 무엇인가를 거절하면 하늘이 무너진 것 같은 배반감과 모멸감을 느끼고 무엇을 하려다가 시도가 실패로 돌아가면 자신의 능력 전체를 모두 의심하고 만다. 실패는 성공을 하기 위한 정직한 수단이다.

실패하지 않으면 성공할 수 없다는 사실을 아는가. 여기 생생한 증인이 있다. 바로 이 글을 쓰는 사람이다. 난 책 한 권을 내기 위해 수십 군데 출판사로부터 무시와 거절을 당했다. 그런 거절과 무시에 직면했을 때 내가 겪었을 실망감과 모멸감과 자괴감은 대단한 것이었다. 물론 자신의 능력을 의심했고 현실을 원망했다. 하지만 실패는 성공으로 가는 발판이라는 진리를 알고 있었기에 다시 글을 쓰기 시작했다.

좌절하지 마라. 좌절은 악마가 주관하는 언어이다. 우리에게는 좌절이란 말 대신 성공이 있을 뿐이다. 성공하려면 우리는 실패해야 한다. 그것은 성공법칙이다. 그대가 비록 오늘은 실패했더라도 내일은 성공할 수 있음을 굳게 믿는다. 왜냐하면 우리는 성공하기 위해 반드시 실패라는 다리를 건너야하는 인간이기 때문이다.

인간은 실패를 성공으로 바꾸기 위해 존재한다. 그것이 인생사는 쏠쏠한 재미이기도 하다. 매일 주구장창 성공만 하는 일상이란 얼마나 재미가 없을지 상상이 가지 않는가. 시험을 봤는데 한 문제도 틀리지 않고 전교생이 다 백 점이다라면, 한 여인에게 청혼을 열 명이 했는데 모두 성공이라면 도대체 그 여인은 몇 명의 남자와 결혼해야 하는가. 뭐든지 다 성공만 한다면 발전할 기회를 잃어버린 채 인간은 도태되고 말 것이다. 실패 없는 세상에서 인간의 지능은 점차 퇴화되고 문명은 급속도로 후퇴하게 되어 있다. 그 이유는 실패로 인해 얻을 수 있는 것을 얻지 못하기 때문이다. 실패로 인해 얻게 되는 가장 큰 소득은 다시 일어서겠다는 강한 의지와 집념이다. 그런 강한 의지와 집념이 실종된 인간은 무엇을 하고자 하는 마음이 없어지고 늘 그 자리에서 맴돌게 되고 말 것이다.

오늘도 인간은 실패하기 위해서 산다. 그것은 이렇게 바꿔 말해도 좋다. 오늘도 인간은 성공하기 위해서 산다. 실패와 성공은 같은 말이라고 해도 손색이 없다. 성공 없는 실패가 없듯이 실패 없는 성공 또한 없을 것이기 때문이다.

실패, 그까짓 것 따지고 보면 별 것 아니다. 성공이 준 쓴 맛 약간 나는 디저트다. 얼른 실패란 디저트의 접시를 깨끗이 비우고 일어나자. 우리는 무엇을 하든 실패하게 되어 있다. 그것은 인간의 숙명이다. 그러나 실패 후에 어떻게 처신하느냐에 따라 삶이 달라진다. 땅을 바라보고 걷지 말고 하늘을 바라보며 걸어라. 지금의 실패가 있기에 내일의 성공이 보장되는 것이다. 오늘의 실패작이 내일의 베스트셀러가 되는 것이다. 오늘 실패한 기술이 내일 최고의 신기술로 다시 태어나게 되는 것이다. 다시는 실패한 후에 스스로를 자학하지 말기 바란다.

실패로 눈물 흘리지 말라. 눈물조차 아까운 게 실패다. 왜 실패가 슬픈 일인가. 실패는 고마운 것이다. 그것이 없다면 우리는 아마 이렇듯 풍요로운 세상을 경험하지 못했을 것이기 때문이다. 인류의 역사야말로 갖은 실패로 점철되어온 질곡의 역사가 아니던가. 실패를 감수하고 도전한 용감한 이들이 있었기에 지금의 인류문명이 이룩되었다. 우주는 실패는 용납하지만 실패로 인해 포기하고 좌절하는 것을 혐오한다. 실패한 인간이 위대한 인간이다. 실패하지 않은 인간만큼 무기력한 인간은 없다. 왜냐하면 실패는 인간을 단련시키는 최고의 수련법이기 때문이다. 그러므로 화통하게 웃으면서 실패하자. 그리고 바윗돌처럼 야무지게 다시 도전해서 성공하자. 그런 그대가 정말 멋진 사람이다.

열여덟

인간은 자기혁신을 위해 존재한다.

　날마다 새롭게 자신을 고쳐나가는 것이 얼마나 힘든 일일까에 대해 사색한다. 어제의 내가 잘 못 했던 일들에 발목이 잡혀서 오늘을 제대로 살아가지 못하는 사람들이 적지 않다. 지나버린 시간을 되돌릴 수도 없고 바꿀 수도 없지만 자신의 잘못을 반성하고 뉘우칠 줄 아는 사람은 자기혁신과 발전의 가능성이 충분히 있는 사람이 아닐까 싶다. 인간이 존재하는 수많은 이유 중에는 자기혁신이 있다. 자기혁신을 존재이유로 꼽는 이유는 스스로를 혁신하지 못하는 사람은 미래를 보장할 수 없기 때문이다.

　인간은 미래를 향해 걸어가는 미래지향형 존재다. 그러나 미래는 자신의 생각과 행동을 개혁하지 않는 사람에게는 쉽게 열리지 않는다. 미래는 부단한 노력으로 자기혁신을 거친 사람에게 비로소 성공과 행복, 자기만족을 누릴 수 있게 한다. 그렇기 때문에 그대가 인간으로서 누려야 할 궁극의 성공을 누리기 위해서는 조금 힘들고 어렵더라도 자기혁신이라는 단련의 시간을 가져야 하는 것이다.

그렇다면 자기혁신이란 무엇인가, 사색해보도록 하자. 자기혁신이란 자신의 낡은 정신과 생각과 행동을 과감하게 개혁하는 일이다. 이것만큼 인간이 꺼리고 싫어하는 일도 없을 것이다. 왜냐하면 인간은 아무리 엉터리 가치관이라도 자기의 가치관을 바꾸는 것을 껄끄럽게 생각하기 때문이다.

우리가 자신을 개혁하는 일이 어려운 원인은 무엇보다도 타성에 젖어서일 경우가 많다. 오래된 습관은 마치 자신의 본성인양 행세하기 시작한다. 긍정적 습관이라면 별 문제가 되질 않겠지만 그것이 부정적 습관이라면 이것은 큰 문제를 야기시킬 수밖에 없다. 타성에 젖게 되면 인간은 발전을 꾀하고 싶은 욕구마저 차단된다. 그래서 쳇바퀴 속에 갇힌 다람쥐처럼 부정적인 생각을 거듭하면서 그런 생각이 만들어낸 행동을 하게 되는 것이다. 그리고 그것은 은근한 중독성으로 인간의 일생을 망치게 된다. 엉터리 정신과 엉터리 생각은 엉망이 된 행동과 인생을 만드는 주범이다. 그동안 정들고 익숙한 생각이라고 해서 그것을 버리지 않는 이상 엉망이 된 인생으로부터 벗어날 도리는 없다. 그 생각과 정신, 행동이 자신에게 해가 되고 사회에 누를 끼친다면 우리는 그것을 아까워하지 말고 버릴 줄 알아야 하며 때로는 눈물을 머금고 수정할 줄도 알아야 한다. 그것이 자기혁신이다. 정원사가 나무의 정상적인 성장을 방해하는 곁가지를 쳐내듯 우리의 영적, 정신적, 육체적 성장을 방해하는 쓸모없는 것들을 잘라내야 하는 것이다. 물론 거기에는 아픔이 따를 수 있다. 그러나 그것을 감수할 줄 아는 사람만이 자기혁신에 성공할 것이다.

나의 사색의 관점에서 자기혁신을 하는 방법이란 이러하다. 자기혁신은 과거와 현재와 미래를 통틀어서 단계적으로 진행되어야 한다. 어제가 있어서 오늘이 있고 오늘이 있기에 내일이 도래할 수밖에 없는 것이 인간의 삶이기 때문이다. 그러므로 우리는 과거와 현재와 미래로 이루어진 존재라고 할 수 있다. 이는 곧 과거, 현재, 미래에 대해 혁신을 해야 함을 명시한다. 인간이 자신을 진정으로 혁신하려면 자신의 과거와 현재와 미래를 모두 혁신해야 하는 것이다.

오늘만 열심히 살고 착하게 살면 그만이다, 라는 생각은 버려라. 과거와 미래를 자신의 인생에서 지워 버려버리는 오류를 범해서는 안 된다. 자기혁신이란 과업은 인간에게 과거, 현재, 미래를 모두 통찰하고 끌어안을 것을 원한다. 그래야만 우리는 인생의 참된 주인이 될 수 있고 결단력 있고 창의적인 삶을 살 수 있기 때문이다. 그렇다면 과거를 혁신하는 방법은 어떤 것일까. 과거를 혁신하는 방법을 세 단계로 나누어 본다.

1. 과거에 대한 인정

2. 과거의 자아에 대한 이해

3. 과거에 대한 긍정적 재창조

이렇게 세 가지 과정을 거친다면 그대는 자신의 과거를 혁신할 수 있게 될 것이다. 그렇다면 구체적으로 사색하여 보자.

첫 번째, 과거에 대한 인정이란 어떤 것인가. 그것은 이러하다. 범죄자가 있다고 하자. 그는 연쇄살인범이다. 그는 무차별적으로 지나가는 행인들을 살해했으며 무기징역을 선고받고 복역 중에 모범수로 석방되었다. 그가 다시 새로운 삶을 살고자 한다. 그가 새로운 삶을 살기 위해서 가장 필요한 것은 지금 우리가 다루고 있는 자기혁신이 아니겠는가. 하지만 그는 자기혁신이란 어려운 말 따위는 모른다. 그렇지만 자신의 과거에 대해서는 분명히 어떤 의식을 거쳐야 할 것만 같다. 그 의식은 바로 과거에 대한 치유일 것이다. 그는 우선 자신의 과거를 인정해야 한다. 즉 자신이 사람을 죽였다는 바꿀 수 없는 과거를 인정하는 것이다. 그것은 쉬운 것 같지만 결코 쉬운 일만은 아니다. 인간은 자신의 죄를 부정하고 싶어 하는 본능이 있다. 쉬운 예로 사람들이 자신의 잘못을 지적하면 설령 자신이 죄를 범하였다고 해도 자신을 방어하고 싶어 하는 것이 인간이다. 연쇄살인범인 그는 자신의 죄를 인정하는 일을 최우선적으로 해야 한다. 그래야만 두 번째 단계로 넘어갈 수 있는 것이다. 과거에 무슨 일이 있었든지 부끄러워하지 말라. 그것을 다른 사람들에게 말할 이유나 필요는 없다. 그저 자신이 그 사실이 있었음을 인정하는 것이다. 좋은 일이었든, 상상조차 하기 싫은 끔찍한 일이었든 과거의 자신을 부정하지는 말아라. 과거도 그대의 자산이다. 그것을 쓰레기통에 버리려고 하지 말고 역사 속 사실로 인정하라. 그것이 자기혁신의 첫걸음이다.

과거를 혁신하는 방법의 두 번째는 과거의 자아에 대한 이해다. 나는 자아란 말을 사랑한다. 그래서 이 책의 첫 부분에서부터 자주 자아를 언급해왔다. 자아란 절대적 존재라고 말했던 것을 기억하는가. 절대적 존재인 자아, 불변의 존재인 자아에 대해 얼마나 많이 이해하느냐에 따라 그 사람의 인격의 성숙도가 결정되며 사회적 인간으로서의 가치가 결정된다고 해도 과언이 아니다. 여기에서 말하는 과거의 자아에 대한 이해에 대해 사색해 보자. 이 말은 즉, 과거의 사건 속에 있는 자아에 대한 이해를 의미한다. 그대가 과거에 어떤 사건을 겪었다고 했을 때 그 사건의 중심에는 그대의 자아가 있었다. 사건의 내용은 시간대마다 달라졌을 것이지만 그것을 경험하는 주체인 그대의 자아는 언제나 같은 존재다. 현재의 자아와 과거의 자아는 같은 존재지만 그 당시의 자아가 어떤 생각을 품고 있었고 무엇을 갈

급하게 원했는지에 대해서 이해하는 일은 확실히 중요한 일이다. 현재의 자아 상태는 과거의 자아가 입은 상처와 영광과 보람, 수치심, 희망, 등으로 만들어진 결과물이기 때문이다.

첫 번째에서 예로 든 연쇄살인범이라면 과거의 자아가 지녔던 생각과 꿈, 좌절, 분노 등을 이해하려는 노력이 필요한 것이다. 그는 어렸을 적에 가난한 환경 탓에 제대로 배우지 못했지만 선생님이 되고 싶었었다. 그는 자신의 꿈을 반추해보면서 이해한다. 나의 꿈은 선생님이었지. 그러나 열악한 환경과 자신의 의지부족 등으로 인해 좌절을 맛보게 되었다. 그는 자신의 좌절을 반추해보면서 이해한다. 나는 그 때 좌절하면서 많이 힘들어 했었지, 내 자아가 많이 아팠구나. 그는 다시 과거 자아의 분노에 대해 이해한다. 그가 경험했던 각 사건들이 필름처럼 스쳐지나간다. 그는 그 사건들의 주인공이다. 때로는 가해자로서 때로는 피해자로서 자신의 자아가 각 사건의 정중앙에서 몸부림치는 것을 직시한다. 예전 같으면 고개를 돌려 회피했을 것이지만 과거를 혁신하기 위해서 그는 자신이 경험한 과거의 자아가 지닌 아픔과 슬픔, 고통과 상처의 내면을 응시할 줄 알게 되었다. 그는 결국 과거의 자아가 지녔던 생각들을 모두 이해하게 된다.

이렇게 자신의 과거 속 자아를 이해하게 되면 마음이 한결 후련해짐을 느낄 것이다. 세상에 대한 이해는 자아에 대한 이해가 선행된 후에 가능한 일이다. 다른 사람을 용서하는 것 또한 자신을 용서한 후에 실현가능한 일이다. 스스로를 용서하지 못하면서 어떻게 다른 사람을 용서할 수 있단 말인가. 어떤 불행한 일이 과거에 있었더라도 상심하지 말고 자신의 자아를 이해해주어라. 자아가 입었던 상처를 어루만져주고 이해의 눈빛을 보내면 현재의 자아와 미래의 자아가 상심에서 벗어나서 용기를 되찾게 된다. 그렇게 해서 자기혁신의 기틀이 조금씩 다져지게 되는 것이다.

자기혁신을 위해 과거를 혁신하려면 이 마지막 관문을 반드시 통과해야 한다. 이 방법은 과거에 대한 긍정적 재창조이다. 창조는 신의 영역이라고 생각할 수 있다. 하지만 인간도 창조의 능력이 있다. 창조란 새로운 것을 만드는 일이기도 하지만 기존의 것에서 새로운 것을 찾아내는 것도 해당한다고 생각한다. 우리는 날마다 인생의 날들을 창조하면서 살아간다. 각기 다른 색으로 각기 다른 모양으로 만든 인생을 가지고서 수명을 다하는 날까지 사는 것이다. 과거에 대한 긍정적 재창조란 무엇을 뜻하는 것일까. 그 방법이 바로 과거를 혁신하는 세 번째 방법이다. 과거는 우리가 창조한 지나간 시간들이다. 그러나 부정적 과거는 올가미처럼 인간을 옭죄고서 고통을 느끼게 하곤 한다. 과거의 일들이 그대를 힘들게 한다면 이제부터는 과거에 대한 긍정적 재창조에 돌입해야 한다.

과거에 이런 기억이 있다고 하자. 우리가 철없던 시절에 가장 많이 하는 실수 중에 하나가 거짓말이다. 자신의 거짓말로 누군가가 피해를 입었다고 하자. 그러면 건전한 사고방식을 지닌 사람이라면 그 일을 생각하면서 죄의식을 느끼게 되어 있다. 그리고 자신에 대해 부정적인 딱지를 붙이기도 한다. 그러나 그것은 전혀 자신에게나 피해 당사자에게나 이로울 것이 없는 행동이다. 그런 일이 있었다면 이제부터는 그 사건을 긍정적으로 재창조하는 기술을 적용시켜야 한다. 우선 과거를 혁신하는 첫 번째 방법과 두 번째 방법을 적용해야 한다. 과거를 인정하고 과거의 자아를 이해하라. 그렇다면 거짓말을 한 자신의 과거를 인정하고 거짓말을 한 자아에 대한 이해해야 할 것이다. 그리고 세 번째 방법을 적용하는 것이다.

긍정적으로 과거를 재창조하기 위해서는 거짓말에 대한 인식을 먼저 해야 한다. 인간관계에서 거짓말이 주는 폐해와 어쩔 수 없이 거짓말을 해야 하는 경우 등을 생각해본다. 그런 후에 거짓말을 한 과거의 자신을 용서하고 긍정적 방향으로 과거를 활용하는 것이다. 거짓말로 피해를 입은 당사자에 대한 보상이나 사과도 좋다. 만약 그럴 수 없는 경우에는 제 3의 인물들에게 사과의 마음을 담아 봉사를 하는 것도 좋다. 혹은 거짓말을 함으로써 이 사회가 얼마나 혼탁해지고 인간관계가 어긋날 수 있는 지에 대해 강연을 하거나 책을 쓸 수도 있으며 진실을 말하는 것의 중요성에 대해 전파할 수도 있다. 또는 정의를 구현하기 위한 사회활동에 적극 참여함으로써 과거를 긍정적으로 활용하는 방법도 있다. 그렇게 한다면 자신의 과거는 더 이상 심각한 과오가 아니라 현재와 미래를 긍정적으로 변화시켜준 고마운 시간이 되는 것이다.

이렇게 세 가지 방법으로 그대의 과거를 혁신하라. 과거를 혁신한다는 것은 현재를 살리는 기적의 치료방법이 될 수도 있다. 현재가 불행하다면 과거가 불행했기 때문일 것이요, 현재가 행복하다면 과거가 행복했기 때문일 것이다. 그러므로 우리는 과거에 대해 늘 사색하면서 자신의 과거를 개혁하는 일을 습관처럼 해야 하는 것이다.

자, 조금은 힘들더라도 이제 현재를 혁신하는 방법에 대해 알아보자. 자기혁신은 인간의 일생에 걸쳐서 서서히 이루어져야하는 것이다. 하루 이틀 하고 그만두는 자기혁신이란 없다. 만약 누군가가 하루 정도 자신을 열심히 개혁해보다가 그 다음날 그만둔다면 그건 자기혁신이 아니라 장난삼아 해본 일탈에 불과하다.

앞에서 자기혁신의 세 가지 유형 중에 과거에 대한 혁신을 알아보았다. 이제는 현재에 대한 혁신을 사색해볼 차례다. 무엇인가를 혁신한다는 것은 그것에 상응하는 것들의 격렬한 반대를 부른다. 우리 역사에서도 개혁의 선두에 선 사람들은 보수파들에 의해 무참하게 살해되거나 퇴출되곤 했다.

그러나 개혁이 있었기에 현재의 선진화된 대한민국이 존재하듯이 인간에게도 개혁은 꼭 필요한 성장치료제가 아닐 수 없다. 인간의 자기혁신에서도 반대파들의 저지가 있을 것이다. 그것을 겪게 되거든 의기소침하지 말고 이겨내어라. 아마도 그대를 향한 엉뚱한 비난이나, 말도 안 되는 모략, 능력에 대한 부당한 힐책 등이 될 것이다. 그것을 이겨내지 못하면 혁신은 불가능하다. 혁신이란 스스로를 개혁하는 것이기도 하지만 세상을 바꾸는 일이 되기도 한다. 아름다운 세상, 살맛나는 좋은 세상을 만들기 위해서는 반드시 혁신이 필요하다고 생각한다. 그것의 가장 기초가 지금 우리가 사색하고 있는 자기혁신이다. 인간 개개인이 자기혁신에 성공한다면 세상은 한층 더 빨리 진화될 것이다. 현재에 대한 혁신 역시 알기 쉽게 세 가지 단계로 나누어 본다.

1. 현재 자신의 위치파악
2. 꿈에 대한 확신
3. 두려움 없이 행동하기

이 세 가지 방법을 실행한다면 그대는 현재를 혁신하고 미래를 향해 거침없이 나아갈 수 있다. 자, 그렇다면 한 가지씩 사색해보자.

첫 번째 현재 자신의 위치파악은 말 그대로 아주 쉬운 방법이다.

자기가 서 있는 지금 그 자리가 어디쯤인지 확인하는 일이다. 그것은 다양한 방향에서 관측해야 하는 것이다. 경제적인 위치, 지적인 위치, 사회적 위치, 인격적 위치, 도덕적 위치 등.

인간으로서 측량할 수 있는 모든 가능성을 염두에 두고 정확한 위치를 파악하라. 자신의 위치를 정확히 알게 되면 실수하거나 실패를 할 일이 줄어들게 되어 있다. 능숙한 등산가들은 자신이 지금 어디에 있는지 정확하게 알고 있다. 우리는 인생이란 산을 정복하고 있는 등산가들이다. 자신이 지금 어디쯤 와 있는지 알지 못한다면 무엇을 해야 하고 하지 말아야 할지를 선택할 때 곤란을 겪을 수밖에 없을 것이다. 항상 자신의 위치를 알고 있어야 한다. 가진 것, 가지지 못한 것, 가질 수 있는 것, 가질 수 없는 것, 해야 하는 것, 해서는 안 되는 것, 이룩하고 싶은 것, 피하고 싶은 것 등을 모두 가늠하라.

두 번째, 꿈에 대한 확신이야말로 현재를 혁신하는 가장 비중 있는 방법이다. 나는 꿈이란 말을 좋아한다. 꿈이란 말을 들으면 가슴이 설렌다. 꿈을 추구하며 사는 삶이란 인간이 동경하는 최고의 삶이라고 감히 말할 수 있다. 꿈을 가지고 있는가. 가능과 불가능을 떠나서 일단 그대가 꿈을 꾸고 있다면 나는 그대의 꿈을 응원해주고 싶다. 우리의 꿈은 우리가 바라는 이상향이 반영된다. 자신이 원하는 것이 구체적 실체로 드러나는 것이 꿈이기 때문이다. 그것이 현실에서 비록 불가능하더라도 꿈은 소중하다. 꿈이란 인간 고유의 내적 욕망이기도 하고 우주의 염원이 반영된 신성한 것이다. 그러므로 그대의 꿈이 어떤 것이든 정의롭지 못하지만 않다면 그 꿈을 가지고 현재를 가꾸어나가도록 하라. 그리고 확신하라. 꿈이 이루어질 것을 확신하고 꿈이 자신을 행복하게 만들어줄 것을 믿어라. 꿈이 현실적으로 실현 불가능하더라도 그것을 버리지는 말아라. 꿈이 주는 것은 두 가지다. 실현되었을 때의 환희와 실현되지 않았더라도 그 과정에서 누리를 행복과 만족과 긍지다. 그러므로 꿈을 이루지 못했더라도 그 과정이 있었다면 그의 꿈은 가치가 있는 것이다.

꿈을 가지고 살되 확신을 지녀야 한다. 자신이 꿈의 주인공이고 그 꿈을 이끌어가는 주체라는 것을 항상 인식하고 살아라. 이 꿈으로 나 자신의 삶이 풍요로워질 것이고 세상과 타인에게 좋은 영향을 줄 것을 믿어라. 그렇게 꿈에 대해 확신을 하고 사는 사람은 떳떳하다. 가진 것 없어도 자신의 꿈을 확신하는 사람은 부자요, 배운 게 없어도 자신의 꿈을 확신하는 사람이야말로 지혜가 충만한 사람이다. 현재를 혁신하는 방법으로 꿈에 대한 확신을 강조하는 것은 꿈이야말로 인간이 살아가야 하는 존재이유를 상기시켜주는 것이기 때문이다. 꿈을 추구하며 사는 삶이야말로 생생한 삶이다. 꿈은 잠자는 의욕을 일깨우고 나태해진 영혼을 부지런하게 만들며 얕은 자존감의 호수를 가득 채워준다. 그러므로 현재의 자신을 개혁하려면 꿈을 꾸는 삶을 살아야 하는 것이다. 그리고 또한 그 꿈에 대한 확신을 가짐으로써 스스로를 존중하는 건강한 하루하루를 살 수 있는 것이다. 꿈을 확신하라. 꿈이 그대의 전부가 되게 하라. 꿈이야말로 자신을 변혁시키는 최고의 가치라는 것을 기억하길 바란다.

현재를 혁신하는 세 번째 방법으로 나는 두려움 없이 행동하기를 말하고 싶다. 자기혁신이 과거, 현재, 미래를 혁신하는 것이라고 볼 때 현재를 혁신하는 일은 과거와 미래를 혁신하는 것 이상으로 값어치 있다. 과거와 미래는 현재를 통과하지 않고서는 존재할 수가 없는 시간이기 때문이다. 현재가 있기에 과거를 회고할 수 있고 현재가 있기에 미래를 유추해볼 수 있다. 그러므로 현재의 혁신이 가장 절실하다. 세 번째 방법인 두려움 없이 행동하는 것은 실행의 삶을 지칭하는 것이다. 실행은 실천을 이른다. 말만 번지르르하고 실천하지 않는 사람만큼 실망감을 안겨주는 사람도 드물다.

인간은 두려움에 젖어 있을 때 가장 초라하고 비참하다. 두려움이야말로 인간을 물에 젖은 솜처럼 축 늘어지게 만드는 것도 없을 것이다. 무슨 일을 하든지 두려워하지 않는 마음을 가지고 임한다면 그는 이미 성공한 사람이다.

남의 이목을 두려워하는가, 두려워 할 것 없다. 다른 사람의 시선은 그 사람이 가진 인격의 잣대일 뿐이다. 모든 것에 어떤 특정한 기준을 부여하고 그것에 미달하거나 초과한다고 손가락질 한다는 것 자체가 우스운 일이다. 그러므로 세상 사람들이 모두 자신을 손가락 질 하더라도 자신의 일에 자부심을 가지고 살아라. 도덕에 반하지 않고 인륜을 저버리지 않는 일이라면 누가 비웃어도 흔들릴 이유가 없다. 실패할 것을 두려워하지도 말고 성공을 향해 끊임없이 도전하라. 실패한 후의 자세가 인생의 성패를 가를 것이다. 현재를 개혁하기 위해서는 말이나 다짐만 필요한 것이 아니다. 그럴 듯한 말 천 마디보다 한 번의 건실한 실천이 낫다. 실천하지 않는 지식은 죽은 지식이다. 실행하지 않는 이상이란 무덤 속에나 가지고 갈 것이다.

자, 이제 그만 움츠리고 어깨를 활짝 펴고 자리에서 일어날 시간이다. 하고 싶었지만 엄두가 나질 않아 미루어두었던 일들을 향해 의욕을 가지고 달려갈 시간인 것이다. 두려움 없이 시도하고 두려움 없이 행동하라. 신께서는 그런 자에게 성공의 단 열매를 주실 것이다. 우주의 모든 존재들 또한 그런 사람을 응원하고 존경한다.

부족한 것이 많아도 그대 자신이 최고다. 라고 믿어라. 이러다 실수하면 어쩔까, 두려워하는 대신 실수하면 한 번 더 시도할 수 있다고 호기를 가져라. 용기 있는 삶을 살기 위해 우리는 더 이상 두려움에 무릎 꿇지 않아야 할 것이다. 그것이 현재를 혁신하는 세 번째 주요한 방법이다.

자, 이제 자기혁신의 마지막 단계인 미래를 혁신하는 방법을 사색해볼 시간이다. 이번 사색은 꽤 길어지고 있다. 예상치 못한 일은 아니다. 그만큼 자기혁신은 인간의 일생을 주도해갈 주요한 과제이기 때문일 것이다. 이 장은 이 책의 정수가 될 가치가 있는 장이다. 과거와 현재를 개혁한 후에 우리는 미래를 혁신하기 위한 세 가지 방법을 실천해야 한다. 다음 세 가지 방법을 기억해두길 바란다.

1. 행복한 주문 외우기
2. 냉철한 이성 유지하기
3. 지금을 즐겁게 살기

미래를 혁신할 첫 번째 방법은 행복한 주문 외우기다. 행복한 주문을 외우는 일은 자신에게 거는 마법이다. 마법사가 지팡이를 파란 허공에 동그랗게 저으면서 알 수 없는 언어로 주문을 외우면 향기로운 꽃이 만발하고 빛이 쏟아지는 황금세상이 펼쳐지듯이 우리가 우리 자신을 위한 행복한 주문을 외우게 되면 인생이 행복으로 물들게 된다. 이것을 나는 강력한 마법의 효과라고 말하고 싶다. 그 주문은 여러분 각자가 원하는 것을 내용으로 삼아 짧고 간결하게 만들면 좋을 것이다. 주문을 외우는 시간은 그대가 힘들거나 외롭거나 괴로울 때가 가장 효과적이고 매일 주문을 수시로 외우노라면 힘들거나 외롭거나 괴로운 기분이 점점 사라지게 되는 마법 같은 일이 벌어지게 되어 있다. 자신에게 행복한 암시를 거는 일은 인간이 할 수 있는 스스로에 대한 최선의 선택이다. 어떤 일을 앞에 두고 있을 때 행복한 상황, 즉 일이 잘 풀리는 상황을 가정해서 그것을 현실화한 주문을 외우면 확실한 효과를 볼 수 있다.

우리의 무의식은 자기암시에 약하다. 자신이 암시한 것이 실제인지 암시인지 구별하기 전에 무의식은 암시를 실제적인 일로 인식하고 그 일이 실현될 수 있게 만들기 때문이다. 무의식을 조절하는 것이 자기암시이기 때문에 우리는 행복한 주문을 스스로에게 걸어야 하는 것이다. 행복하게 살기 위해서는 행운도 중요하고 노력도 중요하다. 그 노력 중에는 행복한 주문을 외우는 방법이 포함되어 있다. 이런 노력은 결국 미래를 바꾸므로 미래를 혁신하는 방법의 첫 번째로 꼽을 수 있는 것이다.

자기혁신을 위해 미래를 혁신해야 하는 우리가 선택한 두 번째 방법으로는 냉철한 이성을 유지하는 것이다. 인간은 냉철함이 유지될 때 침착하게 자신의 인생을 설계할 수 있으며 현실적인 문제에 직면하더라도 자신만의 직관력으로 문제를 해결해나갈 수 있다. 우리의 냉철함은 흔들리지 않는 등댓불처럼 우리를 삶의 안전지대로 인도할 것이다. 어떻게 하면 냉철함을 유지할 수 있을까. 그건 삶에 대해 초연해지는 것에서 힌트를 얻으면 된다. 초연함은 삶을 관조하는 우아한 인간의 자세다. 일희일비 하지 않고 자신 앞에 펼쳐지는 다양한 일들을 냉정하게 주시하면서 인간으로서의 품위를 유지하는 것이 초연함이라고 볼 때 냉철하게 산다는 것 또한 이와 다르지 않음을 우리는 알 수 있다.

이성은 인간의 지적인 부분을 담당하는 최고의 선봉자이다. 이성으로 인간은 자신을 제어하고 사회에 적응하며 인관관계의 핵심을 파악한다. 냉철한 이성을 유지한다는 것은 냉철함으로 이성을 지휘하는 것이다. 그대의 이성이 모든 일에 불같이 타오르기 보다는 차가운 얼음물처럼 초연한 이성으로 반응할 수 있도록 이끌어라. 매사에 즉시 반응하기 보다는 한 발자국 물러서서 사태를 파악하고 냉철한 이성의 기지로 그 사태의 핵심을 짚어내어 그에 걸 맞는 처신을 하라. 미래를 혁신할 수 있는 것은 미래를 대비하는 대비책과 같다. 냉철한 이성으로 자신의 삶 전체를 운용할 수 있다면 그대는 미래를 혁신할 수 있을 것이다. 초연하게, 냉철하게, 즉각적인 반응을 자제하고 삶을 관조하는 연습을 하라. 그것이 바로 냉철한 이성의 소유자들의 생활방식이다.

이제 자기혁신의 마지막 방법인 미래를 혁신하는 방법 중에서 가장 근간이 되는 세 번째 방법이 남아 있다. 그것은 바로 지금을 즐겁게 살기이다. 이 글을 빨간색 펜으로 밑줄을 그어놓거나 그대의 머릿속에 각인시키기를 권한다. 이 말이야말로 최선의 우울증 예방법이고 온갖 자살자들이 놓치고 간 명구이다. 내 생의 최고의 지혜 중의 하나로 나는 거리낌 없이 이 말을 선택할 수 있을 것이다. 지금 이 순간을 즐겁게 살아라. 지금 이 순간에 만족하라. 지금 이 순간을 즐겨라. 지금 이 순간에 몰입하라. 지금 이 순간의 모든 것들이 바로 나를 위해 존재한다고 믿어라. 지금이 자신의 인생에서 가장 행복한 때다. 이렇게 이 말을 증폭시켜서 해석해보자. 미래를 혁신하는 것은 미래에 벌어질지 모르는 불확실한 위험을 줄이는 시도다.

불확실성이 판을 치는 어지러운 세상에 인간이 선택할 수 있는 가장 확실한 행복처방전이 바로 지금을 즐겁게 사는 것이다. 우리가 지금을 즐겁게 살면 이런 혜택을 보게 된다.

하나는 지금을 즐겁게 살기 때문에 근심 걱정에 휘둘릴 일이 없다. 그러므로 더욱 즐겁다.

둘은 지금을 즐겁게 향유하기 때문에 사랑이 넘친다. 그러므로 더 좋은 사람들을 만나게 되고 더 많은 사랑을 주고받게 된다.

셋은 지금을 즐겁게 지낼 줄 알기 때문에 삶에 대한 불평불만이 줄어든다. 그러므로 인상이 좋아지고 주름이 펴지며 더 젊어지고 장수할 수 있다.

장수하는 분들의 공통점 가운데 하나가 지금 하는 일을 즐겁게 하는 것임을 아는가. 어떤 일이라도 즐겁게 하겠다고 생각하라. 그것이 공원에서 쓰레기를 줍는 일이어도 즐겁게 하는 사람에게는 즐겁고 신나는 일이 될 것이다. 미래는 지금을 즐겁게 사는 사람에게 행운과 행복과 성공을 줄 것이다. 또한 자기혁신이 성공하기 위해서는 지금을 즐길 줄 아는 사람이 되어야 한다. 진정한 자기혁신이란 자신을 행복하게 만드는 일이므로 지금을 즐겁게 살 줄 아는 사람만이 자신의 행복을 보장하게 되기 때문이다.

자기혁신의 방법을 다시 상기시켜 보자. 자기혁신은 과거와 현재와 미래를 혁신하는 과정을 거쳐야 한다.

과거를 혁신하는 방법은,
1. 과거에 대한 인정
2. 과거의 자아에 대한 이해
3. 과거에 대한 긍정적 재창조

현재를 혁신하는 방법은,
1. 현재 자신의 위치파악
2. 꿈에 대한 확신
3. 두려움 없이 행동하기

마지막으로 미래를 혁신하는 현명한 방법은,

1. 행복한 주문 외우기
2. 냉철한 이성 유지하기
3. 지금을 즐겁게 살기

위의 방법들을 명심하고 삶을 즐기며 살아라. 인간은 자기혁신을 위해 존재한다. 자신을 혁신하지 않으면 언젠가는 이 세상에서 도태된다. 그것은 생명간의 법칙이며 진리다. 모든 것은 적자생존의 법칙을 적용받는다. 인간의 자기혁신은 살아남기 위한 최선의 선택이며 필연적인 의무다. 기존의 해묵은 관습을 털어버리고 자기만의 개성 있는 세계를 새롭게 창조할 수 있는 사람이 되라. 과거와 현재와 미래를 과감하게 혁신하고 궁극적으로는 자신의 자아를 혁신하는 경지에 다다를 수 있도록 노력해야 할 것이다.

생각의 융합을 위해 우리는 존재한다.

흐린 하늘과 이슬에 젖은 대지 사이에 아침공기가 유유히 흐른다. 가슴에 별을 품고 살아가는 사람들, 그들을 위해 나는 글을 쓰고 그들을 위해 나는 사색한다. 우리는 서로를 위해 살아가는 존재들이다. 풀잎들이 서로에게 기대어 바람에 꺾이지 않는 의지 처를 얻는 것처럼 인간은 인간에게 기대어 내일을 향해 걸어갈 기대와 희망을 얻을 수 있는 것이다.

모든 것들은 하나를 향해 간다. 그곳은 융합이라는 거대한 블랙홀이다. 이번 사색의 주제는 생각의 융합이다. 이 주제는 오랫동안 내가 품어온 사색 중의 하나이기도 하다. 융합이란 다른 종류의 것이 녹아서 하나로 합쳐지는 것을 이른다. 이 말이 아주 많이 마음에 든다. 그리고 또한 이 말은 생각을 통해 결국 하나로 통일되는 인간을 위한 말이기도 하다. 이 말이 의미하는 바는 인간은 생각의 융합을 위해 존재한다는 뜻이다.

생각의 융합이란 생각과 생각이 합쳐져서 새로운 생각이 만들어지는 것을 말한다. 인간은 스스로 생각을 융합하며 살아가고 있다. 자신이 의식하든 하지 않든지 우리는 하루에도 수백 번 수천 번 이상을 생각을 녹여서 다른 하나의 생각으로 만드는 시도를 하고 있는 것이다. 그리고 이런 시도는 늘 성공한다. 우리는 수시로 생각을 섞고 해체하고 통합하고 있다. 그렇기 때문에 사는 것이 늘 골치가 아픈 것이다. 머리가 가끔 지끈거리는 것은 우리들의 생각이 그만큼 뜨겁게 융합하고 있다는 증거다. 하지만 언제까지나 자신의 생각만을 융합하는 사람은 없다. 만일 그런 사람이 있다면 그는 고립될 수밖에 없기 때문이다. 인간이 사회성을 지니고 살아야하는 것처럼 생각도 사회적인 통합을 시도하게 되어 있다.

사람들끼리 의견충돌이 생기면 각자의 의견을 제시하고 격렬한 토론을 벌인다. 국회의원 선거에 나오려는 후보들이나 대통령 선거에 나오는 후보들은 거의 예외 없이 텔레비전에 나와 후보자들끼리 토론을 하고 있다. 그것을 반대하는 사람은 별로 없다. 왜일까. 인간은 생각의 융합을 지지하는 본성을 지니고 있기 때문이다. 나와 타인과의 생각의 융합이 없다면 온전한 관계가 유지될 수 없고 나와 자연과의 생각의 융합이 없다면 자연과의 교감을 이룰 수 없다. 나와 사회와의 생각의 융합이 없다면 나는 사회인으로서 활동할 기회를 부여받지 못할 것이며 나와 지식과의 생각의 융합이 없다면 지식의 겉만 맴돌 뿐 지식의 알맹이는 끝내 보지 못할 것이다. 이처럼 인간은 자신과 상대하는 모든 것들과 생각의 융합을 하지 않으면 안 되는 존재다.

생각의 융합에 대한 사색의 결과가 나왔다. 이 결과를 적어보고자 한다. 생각의 융합은 모두 6단계의 과정을 거친다. 그 과정은 아래와 같다.

발원 → 인지 → 증폭 → 탐색 → 용해 → 승화

생각은 발원해서 인지의 과정을 거친다. 그 후 무수한 증폭의 시기를 거쳐 자신만의 세계를 넘어서서 다른 존재들의 생각을 탐색하며 그 생각들과의 용해의 시간을 지나 마침내 승화라는 최고의 위치에 다다르게 되는 것이다. 나는 이것을 생각의 6단계 융합설이라고 말하고 싶다. 이 과정을 자세하게 살펴보는 것이 좋을 것 같다. 다시 구체적이고 밀도 있게 사색해보자.

발원이란 말 그대로 생각이 탄생하는 것이다. 생각이 인간 내면에서 만들어지는 것은 찰나이다. 찰나의 순간에 만들어진 생각은 인간을 지배하고 통제할 수도 있다. 생각이 인간이고 인간은 생각 그 자체라고 봐도 손색이 없다.

생각이 발원한 후에 우리는 생각이 만들어진 것을 인지하게 된다. 생각이 인지되는 것은 발원하는 것과 동시에 될 수도 있고 한참의 시간이 흐른 후가 될 수도 있다. 예민한 사람은 생각이 발원하는 순간에 이미 어떤 생각이 만들어졌는지 알 수 있다. 그러나 생각에 무감각한 사람은 자신의 내면에서 지금 무슨 생각이 만들어졌는지 전혀 눈치 채지 못한 채 사는 사람도 있다. 시간의 차이는 있지만 인간은 결국 자신의 생각을 인지하게 된다. 생각은 발원하고 인지의 과정을 거쳐 이제 증폭의 길을 걷게 된다. 생각이 인지된 순간 그것은 무한대로 증폭될 수 있다. 마치 바이러스가 퍼지듯 생각은 인간의 뇌세포와 신경세포, 그리고 정신적인 영역까지 한순간에 잠식한다. 생각은 증폭되지 않으면 사멸한다. 그런 경우는 극도의 인내와 자제력이 있어야 하고 거의 대부분의 인간은 자신의 생각을 증폭시키면서 살고 있다고 보면 될 것이다.

한없이 증폭된 생각은 갖가지 부작용을 가져오기도 하고 좋은 결과를 가져오기도 한다. 그것은 증폭의 방향성에 기인할 것이다. 어떤 방향을 향해 증폭되었는가에 따라 결과가 달라지는 것은 자연스러운 법칙이다. 생각의 방향을 결정하는 것은 자율적으로 해결할 수 있다. 자기 자신의 생각의 방향을 행복과 성공, 번영과 평화에 맞추면 된다. 그렇지 않으면 생각은 그것들과는 정반대의 것들에게 향해 가기 마련이다. 일단 증폭된 생각은 이제 자아를 벗어나게 된다. 이것은 본능이다. 인간의 아이들이 그러하듯이 말이다.

아이는 어느 정도 자라면 부모의 품을 벗어나고 독립을 꿈꾼다. 우리의 생각도 어느 정도 내면에서 증폭되면 더 넓은 세계로 나아가길 원한다. 풍선 속 수소처럼 점점 부풀어 오른 생각은 이제 우주의 넓은 지역을 탐색하고자 하는 것이다. 그것이 탐색의 시간이다. 생각의 융합에 있어서 탐색의 시간이 갖는 의미는 남다르다. 이 시기가 있기 때문에 인간은 다른 모든 존재들에게 다가갈 수 있는 발판을 마련하기 때문이다. 이 시기를 잘 보내기 위해서 우리들은 탐색하는 자신의 마음의 부유물들을 제거할 필요가 있다.

다른 존재에 대한 탐색은 선입견이나 편견을 제거한 순수한 마음가짐으로 해야 한다. 그렇게 하지 않는다면 탐색은 의미가 없어진다. 만약 누군가가 편견에 가득한 눈으로 다른 사람을 탐색한다면 그는 탐색하고자 하는 상대방의 정보를 알아내지 못할 것이다. 그에게 보이는 것은 오직 자기 자신의 편견 가득한 시각뿐이다. 탐색의 시간을 거친 생각은 5단계인 용해에 이르게 된다. 이 지점까지 이른 것만으로도 생각은 상당히 발전되었다고 할 수 있으며 인간적인 시야도 트였다고 볼 수 있다. 하지만 아직 완성된 것은 아니다. 인간의 생각은 승화에 이를 때 비로소 모든 존재와 융합하고 궁극적인 선에 다다를 수 있다.

승화에 이르기 위해 우선은 생각을 용해시키는 과정이 필요하다. 다른 사람과의 갈등이 빚어질 때 6단계인 생각의 용해를 잘 발휘하면 우리는 빠른 시간에 서로에게 이로운 결론을 도출해낼 수 있다. 그렇다면 어떤 식으로 해야 생각을 잘 용해할 수 있는 것일까. 나와 전혀 다른 생각, 심지어 나와는 상반된 생각들을 내 것으로 용해시키는 일은 알레르기 체질인 사람이 알레르기 유발음식을 먹는 것만큼이나 꺼려지는 일이기도 하고 힘든 일이기도 하다.

인간으로서 최상의 인생을 살기 원하는 그대라면 반드시 생각의 용해를 할 수 있어야 한다. 그래야만 생각을 승화시키고 생각으로부터 자유로워지고 모든 다른 존재들과 소통하게 되며 온전한 자유, 영원한 평화에 안착할 수 있기 때문이다. 그래서 우리는 생각의 6단계 용해를 실천해야 하는 것이다.

생각을 용해하는 기술이란 우리가 늘 하는 요리에서 힌트를 얻을 수 있다. 유명 맛 집의 요리사들의 일부는 자신의 비법 육수, 비법 양념장등에 들어가는 재료들을 절대 외부에 공개하지 않지만 진짜 요리의 장인은 그것들을 모조리 공개한다. 왜냐하면 자신감이 있기 때문이다. 요리에 들어가는 재료가 다 같아도 어떤 사람이 하느냐에 따라서 맛은 천지차이가 난다. 그러하듯이 인간의 생각의 융합에서도 어떤 사람이 어떤 식으로 하느냐에 따라 같은 생각에서 출발하더라도 결과물은 달라질 수밖에 없다. 요리의 달인들은 육수 하나를 내는 데도 갖가지 육해공 재료들을 다 동원하곤 한다. 그런데 아는가, 진짜 고수는 단 한 가지 재료로 수천가지 재료가 들어간 맛을 만들어낸다. 그렇다면 생각을 요리한다고 할 때도 마찬가지의 방법이 적용될 수 있다. 단 한 가지, 비법만 있어도 수천가지의 방법들을 동원하는 것보다 더 뛰어나고 위대한 생각이 탄생할 수 있는 것이다.

이제 사색이 빛을 발할 시간이다. 난 이 비법에 대해 사색했다. 그 사색의 해답은 바로 진실이다. 진실이라는 바탕을 깔고 생각을 녹여라. 그렇게 하면 모든 생각들이 부드럽게 풀리게 되고 수십 년 묵은 응어리들마저도 허물없이 녹아내리게 되어 있다. 진실이란 진정성의 다른 말이기도 하다. 우리는 진정으로 무엇인가를 원하고 진정으로 누군가를 위해 눈물 흘릴 줄 아는 가슴 따뜻한 인간이다. 그러므로 우리가 그러한 인간성을 회복한다면 다른 존재의 생각들마저도 이질감 없이 포용하게 될 수 있는 것이다. 이것이 바로 생각의 용해며 생각을 승화시키기 위한 전단계인 것이다.

자, 그럼 마지막으로 생각의 승화단계에 대해 사색해보자. 우리는 지금 생각의 융합에 관한 6단계를 사색하고 있다. 이번에 사색할 6단계인 생각의 승화는 생각의 융합을 완성하는 마무리 단계다. 승화란 어떤 상태에서 더 높은 상태로 올라서는 것을 말한다. 우리는 늘 승화된 인생을 꿈꾸어야 한다. 지금보다는 더 향상된 자신을 꿈꾸지 않는다면 굳이 더 살아갈 이유는 없지 않겠는가. 날마다 새로워지고 발전된다는 것은 생명으로서 누릴 수 있는 최고의 희열 중의 하나일 것이다.

우리가 발전되지 않고 늘 정체된 상태로만 산다면 모두들 기저귀를 차고 젖병을 빨고 있어야 마땅하다. 하지만 신께서는 인간에게 그리고 다른 모든 생명체들에게 발전과 성장의 가능성을 주었다. 우리는 그런 무한한 가능성을 지닌 존재들이다. 그러므로 조금씩 더디더라도 성장하고 향상되는 삶을 살아가야 하는 것이다. 또한 그것은 인간이 살아가야 하는 목적이기도 하다. 승화는 그런 인간의 본질에서 비롯된 욕구이다. 우리는 승화된 생각으로 세상을 바라봐야 한다. 우리는 승화된 생각으로 타인을 읽을 수 있어야 한다. 우리는 승화된 생각으로 자신을 해석해야 한다. 우리는 승화된 생각으로 인생을 이야기해야 한다. 그렇지 않는다면 승화되지 못한 생각으로 세계를 분석한다면, 왜곡만 있을 뿐이다. 고루한 답습만 되풀이하는 왜곡된 생각으로는 인간답게 살 수가 없다. 그렇기 때문에 우리는 생각을 승화시켜야 하는 것을 기억하라.

생각을 승화시킨다는 것은 무슨 뜻일까. 승화란 더 높은 차원으로의 이동이다. 자발적인 의지로 자신의 자아를 한껏 향상시키는 것이다. 생각을 승화시킨다는 것은 생각을 지금까지와는 다른 차원으로 옮긴다는 의미다. 생각의 상향이동이다.

우리는 앞 단계에서 생각을 용해시켰다. 이제 잘 용해된 생각을 더 높은 차원으로 상향이동 시켜야 한다. 그 방법은 어떤 것인가. 간단하게 그 방법을 제시하겠다. 생각을 승화시키려면 존경하면 된다. 다른 자질구레한 것들은 다 잊어버려도 좋다. 지금부터 그대 앞에 있는 모든 존재들을 존경하라. 그리고 그들의 가치를 인정하라. 이것이 생각을 승화시키는 최선의 방법임을 밝힌다. 왜 나는 존경의 마음을 생각을 승화시키는 최선의 방법이라고 주저하지 않고 말할 수 있는가. 그 이유는 오랜 시간 동안 경험해온 결과 누군가의 마음을 사로잡는 것은 존경하는 태도, 즉 그 사람의 모든 것을 정중하게 인정해주는 것이라는 깨달음을 얻었기 때문이다. 상대방을 존경하는 것은 자기가 낮아지는 것이 아니다. 오히려 우리가 누군가를 존경하면 우리 자신의 가치가 상승하게 되어 있다. 훌륭한 인품은 다른 이를 존중하면 더 돋보이게 마련이다. 우리가 타인을 존경하고 다른 존재들을 모두 존경하면서 살아가면 생각 또한 다른 생각들을 배려하게 된다. 그래서 반목과 갈등보다는 우정과 사랑 등의 아름다운 가치로 서로의 생각을 공유하게 되는 것이다.

인간은 생각을 융합하기 위해 존재한다. 생각의 융합은 생각의 승화로 완성되며 모두 6단계의 과정을 거친다.

발원 → 인지 → 증폭 → 탐색 → 용해 → 승화

이 여섯 단계 변화과정을 기억하고 자신의 생각을 쇠처럼 단단하게 단련시켜라. 훌륭한 인간은 훌륭한 생각을 가진 인간이다. 지적인 인간은 지적인 생각을 가진 인간이다. 반면에 비루한 인간은 비루한 생각을 가진 인간이다. 혐오스런 인간은 혐오스런 생각을 가진 인간이다. 생각이 바로 인간이다. 인간은 생각으로 이루어진 생명체다. 생각을 빼면 인간은 동물보다 못한 존재가 될 뿐이다. 그러나 생각만 한다고 해서 모두 인간은 아니다. 생각을 승화시키고 융합시키지 못한다면 그 생각은 한정되고 편협한 상념의 부스러기에 지나지 않는다. 시간이 걸리더라도 조급해하지 말고 자신의 생각의 격을 높여라. 그것이 바로 생각의 융합을 향한 첫 걸음이다. 세상의 모든 것들과 생각을 융합하게 된다면 그대는 더 이상 바랄 것 없을 만큼 만족스러운 일생을 살게 되는 것이다.

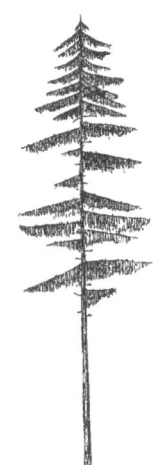

PART 3

인생이란
무엇인가

인생은 고난을 수용하는 것이다

인생이란 무엇인가, 우리가 너무나 궁금해 하는 명제다. 이 질문을 혼자서 넋두리처럼 해보지 않은 사람이 과연 몇 명이나 될까. 사는 게 답답하거나 울컥해질 때 사람들은 어두운 골방에 홀로 앉아 빈 소주잔과 시커멓게 탄 구운 오징어 몇 조각을 앞에 두고 심각한 표정으로 고민한다.

"아, 나를 이토록 괴롭게 하는 인생이란 무엇인가?"

인생이란 무엇인가. 이 위대한 명제는 인생에 대한 가장 심도 있는 질문이라고 할 수 있다. 이 질문에 대답하지 못한다면 인생을 살아가는 인간으로서 자격이 의심스러울 수도 있다. 그러나 너무 부담은 가지지 않기로 한다. 어차피 절대 진리를 깨닫는 일은 불가능한 일인지도 모른다. 우리가 규정하는 절대 진리가 언젠가는 보편적인 진리에 불과하다고 밝혀질지도 모르기 때문이다. 혹은 진리가 아닌 오류투성이 논리로 밝혀질 수도 있다. 아인슈타인의 논리가 현대에 와서 잘못된 이론이라고 밝혀진 것을 보더라도 무엇인가에 절대적인 의미를 부여한다는 것은 모순일지도 모른다. 하지만 우리에게는 절대적인 가치가 있다. 또한 절대 진리도 존재한다. 그것을 깨닫는 일이 바로 사색하는 일임을 잊지 말자.

인생이란 무엇인가에 대해 인생이란 고난을 수용하는 것이다. 라고 나는 사색한다. 고난이란 말은 듣기만 해도 표정이 어두워지는 말이다. 고난과 역경은 마치 일란성 쌍둥이처럼 동시에 떠오른 말이기도 하다. 인생이 한 권의 책이라면 고난이란 말을 아예 지워버렸으면 좋겠다는 생각도 든다. 그만큼 고난이란 인간에게 좋지 않은 인상을 남겨주는 불쾌한 낱말임에 틀림없다. 하지만 싫다고 모든 것을 외면하면서 살 수는 없는 법이다.

사업을 하는 사람들은 싫은 손님에게도 친절하게 대하기 위해 노력한다. 재수 없고 버릇없는 손님이 한 둘이겠는가. 그것을 참지 못하고 손님과 같이 멱살잡이라도 하는 날에는 그 사업은 곧 망하게 되어 있다. 우리의 인생도 사업과 다르지 않다. 불행, 고난, 역경, 시련 등의 달갑지 않은 손님들이 초대하지 않아도 제 발로 잘도 찾아온다. 그런 손님들을 대하는 태도는 나이나 성별에 따라 다른 것이 아니라 인생에 대한 통찰력에 따라서 달라진다. 즉, 인생을 이해하는 수준에 따라서 달라진다는 이야기다.

자신의 삶을 이해하는 척도가 무엇인가. 현재 자신의 삶이 어떤 지경인지 알고 있는가. 우리는 자기 자신의 인생에 대한 막중한 책임이 있다. 무엇이 어떻게 내 인생을 지금에 이르게 했는지 매와 같은 눈빛으로 꿰뚫어 볼 수 있어야 한다. 여러분의 나이나 성별이 어떠하더라도 한 가지 공통점이 있다. 인생은 고난의 연속이며 고난을 어떻게 수용하느냐에 따라 불행할 수도 있고 행복할 수도 있다는 점이다.

고난을 인정하고 고난은 피할 수 없는 일이라는 사실을 묵묵히 받아들이는 순간, 마음이 편해질 것이다. 혹시 그대가 지금 경제적 궁핍으로 통장에 단 돈 몇 만원만 있다고 해도 그 현실을 부정하지 말라. 그대로 받아들이고 자신의 처지를 인정하라. 그러면 우선 마음이 편해진다. 혹시 그대가 누군가로부터 말도 안 되는 모욕을 당해서 인간으로서의 모멸감을 겪는다면 현실을 받아들여라. 모욕당한 일을 부정하지 않아도 된다. 그저 사실 그대로 인정하라. 그러면 마음이 편안해질 것이다. 이것이 고난을 수용하는 사람에게 오는 마음의 평화다. 수용은 거부나 배척과 달리 사건의 흐름에 몸과 마음을 맡기는 온건한 자세다. 그러므로 역방향으로 목숨 걸고 질주하지 않아도 되고 순리대로 삶을 살아가게 된다. 그렇게 하면 인생은 더 이상 누군가를 짓밟고 일어서야 하는 피 튀기는 전투가 아니요, 순간을 즐기는 축제의 시간이라는 것을 깨닫게 될 것이다.

지적탐구의 시간이 인생이다

그대는 무엇을 열망하는가, 지금 이 순간 그대의 욕망의 뿌리는 무엇을 향해 뻗어가고 있는가. 어떤 것을 생각하면 심장이 뛰는가, 어떤 일을 할 때 시간의 흐름조차 망각할 수 있는가. 우리는 무엇인가를 하지 않으면 안 되는 존재들이다. 단 한 순간도 정지된 채로 살아갈 수 없는 것이 인간이다. 정지란 죽음이며 멈춤은 이 세상과의 단절이다. 인체의 모든 세포들이 한 순간도 정지하지 않듯이 우리의 생각도 한 순간도 정지하지 않는다. 생각은 살아있는 유기체와도 같다. 그것이 비극적이든 희극적이든 무엇인가를 열심히 탐구하고 있는 중이다. 그렇다면 도대체 무엇을 탐구하고 있단 말인가. 인생이 생각으로 이루어진 것이라는 사실에 동의한다면 이제 그 생각의 정체에 대해 사색해보자.

나는 그 생각의 정체를 이미 알고 있다. 그것은 바로 지적인 것들이다. 지적이란 무슨 뜻일까, 사전을 뒤적거리지 않고 나는 이 지적이란 말을 간단히 정의하고자 한다. 내가 말하는 지적인 것이란 평소의 생각을 뛰어넘는 생각을 말한다. 그것은 즉, 자신의 한계를 벗어난 새로운 지혜의 편린들이다. 인간은 지적인 사유를 통해서 완전한 존재로 도약할 수 있을 것이다. 새로운 지혜를 습득하고 자신의 생각의 한계치를 상향조정하지 않는다면 인생이란 여정은 평생 감옥에 수용된 죄수처럼 아득할 뿐이다. 늘 그 자리에서 같은 얼굴로 제자리걸음을 하는 사람을 상상해보라. 앞으로 나갈 수도 없고 뒤로 물러설수도 없는 걸음을 한다면 아마 정신을 잃을 지도 모른다. 도무지 발전이 없을 것이기 때문이다. 지적사유를 하지 않는다는 것은 자신의 삶을 답보상태에 머무르게 하는 이유가 될 수밖에 없다. 그러므로 인생은 지적탐구의 시간이 되지 않을 수 없는 것이다.

지적인 것들에 대한 탐구를 인생이라고 말하는 것은 매우 적절하다고 사색한다. 그 까닭은 인간이 자신의 생각을 성장시키기 위해서는 반드시 사유란 시간을 거쳐야 하기 때문이다. 그것은 역시 지적인 탐구다. 어느 요리사가 더 맛있는 요리를 하겠다고 생각한다면 그는 지적탐구에 해당하는 생각을 하고 있는 것이다. 자신이 하는 행동이 지적탐구에 해당된다는 것을 미처 인식하지 못했더라도 그는 이미 지적탐구자의 길을 걷고 있는 셈이다. 이것은 모든 인간에게 적용된다. 무엇인가를 지금보다 더 향상시키겠노라고 의식적으로 사고하는 순간이 바로 지적탐구에 돌입하는 순간인 것이다. 그러므로 인생은 지적탐구에 의해 운용되고 있다고 봐도 과언이 아니다.

최고의 사색, 존재에 대한 사색에 들어선 우리가 평범한 차원의 지적탐구에 머물러있을 수는 없다. 그럼 어떤 것들이 지적탐구가 추구해야할 최고의 가치가 될 것인가를 사색해보는 것이 좋을 것이다. 진정한 지적탐구자가 탐구해야 할 목록을 완성해보자.

첫 번째 탐구과제는 생명의 존엄성이다. 두 번째 탐구과제는 인간의 실체이다. 세 번째 탐구과제는 생존의 이유다. 네 번째 탐구과제는 꿈꾸는 자의 삶이다. 다섯 번째 탐구과제는 인류의 번영과 발전을 위해 기여하는 것이다. 여섯 번째 탐구과제는 본능에 관한 것이다. 일곱 번째 탐구과제는 이성의 조율이다. 여덟 번째 탐구과제는 죽음이다. 아홉 번째 탐구과제는 죽음을 초월한 지혜다. 이렇게 아홉 가지의 탐구과제를 그대에게 제시하고자 한다. 이 책을 읽은 후에 내가 제시한 아홉 가지 탐구과제에 대한 사색의 결과를 내게 보여준다면 참 좋을 것 같다. 우리는 사색으로 소통하는 독자와 저자가 아닌가. 그렇다면 내가 사색한 탐구과제에 관한 사색의 결과는 어떠할까. 하나씩 탐구해본다.

1. 첫 번째 탐구과제, 생명의 존엄성은 이 책의 곳곳에서 언급했

을 것이다. 생명의 가치는 무엇으로도 환산할 수 없음을 우리는 너무나 잘 알고 있다. 이미 죽어버린 것들에게서 느껴지는 허무, 아쉬움, 회한은 살아있는 것들이 얼마나 소중한 것인지를 뼈저리게 느끼게 한다. 생명이 존귀하고 감사한 존재라는 사실을 한시라도 잊어서는 안 될 것이다. 그것을 잠깐이라도 잊게 될 때 모든 범죄와 부정적인 사건이 발생한다. 왜냐하면 인간을 지켜주는 보이지 않는 법률의 으뜸이 바로 생명의 존엄성을 인식하고 존중하는 일이기 때문이다. 살아있는 모든 것들을 존중하는 것, 그것이 바로 생명의 존엄성을 탐구한 자의 자애로운 실천법이다. 아는 것을 실천하지 않는다면 차라리 모르는 것이 낫다. 우리는 지적탐구자로서 생명의 가치와 소중함을 인지하고 그것들에게 가슴 속에서 우러나오는 진정한 존경을 표현할 것을 맹세해야 할 것이다. 그것이 지적탐구자의 삶이다.

2. 두 번째 탐구과제, 인간의 실체는 인간에 관한 보다 세심한 관찰을 요구하는 것이다. 자신을 포함한 인간에 대한 사색이야말로 인간이라면 누구나 해야 할 필수적인 과제가 아니겠는가. 인간을 탐구하는 것은 자신의 본질을 통찰하는 것과 마찬가지로 반드시 필요한 탐구영역이다. 타인에 대한 관심이 바로 그 출발점이 된다. 인간의 실체를 안다는 것은 그 사람을 완벽하게 이해하는 것이다. 우리가 누군가를 완벽하게 이해한다면 어떤 오해도 풀리게 되어 있다. 그러므

로 지적탐구자는 인간의 실체를 이해하기 위해서 삶의 일부를 기꺼이 투자해야 하는 것이다.

3. 세 번째 탐구과제, 생존의 이유는 아주 쉽게 말해 왜 사는가에 대한 사색이라고 볼 수 있다. 탐구는 사색이 점진적으로 발전하는 것을 말한다. 그대가 사색의 묘미를 알게 되고 그 깊이를 더해갈수록 인생은 쉬워질 것이다. 그 이유는 지적탐구자가 되면 세상의 모든 이치에 통달하게 되고 어떤 어려운 문제라도 수월하게 풀 수 있게 되기 때문이다. 지적탐구자에게 우주는 문제를 해결하는 결정적 해답을 제시해준다. 그의 사색이 고되고 힘들수록 해답은 더욱 가치 있는 것이 될 확률이 높다. 세 번째 탐구과제인 생존의 이유를 탐구해보라. 그대가 생존하는 이유는 무엇인가. 나는 왜 사는가. 이것은 인생을 시작하는 인생초보자나 인생을 마무리 지어야 하는 인생의 황혼기에 접어든 사람이나 모두에게 꼭 필요한 질문이 될 것이다. 자신이 왜 살아가고 있는지를 모른다면 오늘은 생각을 가다듬고 반드시 그 이유를 밝혀내길 바란다. 그렇지 않으면 너무나 위태로운 삶을 살게 될 것이기 때문이다.

4. 네 번째 탐구과제, 꿈꾸는 자의 삶에 대해 탐구하는 것은 새삼스럽게 말하지 않아도 여러분이 아주 잘 알고 있으리라 믿는다. 꿈의

중요성과 가치와 필요성에 대해서 이미 말하였으므로 이 과제는 순전히 그대에게 맡기고 싶다. 그대가 이 과제에 대한 결과물을 내게 제시해준다면 나는 많은 것을 배울 수 있을 것이다. 우리는 서로 상호보완적인 존재다. 내가 모르는 것을 그대가 깨달을 수도 있고 그대가 모르는 것을 내가 알고 있을 수도 있기 때문이다. 꿈이란 인간의 개체 수만큼 다양하다. 그 꿈을 어떻게 계획하고 이루어 가는지에 대한 이야기는 세상의 모든 글자 수를 나열해도 부족할 것이다. 꿈꾸는 자의 삶은 어떤 삶일까. 그것은 미치도록 멋진 삶이 아닐까. 심장이 터질 것처럼 두근거리는 삶이 아닐까. 오늘 그대는 무슨 꿈으로 자신을 기쁘게 하고 의욕을 북돋아주고 있는가. 꿈을 꾸는 것은 바로 지적탐구자의 필수조건이다.

5. 다섯 번째 탐구과제, 인류의 번영과 발전을 위해 기여하는 것은 인간이라면 마땅히 사색해야 할 문제다. 자신의 삶이 인류에게 어떤 혜택을 줄 수 있을까를 탐구해본다면 함부로 시간을 낭비하지도 않을 것이며 대충 인생을 살 위험도 줄어들게 되어 있다. 그에게는 1분의 시간도 허비하기 아까운 것이 될 것이기 때문이다. 인류의 번영과 발전에 기여하기 위해서 허투루 삶을 살 수는 없는 노릇이지 않은가. 자신에게 주어진 생명에게 감사하고 남겨진 시간 동안 어떻게 해야 인류에게 공헌할 수 있는지 탐구해보라. 그것은 자신의 건강을 위해 보

약을 달여 먹는 것보다 더 필요한 일이다. 그 까닭은 이것이야말로 인간의 정신적 병을 치유할 수 있는 명약이기 때문이다. 내가 누군가를 위해 무엇인가를 하고 싶다는 열망이 가득할수록 인간은 자신의 소소한 아픔 따위에 연연하지 않게 된다. 더 큰 열망, 더 큰 소망, 더 큰 사랑으로 인류전체를 위해 자신의 인생을 바치게 되기 때문이다. 그것이 지적탐구자로서의 마지막 갈 길이 아닐까 생각한다.

6. 여섯 번째 탐구과제, 본능이란 무엇일까. 우리는 본능에 의해 지배받는다고 생각한다면 아직 1차원적 사고에 머무는 사람이다. 우리는 본능을 지배한다, 라고 생각한다면 그는 탐구의 시작점에 서 있는 사람이다. 그렇다면 우리는 본능과 어떤 관계를 유지하고 있단 말인가. 내가 보는 관점에서 인간은 본능을 통해 태초의 욕망을 느끼고 본능을 버림으로써 신과의 거리를 좁힌다고 볼 수 있다. 이 뜻은 본능에 관한 인간의 이중적 태도에 관한 것이다. 인간은 본능에 휩쓸려서도 안 되지만 본능을 무시해서도 안 된다. 탄생의 시간에 우리의 육체와 정신에 아로새겨진 본능은 우주로부터 부여받은 생명체의 근간이기 때문이다. 그렇지만 그것은 어떤 생명체이건 공통적으로 부여받는 것들이다. 인간은 본능을 유지하되 자신을 혁신하고 발전시켜나가야 한다. 그렇지 않다면 우리가 파충류나 갑각류와 뭐 별 다를 것이 있겠는가. 만일 본능에 전적으로 의존해서만 살아간다면 인간

의 삶은 동물 그 이상도 이하도 아닐 것이고 본능을 전혀 의식하지 않고 살아가다가는 생존자체가 불가능할 것이다. 본능을 현명하게 조절하라. 본능에 의해서 기본적인 것들을 충족시키되 절대로 그것에게 영혼의 전부를 바치지는 말라. 그대가 이 세상에 남겨야 할 것들은 본능을 초탈한 것이어야 한다. 세속적인 것들로부터 홀연히 탈피한 그 무엇이어야 한다.

7. 일곱 번째 탐구과제, 이성의 조율은 지극히 지적인 탐구과제다. 이성이란 사계, 현상, 운명, 우주, 신, 언어 등. 모든 천체를 아울러서 사색하고 삶의 중심에서 인간의 생각과 행동에 빠짐없이 관여하는 것이다. 이성적 사고를 지닌 후에야 비로소 인간은 지극히 인간적인 사고를 할 수 있다. 본능에 의한 동물적 사고를 벗어나고 싶다면 인간은 이성을 조율하기 시작해야 한다. 이성을 조율하라는 말은 생각을 조율하라는 말보다 더 절실하다. 이성은 생각보다 더 깊이 있는 사유를 요구한다. 이성이 마비된다면 그는 모든 존재에게 위험천만한 인물이 될 것이다. 그만큼 이성이 인간의 삶에 끼치는 영향력은 대단한 것이다. 우리는 이성을 조율하여서 삶의 풍파를 헤쳐 나갈 수 있도록 만들어졌다. 그러나 무엇인가를 제 위치에 갖다 놓거나 제대로 된 상태로 만들기 위해서는 그만큼의 수고와 고통을 각오해야 할 것이다. 이성의 조율 역시 마찬가지다. 그대의 이성을 조율하려거든

그대의 생각과 믿음이 산산이 부서지는 아픔을 각오하여야 한다. 기존의 해묵은 생각과 믿음을 과감하게 해체시키고 완전한 無의 상태에서 지극히 평화롭고 지극히 겸허하고 지극히 침착하게 인생을 파악하라. 이성적 인간이란 인생이란 시간을 침착하게, 온건하게, 냉철하게 사는 인간이다. 이성을 조율한다는 것은 그런 인간이 될 수 있도록 생각을 점진적으로 바꿔간다는 의미다.

날마다 그대 자신의 이성을 조율하라. 자신의 생각을 활짝 펼쳐놓고 버릴 것은 버리고 고칠 것은 고치고 바꿀 것은 바꾸며 지킬 것은 지켜라. 유능한 조율사는 그 작업을 엄살 부리지 않고 해낸다. 손가락이 아프다거나 무릎이 저리다고 징징대지 않는다. 행여나 삶이 그대를 시험하더라도 앓는 소리를 내거나 아프다고 투정부리지 말고 차분하게 이성을 조율하면 되는 것이다.

지금까지 아홉 가지 탐구과제 중의 일곱 가지 탐구과제에 대해 간단히 사색해보았다. 나머지 탐구과제인 여덟 번째 탐구과제, 죽음. 아홉 번째 탐구과제, 죽음을 초월한 지혜는 여러분에게 맡기고 싶다. 탐구는 스스로 개척해가는 미지의 세계다. 그 신비로운 탐험을 그대가 할 수 있다면 정말 멋진 경험이 되리라 예상되므로 나머지는 그대의 몫으로 남겨두고자 한다.

셋

눈물로써 피는 꽃이 인생이다

눈물의 근원은 어디일까. 저 깊은 우리들의 정념, 고독한 사유와 깊은 한숨으로부터 우러나오는 한 방울의 짜디짠 눈물 한 방울이 인간을 외롭게 한다. 그리고 슬프게 한다. 슬퍼서 우는 건지 울어서 슬픈 건지 구분조차 가질 않는다. 눈물 없이 삶을 살 수는 없을까. 날마다 웃으면서만 살 수 있다면 그의 인생은 정말로 행복하겠다고 가끔 우리는 생각한다. 하지만 지금까지 이 지구상에 살아온 모든 인간을 통틀어서 보아도 눈물을 단 한 방울도 흘리지 않고 살았던 인간은 찾아볼 수 없을 것이다. 그래서 우리는 안심한다.

'나만 우는 게 아니었어.'

우는 것은 단순한 감정의 표출이 아니다. 눈물이 난다는 것은 자아에 손상이 갔다는 말이기도 하고 자아가 견딜 수 있는 한계치를 벗어났음을 경고하는 것이기도 한다. 울고 싶을 때 후련하게 울었다고 해서 모든 게 해결되지는 않지만 눈물이 없었더라면 우리는 자신의 내면의 상처를 알아차리지 못할 것이다. 그러므로 눈물은 고귀하다. 인생은 눈물로써 꽃이 피게 되어 있다. 많이 운 사람일수록 인생의 지혜가 무르익어 갈 것이다. 많이 슬퍼한 사람일수록 인생이 주는 기쁨과 행복에 더 깊이 감사하게 되어 있다. 작은 기쁨과 작은 행복에도 무릎 꿇고 진심으로 감사할 수 있게 되는 것은 그가 많은 시간 아파하고 눈물 흘리고 슬퍼했기에 가능한 일임을 기억하라.

자아가 견딜 수 있는 한계치는 있다. 그것을 넘어서게 되면 눈물이 흐르게 된다. 그치고 싶어도 그칠 수 없는 눈물은 내면에 들어 있던 울분과 상실감을 함께 배출해낸다. 그렇기 때문에 눈물이 멈춘 후에 누군가는 잠시 안도감을 맛보게 되는 것이다. 그렇지만 언제까지나 눈물에 의지해서 삶의 슬픔을 견뎌낼 수는 없는 법이다.

우는 것도 습관이 된다. 눈물도 마약처럼 은연중에 중독된다. 사소한 일들에 자꾸만 눈물을 흘리다보면 어느새 울보가 되어버린 자신을 발견할 것이다. 인생은 눈물로써 꽃이 피지만 눈물에 중독되는 것은 곤란한 일이다. 눈물을 아껴라. 그리고 그 눈물을 가장 행복한 순간에 흘려라. 그것이야말로 눈물로 꽃이 피는 인생이다.

우리는 모두 외로운 존재고 눈물처럼 애잔한 사연을 지닌 존재들이다. 바람 앞에 나부끼는 풀잎처럼 나약한 인간이기에 어쩔 수 없는 일들을 겪으면서 가슴 아파하고 상심하는 일이 잦다. 내 마음대로 되지 않는 일들 때문에 애 끓이고 속상해하면서 우리는 자칫 병이 들기도 한다. 화병이나 우울증이나 신체적 정신적 병들의 대부분이 이런 원인이 작용해서 만들어진 것이다. 그렇다면 오래도록 건강하게 살 수 있는 방법은 되도록 적게 가슴 아파하고 적게 상심하거나 혹은 전혀 상처받지 않고 가슴 아파하지 않으면서 살면 되는 것이 아니겠는가. 모두들 이 사실을 알고 있다. 그래서 눈물을 흘리면서 자신의 삶을 한탄하는 것이다. 하지만 다시 강조하지만 눈물은 아껴두어야 한다. 아프다고 울고 슬프다고 울고 외롭다고 울고 괴롭다고 울다가는 정작 눈물을 흘리면서 기뻐해야 할 순간에 흘릴 눈물이 남아있지 않게 될 것이기 때문이다.

우아하게 울어라. 우아하게 눈물 흘려라. 나는 그대에게 이 말을 하고 싶다. 우아한 인간은 우아하게 운다. 그리고 우아하게 눈물을 멈춘다. 하잘 것 없는 일들로 눈물 흘리는 것은 우아한 인간에게는 있을 수 없는 일이다. 애인이 배신했다거나 주식이 하루아침에 휴지조각이 되었다거나 집이 경매에 들어갔다는 것은 평범한 인간에게는 하늘이 갈라지고 땅이 꺼지는 큰일이다. 하지만 삶의 지혜를 사색하는 우아한 인간에게는 별 일 아닌 일이다. 왜냐하면 그는 눈물의 원천인 마음을 다스릴 줄 아는 인간이기 때문이다. 우아한 인간은 백만장자에서 단 하루 만에 알거지가 되어도 대책 없이 통곡하지는 않는다. 다만 우아하게 울 뿐이다. 그리고 우아하게 눈물을 닦고 다시 일어나서 자신의 꿈을 이루기 위해 밝은 모습으로 일한다.

우아하게 운다는 것은 자신의 꿈을 포기하지 않고 미래를 향한 긍정의 마음을 버리지 않으면서 운다는 것이다. 속절없이 울다가 시간을 낭비하는 것이 아니라 눈물에 이런 것들을 함께 실어서 배출하는 것이다. 세상에 대한 원망, 인생에 대한 부정, 자아에 대한 힐책, 타인에 대한 분노. 이런 것들을 눈물 속에 용해시켜 밖으로 내보내고 다시 가슴속에 희망의 불씨를 안고서 살아가는 것이 우아한 인간의 태도다.

그대는 오늘 백합처럼 우아하게 울 수 있겠는가. 나는 오늘 눈물이 난다면 우아하게 울 것이다. 인생은 눈물로써 꽃이 피는 슬픈 정원이다. 분명히 슬픔은 우리와 더불어 살아가야 할 이웃이다. 하지만 눈물조차 다스릴 줄 아는 우아한 인간이 된다면 우리의 인생은 눈물로써 꽃이 피는 행복한 정원이 될 수 있는 것이다. 그대의 눈물이 헛되게 하지 말라. 한 방울의 눈물을 흘려도 의미 있게 흘려라.

넷

인생은 가끔 쉬어가도 된다.

오늘이 아니면 내일이 절대로 오지 않을 것처럼 저돌적으로 사는 사람이 있다. 언뜻 보기에는 아주 부지런하고 열심히 사는 이 시대의 모범시민처럼 보인다. 하지만 그의 속내는 이러하다. 조금이라도 지체했다가는 경쟁자들에게 추월당할 것이다, 조금만 더! 하면서 가혹할 정도로 자신을 끊임없이 채찍질 하고 있는 것이다. 속은 그러하나 겉으로 보이는 그는 매우 열정적으로 삶을 사는 것처럼 보이므로 주위에서는 그를 칭찬하고 본받기 위해 열심이다. 남의 속도 모르면서 말이다.

그러던 어느 날, 그가 갑자기 숨을 거둔다. 사인은 심장마비. 그는 과로사로 세상을 하직하고 만 것이다. 한창 잘나가던 그가 갑자기 죽게 되자 사람들은 안타까워한다. 아까운 사람이 허망하게 갔다고도 한다. 남은 이들이 아무리 안타까워하고 애도해도 그는 다시 살아 돌아올 수 없다. 앞만 보고 달려온 세월, 경쟁자들의 그림자만 보여도 덜컥 가슴이 내려앉던 숨 막히던 시간들은 결국 그의 생명선을 갉아먹는 죽음의 사신이었던 것이다.

오늘이 아니어도 내일이 있다. 오늘 지구가 폭발하거나 소행성과 충돌해서 멸망하지는 않을 것이다. 혹시라도 오늘 지구가 멸망해도 우리에게는 내일이 있다. 왜냐하면 우리는 지적영혼으로 승화할 것이기 때문이다. 인간의 영혼은 영원불멸하다. 그러므로 오늘이 아니면 모든 것이 다 사라질 것처럼 불안에 떨며 초조하게 살지 마라.

인생은 가끔 쉬어가도 된다. 누가 우리를 이처럼 빨리 빨리라는 지독한 틀에 가두어 놓았는가. 조금만 지체했다가는 마치 큰일이라도 날 것처럼 서두르는 사람들 틈에 섞여서 살아가야 하는 것이 요즘 시대다. 세상의 모든 기계들은 조금이라도 빨리 일을 처리하기 위해 진화한다. 1초라도 느리다가는 경쟁에서 도태된다. 잠깐이라도 쉬었다 가면 경기에서 지고 마는 백 미터 레이스처럼 인생을 살아가는 사람이 너무 많다. 천천히, 느긋하게, 쉬엄쉬엄 이란 말의 미덕이 사라진지 이미 오래다. 하지만 인생은 시한폭탄을 짊어지고 달려가는 위험한 레이스가 아니다.

우리는 인생을 천천히 음미하면서 살 자격이 있는 사람들이다. 경쟁위주의 사회, 외모지상주의 사회, 물질 위주의 자본주의 사회에서 살다보니 자기도 모르게 조금이라도 빨리 무엇인가를 이룩하기 위해 안달하며 달려가고 있는 것이 인간이다. 하지만 서두르다보면 본질을 놓치고 말 것이다. 삶의 본질은 무엇인가. 그것은 행복하게 살다가 아름답게 죽는 것이다. 급하다는 것은 불안하다는 말이나 마찬가지다. 느긋한 마음으로 자신의 일을 처리하는 사람과 죽기 아니면 까무러치기로 일하는 사람은 과정부터가 달라서 결과 역시 현저하게 차이가 난다. 일을 즐기면서 하는 사람과 압박감을 느끼며 하는 사람은 일의 만족도에서도 큰 차이가 날 것이다.

그대, 힘들면 쉬어라. 오늘이 아니면 내일이 있다. 지치면 일을 즉시 멈추어라. 일이 그대 인생의 전부는 아니다. 삶의 본질을 늘 기억하라. 우리는 행복하게 살다가 아름답게 죽어야 한다. 그러기 위해서는 자신을 소중하게 다루어야 하는 것이다.

나태한 것과 적당한 휴식의 차이를 아는가. 그 차이는 바로 쉴 때 쉬는 것이다. 나태한 인간은 쉴 때 쉬는 것이 아니라 쉬지 않아도 될 때도 한정 없이 쉬는 것이고 적당한 휴식을 취할 줄 아는 인간은 쉬어야 할 때 적당히 쉬어주는 센스를 지닌 인간이다. 쉬어야 마땅한데 쉬지 않고 몸을 무리하게 소모시키다보면 일시에 동작이 멈추는 사태가 발생한다. 고장 난 로봇의 전원이 자동 차단되듯이 인간도 육체적, 정신적으로 무리가 오면 자동으로 전원이 차단된다. 그것이 바로 죽음이다. 그런 죽음은 아름다운 죽음이 아니다. 안타깝고 허무한 죽음이다. 자신을 지키지 못했기 때문에 맞이한 죽음이기 때문이다.

　우리를 지킬 사람은 최종적으로 우리 자신이다. 다른 누군가에게 자신의 안전을 맡기지 말고 스스로의 컨디션을 조절하고 무리가 가지 않도록 일정을 조절해야 한다. 그래야 오래도록 이 지상에 머물면서 하고 싶은 일을 하고 꿈을 이루고 보다 많은 사람들에게 사랑을 베풀고 행복한 인생을 살 수 있는 것이다.

　죽어서 할 수 있는 일과 살아서 할 수 있는 일은 다르다. 우리는 살아서 할 일이 많은 사람들이다. 그대 자신의 할 일을 다 마치려거든 차분하게 인생을 살아가라. 인생은 가끔 쉬어가도 된다. 죽어라 일만하는 것은 어리석다. 죽어라 공부만 하는 것도 어리석다. 죽어라 놀기만 하는 것도 어리석다. 한 마디로 무엇인가를 집착하며 광기를 가지고 하는 것은 모두 어리석은 일이다. 왜냐하면 우리는 즐기면서 인생을 살아가도록 프로그래밍 되어 있는 우주의 정교한 창조물이기 때문이다. 왜 스스로를 학대하는가. 돈 조금 못 벌어도 괜찮다. 굶어 죽기야 하겠는가. 명예, 그 까짓것 천천히 얻어도 괜찮다. 아니 못 얻으면 또 어떠랴. 한낱 명예 따위가 그대의 건강보다 더 가치가 있는가, 자문해 보라. 눈꺼풀이 무거워지고 피곤하고 지치면 푸른 잎 무성한 나무 그늘에 누워 마음껏 쉬어라. 무엇보다도 중요한 건 그대 자신이다.

우리의 인생은 자아실현의 시간이다

자아실현, 이 한 마디가 오래도록 가슴에 파문을 일으킨다. 하나
뿐인 생명을 지닌 인간이기에 우리는 자아실현이라는 목적을 지닐
수밖에 없다. 자아실현이란 자아가 원하는 이상적인 인생을 사는 것
이다. 즉, 자신이 원하는 인생을 사는 것이다. 지나가는 사람 아무나
붙잡고 물어보라. 당신이 인간으로서 행복한 순간은 언제인가요, 그
러면 많은 이들이 대답할 것이다. 내가 정말 하고 싶은 일을 할 때입
니다. 질문에 답한 상당수의 사람이 이 대답을 할 것을 나는 예상할
수 있다. 왜냐하면 인간은 자아실현 욕구가 가장 강한 종족이기 때문
이다. 성적 충동이나 생존욕구에 대한 본능도 자아실현의 욕구를 넘
어서지는 못할 것이다.

그렇다면 인간이 가장 불행하다고 여길 때는 언제인가. 바로 자아

를 실현하지 못할 때일 것이다. 자신이 하고 싶은 일을 하지 못하고 대신 절대로 하기 싫은 일을 억지로 하면서 산다면 어떨까. 아침에 눈 뜨는 것도 싫을 것이다. 숨을 쉬는 것도 밥을 먹는 것도 아무런 의미가 없을 것이다. 이것이 성적충동이나 생존욕구보다 자아실현이 인간에게 더 절박한 증거가 될 것이다. 인간은 자아실현이 가로막힐 때 밥을 먹는 것도 잠을 자는 것도 아무런 의미가 없는 일이라고 느끼게 되어 있다. 자아실현은 삶의 의미를 주고 살아가야 할 목적의식을 갖게 하는데 그것을 못하게 된다면 삶의 의미를 잃어버리게 되어 있기 때문이다. 그래서 밥을 먹는 것도 귀찮고 숨을 쉬는 것도 무의미하게 여겨지게 될 뿐이다. 반면에 자아실현의 기회가 주어진다면 인간은 없던 힘도 절로 생기게 된다. 숟가락 하나 들지 못하던 중환자가 자신이 좋아하는 일을 하게 될 때 갑자기 힘이 솟아나서 그 일에 열중하는 것도 자아실현을 하게 될 때 생겨나는 내적에너지 덕분이다. 자신이 좋아하는 일을 한다면 누구나 이처럼 예상치 못했던 뜨거운 내면의 힘을 경험하게 될 것이다.

여기에서 우리는 자아실현의 전체적인 과정을 사색해보아야 한다. 이 과정을 나는 자아실현을 위한 연습이라고 말하고 싶다. 프로가 되기 위해서 아마추어는 자신의 또래집단보다 더 많은 노력과 연습을 해야 한다. 날마다 잠을 자지 못하고 쉬지도 못한 채 자아실현을 위해 노력하는 사람들이 부지기수다.

나는 그렇게 사생결단식의 자아실현에 반대한다. 앞장에서도 말했듯이 인생은 가끔 쉬어주어야 하는 여정이기 때문이다. 육체와 정신을 혹사시키지 않으면서도 자아실현을 할 수 있다는 사실을 아는가. 그 방법은 자기가 하고자 하는 일에 대한 폭넓은 지식과 그것을 할 수 있다는 강한 믿음을 지니는 것이다. 되고자 하는 것이 무엇인지도 모른 채 막연히 무엇이 되고 싶다. 라고 말하는 사람도 있다. 그런 자세로는 자아를 실현할 수 없다. 또 되고 싶은 것이 무엇인지는 알지만 그것에 대한 폭넓은 지식을 쌓지 않고 몇 가지 어설픈 지식으로 꿈을 이루려고 시도하는 사람도 있다. 그 또한 실패로 가는 직행열차에 몸을 실은 것과 같다.

무엇인가를 이루고 싶은가. 다른 사람과는 차별된 그대 자신만의 기술을 습득하라. 타인을 무작정 모방하지 말고 자신만의 특별한 개성을 그 일에 부여하고 창조자의 입장에서 일을 처리하라. 이 일에 있어서만은 내가 최고라는 자부심을 가져라. 그리고 그것을 뒷받침할만한 실력을 갖추기 위해 노력하라. 단, 노력은 그대 자신을 혹사시키지 않는 적절한 수준의 노력을 해야 한다. 믿고 싶지 않지만 노력만 죽도록 하고 결과도 보기 전에 세상을 떠나는 사람도 많다. 그것만큼 통탄할 일이 또 있겠는가. 자아실현은 살아서 하라. 죽어서는 자아실현을 할 수 없다. 우리는 살아서 성공하고 살아서 행복하고 살아서 서로 사랑해야 한다.

내가 책을 쓰는 사람이라서 출판계에 관심이 많다. 요즘에 어떤 책이 뜨면 그 책과 유사한 제목을 흉내 내어서 책을 내는 경우를 많이 봤다. 그것이 단정적으로 나쁘다고는 볼 수 없다. 그 책의 내용에는 꼭 그 제목이 필요할 수도 있었을 테니 말이다. 하지만 오직 베스트셀러이기에 그 책의 후광효과나 보자는 심산으로 제목을 유사하게 만들었다면 짚고 넘어가봐야 할 것이다. 그런 책은 십중팔구 성공하지 못한다. 안타깝게도 내용의 우수성도 알리기 전에 제목 덕분에 사장되고 만다. 왜냐하면 독자들은 고의적인 모방자에게 감동받지 않기 때문이다. 독자들은 창조적인 책을 갈구한다. 독자뿐만 아니다. 이 세상의 모든 소비자들은 뭔가 획기적이고 새롭고 창조적이며 독특한 것을 갈망한다. 앞으로는 그런 사람이 성공자의 대열에 합류하게 되어 있다.

이유는 이러하다. 창조는 매우 힘든 일이다. 얼마나 힘든가 하면 온몸의 세포들이 낱낱이 뜯겨지는 고통을 수반한다. 이것은 내가 글을 쓸 때의 경험담이기도 하다. 나는 책에 인용구를 절대 넣지 않기 위해 노력한다. 유명인의 명언 한 마디조차 넣기를 주저한다. 왜냐하면 그것은 책이라는 창조적 소산을 욕되게 하는 것이라 여기기 때문이다. 꼭 필요하지 않는 이상, 다른 사람의 책에서 인용한 글, 말 등의 인용구를 넣지 않는 것이 나의 신념이다. 그것은 그들의 지적 재산이 아닌가. 그래서 모든 글들을 내 머릿속에서 끄집어내려다보니 때로는 뇌가 마비되는 것 같기도 하다. 무엇인가를 새롭게 만든다는 일만큼 머리가 아픈 일도 없을 것이다. 요새 젊은이들은 힘들고 험한 일을 기피한다. 젊은이들만 그런 것은 아니다. 노인들도 그러하다. 이렇게 모두가 힘든 일을 기피하게 되면서 창조하고 개발하는 일은 소수의 사람들이 하게 될 것이다. 그들은 인류의 미래를 걱정하고 자아실현의 의지가 강한 역사에 기록될 인물들이다. 창조의 어려움으로 그 일에 뛰어든 이들이 적기에 그들의 희소성은 점점 높아지게 된다. 그리고 더불어 그들의 가치가 갈수록 상승하게 되는 것이다.

자아실현이라는 진취적인 역사를 써가기 위해서 우리는 창조성을 가지고 일을 처리해야 한다. 더불어 도전하고 실패하는 일에 익숙해져야 한다. 한 번 도전하고 또 한 번 실패하고 이런 반복이 수천, 수만 번 될 것이다. 실패와 거절 앞에서 실망하지 말라. 자아실현은 반복되는 실패의 역사다. 목표가 무엇인가. 남들이 코웃음을 치는 일이어도 그대가 선택한 일이라면 그 목표에 대해 자긍심을 가지고 전진하길 바란다.

진실로 자신의 자아가 바라는 인생을 살아라. 매일 창조적이고 새로운 일들을 하라. 타인을 모방하기에 급급하지 말고 자신만의 반짝이는 아이디어로 세상을 깜짝 놀라게 하라. 세상은 그런 그대에게 열광할 것이다. 망설일 것이 무엇인가. 그대 앞에 놓인 시간은 온전히 그대를 위해 자신을 전부 바칠 각오를 하고 있는 중이다. 그대는 어떤 각오를 하는가. 그대는 그런 시간에게 부끄럽지 않을 인생을 살 자신감을 가지고 있는가. 자아실현을 위해 오늘 하루를 온전히 바칠 것을 맹세하라. 인생의 낙오자는 없다. 다만 자아실현을 포기한 몇몇 의 가엾은 사람들이 있을 뿐이다.

인생은 고독한 순례의 길이다

　여기에서 또 다시 고독을 만난다. 언제 만나도 오랜 친구 같은 시골 된장 냄새나는 그래서 더 가슴이 아리는 고독. 나는 고독에 대해 사색하기를 좋아한다. 고목나무에서 풍기는 퀴퀴한 나무향기 같은 고독, 억새풀과 갈대가 마구 바람에 휘날리는 가을풍경 같은 고독, 먼 옛날 어머니께서 부엌에서 불을 지펴 끓여주신 숭늉 그릇의 밑바닥 같은 고독. 고독은 문학적이고 감성적이고 게다가 인간적이다. 그래서 난 고독에 대해 특히 친밀감을 느낀다. 나는 고독한 작가다. 이렇게 말하는 것도 어색하지 않다. 오히려 자랑스럽다.

　고독은 우리의 동반자다. 고독하지 않은 인간은 없다. 우리는 고독에 대해 경건하게 사색해야 한다. 그것이 고독한 자의 본분이니까. 인생이란 무엇인가에 대한 해답에 고독을 외면하고 갈 수 없게 되었다. 우리는 지독히도 외롭고 또한 고독한 존재이므로.

실오라기 하나 걸치지 않은 모습으로 이 세상에 오면서 인간은 우렁차게 운다. 왜 마치 약속이나 한 듯이 다들 울어야만 할까. 어떤 신기한 아기가 태어날 때 화통하게 웃으면서 태어난다면 그 아이는 일약 세계적인 스타의 반열에 오를 텐데, 아마 인터넷을 뜨겁게 달굴 지구촌 핫 이슈가 될 텐데 아쉽게도 아직 난 아기가 웃으며 태어났다는 이야기를 들어본 적이 없다. 모든 아기는 산다는 것의 슬픔을 예감한 듯 우렁차게 울거나 조신하게 울면서 태어난다. 혹은 울음을 거부한 채 묵묵히 침묵하는 아기도 간혹 있다. 어쨌거나 우리는 울면서 태어났다. 그리고 벌거숭이의 모습으로 태어났다. 아무것도 가진 것 없이 이 세상에 와서 이것저것 자기 것이라는 딱지를 붙이는 놀이를 몇 십 년간 하다가 어느 날, 빈 몸으로 떠나야 한다. 우리가 처음 올 때 빈손이었던 것처럼 우리가 마지막으로 갈 때도 빈손이다.

그렇지만 어떤가. 단 한 푼이라도 더 쥐어보겠다고 아등바등 살아가는 것이 현실이다. 아파트라도 마련해야지, 그렇지 못했다가는 전세난민으로 추락해 평생을 남의 집 살이 하면서 힘들게 사는 게 인생이다. 그래서 서민들은 아끼고 아껴서 자신이 목표한 무엇인가를 자신의 소유로 하기위해서 허리가 휠 지경이다.

얼마간의 돈을 모으고 통장을 보면서 뿌듯해하면서 인생의 재미를 느낄 때 즈음 건강이 나빠졌다는 청천 벽력같은 진단을 받는 사람도 많다. 어떻게 모은 재산인데, 차마 이 세상에 두고 가기 아깝지만 어쩔 수 없다. 아파트도 현금도 통장도 주식도 모두 남겨두고 빈 몸, 빈손으로 떠나가야 하는 것이 우리네 인간의 예정된 미래다. 우리 솔직히 다 알고 있지 않은가. 아무 것도 가지고 갈 수 없다는 것을.

그래, 하고 수긍하는 그대가 보인다. 나 역시도 그렇지, 하고 고개를 끄덕인다. 그리고 인생의 고독에 대해 사색해본다. 아무것도 소유할 수 없는 존재가 무엇인가를 내 것으로 굳이 소유하고자 몸부림치는 것이 인생이란 말인가. 산다는 것이 이렇게 허무할 수가 있을까. 누구도 대신 죽어주지 않는다. 처음부터 혼자였던 것처럼 다시 우주의 일원으로 돌아가는 길도 결국 혼자다. 그래서 인생은 고독한 순례가 아니겠는가. 길고도 긴 고독한 순례의 길에서 만난 숱한 사람들에 대해 사색해본다.

지나온 시간을 되돌아 볼 때 인간은 적이거나 동지이거나 적도 아니요, 동지도 아닌 무덤덤한 사이이거나 셋 중 하나의 관계를 유지한다. 적은 이를 갈고 넘어서야할 혹은 밟고 지나가야할 능욕의 고지요, 동지는 언제나 기대고 싶은 믿음직한 친구요, 무덤덤한 사이의 사람들은 자신에게 소용이 있을 때만 관심이 가는 그저 그런 인간관계다. 고독한 순례의 길에 오른 자에게 자신이 아닌 다른 인간과의 관계를 형성하는 일은 흥미로운 일이다. 하지만 그 관계가 늘 평탄하게 유지되질 않는 것이 문제다. 별 것 아닌 문제로 등 돌리게 되는 것이 인간관계가 아닌가. 따져보면 참으로 사소한 일로 서로를 헐뜯고 저주하는 일들이 얼마나 많은지 부끄러울 지경이다. 모든 관계의 어긋남은 이해의 부족이다. 그리고 개인의 욕심이 제어되지 않아서일 가능성이 높다.

이쯤에서 우리가 나 아닌 다른 사람들도 고독한 순례의 길에 오른 외롭고 쓸쓸한 순례자라는 사실을 이해한다면 적과 동지의 개념에 큰 변화가 생기게 될 것이다. 만나는 것 자체도 꺼려지는 적이라도 고독함에 몸부림치는 가여운 하나의 영혼이라는 것을 알게 되면 그를 증오하거나 터부시하던 모든 생각들이 부질없음을 느끼게 된다. 이는 인간 전체가 고독이라는 외로움의 도가니를 경험하는 공통점을 가지고 있다는 사실을 차츰 이해하게 되면서 시작된다. 외로움이 들끓고 허전함과 쓸쓸함이 가시처럼 따끔거리면서 시시때때로 심장을 파고드는 것이 고독의 도가니요, 인생이란 순례길이다.

사색을 통해서 알게 될 것이다. 오늘의 미운 털 박힌 동료, 오늘의 적, 오늘의 원수, 오늘의 무덤덤한 관계가 종국에는 고독한 순례자라는 서늘한 공통분모에 의해 부드럽게 와해된다는 것을. 그리고 서로를 향한 연민과 사랑이 그 자리를 대신 메워주게 되는 것이다.

어둠 속에서 불을 끄고 누운 채 내일의 삶을 확실히 기약할 수 없는 것이 인간이다. 누가 내일도 오늘처럼 멀쩡히 살아 있을 것이다, 라고 호언장담할 수 있겠는가. 그건 신의 영역이다. 우리는 다만 살아 있는 동안 자신의 삶을 충실하게 살아가야 한다. 그리고 또한 같이 늙어가는 다른 고독한 순례자들과도 우정을 나누고 사랑을 나누어야 한다. 그것이 인생이란 특별한 여행을 힘들지 않게 할 수 있는 지혜로운 인간의 선택이다.

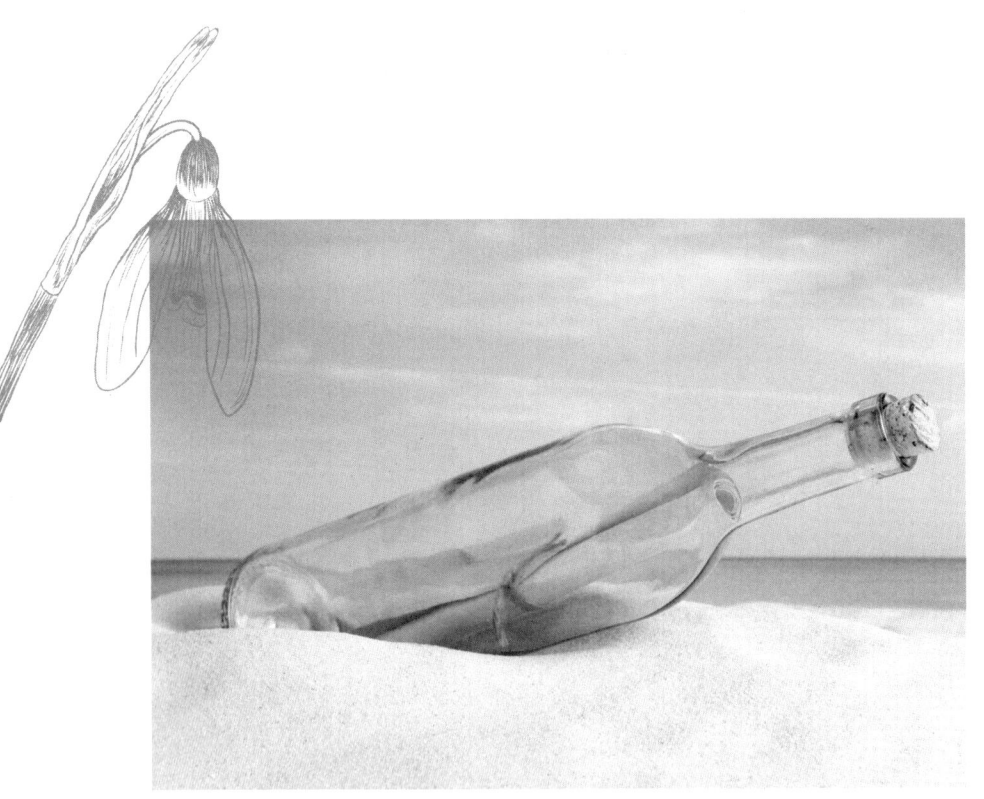

감정과의 술래잡기가 인생이다

감정이란 것은 참 오묘하다. 방금 전까지 화가 났다가도 어느새 깔깔거리며 웃기도 하고 문득 허무하기도 하고 쓸쓸하기도 하다. 친구들과 술래잡기를 하면 가장 오래 버티는 사람이 승자였다. 그러나 오래 버티는 일은 늘 어려운 일이었다. 가장 오래 버티려면 남다른 인내심과 끈기가 있어야만 했다. 그러나 술래잡기를 오래할 수는 없었다. 나와 친구들은 몸이 근질거려 참을 수가 없었기 때문이다. 숨도 제대로 못 쉬고 가만히 숨어 있는 일이란 아이들의 특성에 맞지 않았을 것이다. 그 시절의 우리들은 하루 종일 뛰어다녀도 지치지 않을 만큼 푸르렀으니까.

지금부터는 그대와 함께 감정에 관해 사색해보고자 한다. 감정이란 어린 시절 친구들과 하던 술래잡기를 연상시킨다. 슬픔을 잡으려고 하면 어느새 저만치 달아나버리고 기쁨이 보인다. 기쁨을 잡으려고 손을 내밀면 외로움이 바짝 얼굴을 들이댄다. 잡으려고 하면 할수록 멀어지고 마는 것이 감정이다.

감정의 기복이 심하면 정신병에 걸린 것은 아닌가, 오해를 살 수도 있다. 그러나 대부분의 사람들은 정신병과는 무관하게 감정의 술래잡기를 하고 있다. 자기 자신도 고개를 갸우뚱 거릴 만큼 감정의 변화가 심한 사람도 있다. 아주 정상적인 사람도 그런 경험을 숱하게 하게 된다. 왜 그럴까. 인생은 감정과의 술래잡기이기 때문이다. 하나의 감정에만 365일 줄곧 사로잡혀 있는 사람은 없다. 그랬다면 감정과의 술래잡기란 일찌감치 끝난 게임일 것이다. 그러나 인간이 숨을 쉬는 한 감정과의 술래잡기는 지속될 수밖에 없다. 감정은 영악하고 민첩하다. 인간이 자신을 붙잡아 옆에 두려고 하면 어느새 꼬리를 보이며 저만치 달아나버린다. 그리고 전혀 다른 엉뚱한 감정을 그 자리에 대신 가져다준다. 그래서 우리를 혼란스럽게 만든다.

방금 전까지 우울했었는데 갑자기 왜 이렇게 기분이 좋아진 걸까, 어제는 하루 종일 울기만 하더니 쟤가 오늘은 왜 저렇게 싱글 벙글 웃고 있는 거지. 이렇게 자신의 감정이나 타인의 감정의 급격한 변화에 적응하지 못하고 혼잣말을 한 적은 없는가.

즐거워서 웃는 것도 웃는 것이지만 슬퍼도 웃을 수 있는 것이 인간이다. 감정은 인간의 그런 특성을 잘 알고 있다. 그래서 우리를 농락한다. 즐거운데 눈물이 나게 만들고 슬픈데 웃음이 나오게 만든다. 이것은 감정의 교묘한 술책이다. 인간으로 하여금 자신을 온전히 조정하지 못하도록 기운을 빼기 위함이다. 정체성의 혼돈을 가져와서 스스로의 감각에 무감각해지기를 바라기 때문이다. 하지만 감정은 인간의 지배를 받는 피지배자의 위치에 있는 존재다. 인간보다 감정은 우위에 서 있을 수 없다. 인간은 술래잡기 놀이에서 언제나 유리한 고지에 있기 때문이다. 우리는 감정을 즉시 감지할 수 있고 감정을 변화시킬 수 있으며 감정을 소멸시킬 수도 있다.

그런데 왜 이렇게 감정에게 사로잡혀서 일상생활마저 제대로 하지 못하는 사람이 많은 걸까. 배신감에 몸서리치면서 생업을 포기하고 애인을 스토킹하는 사람이나 분노에 에너지를 다 불태우고 정작 자신의 인생은 하얗게 재만 남아서 공허하게 살아가는 사람이나 자기 연민에 빠져서 매일 술로 쓰린 속을 달래는 알콜 중독자나 모두 공통적으로 감정을 붙잡아서 제 의지대로 조절하지 못한 것이 아닌가. 그들은 감정과의 술래잡기에서 완벽하게 패배한 사람들이다. 슬픔이라고 생각하고 잡았는데 알고 보니 절망이었고 희망적인 감정이라고 붙들었는데 알고 보니 쾌락이 희망의 가면을 쓴 것이었으니 질 수밖에 없는 경기를 한 것이다.

그들의 패인은 하나다. 감정이 가지고 있는 다양성을 읽지 못한 것이다. 카멜레온처럼 변화하는 것이 감정이 가진 속성이다. 다양한 색깔로 변신하여 자신을 보호하면서 인간의 혼을 쏙 빼놓는다. 보라색이라고 보면 빨간색이고 빨간색이라고 단정 지으면 노란색이다. 그렇다면 어떻게 감정과의 술래잡기에서 승자가 될 수 있을까.

첫째, 자신의 감정에 솔직해져라.

분노의 감정이 밀려오는데 아닌 척 하면서 분노를 억지로 잠재우려고 노력하는 것은 화의 불씨를 키우는 위험한 행동이다. 화가 나면 화가 난 상태의 자신을 정면으로 응시하면서 최대한 긍정의 입장에서 사태를 해결하기 위해 노력해야 한다. 허무한 감정이 밀려오거든 허무하지 않은 것처럼 애써 태연한 척 하지 말아야 한다. 강제하는 감정은 진실한 감정이 아니다. 자신의 감정을 통제하고 제어할 수 있는 사람은 현재의 감정을 솔직하게 받아들이고 그러한 상태가 야기시킬 수 있는 결과에 대해 냉정하게 분석할 줄 아는 사람이다. 감정을 속이지 말라. 자신의 감정에 솔직하게 대처하라. 그렇게 하면 감정은 더 이상 숨지 않고 자신을 드러낼 것이다. 자기 자신의 진짜 속마음이 무엇인지 알게 된다는 건 매우 중요하다. 그것을 기초로 모든 대인관계가 이루어질 수 있다면 자신을 자책하게 되는 일이 현저하게 줄어들게 되기 때문이다.

둘째, 감정에게 시간을 주어라.

감정도 숨 돌릴 틈이 필요하다. 분노가 솟구친다고 그것을 그대로 세상에 방출하는 것은 감정에게 숨 돌릴 틈을 주지 않는 잔혹한 행위다. 감정도 자기 스스로를 되돌아볼 성찰의 시간이 필요한 것이다. 감정의 주인은 그대 자신이지만 감정도 하나의 생명체와 다르지 않다. 그러므로 감정이 격해지거든 제 스스로 추스를 수 있게끔 시간을 허락해주어라. 슬픔도 마찬가지고 아픔도 마찬가지고 외로움도 마찬가지다. 사람도 휴식이 필요하듯 감정도 어느 정도 휴식의 시간이 필요하다는 것을 인정해주자.

셋째, 감정을 이성의 영역으로 끌어들여라.

이 말은 조금 어려운 말이다. 감정은 온 몸으로 느낄 수 있는 것이고 쉽게 제어하기가 어려운 것이다. 이것을 이성의 영역으로 끌어들인다는 것은 이성으로 감정을 통제하는 것을 말한다.

이성은 무엇인가. 인간의 차갑고 날카로운 지성의 정점에 우뚝 서 있는 지혜의 표상이다. 이런 이성으로 감정을 적절하게 조절할 수 있게 된다면 감정에 휩쓸려서 인생을 엉망으로 만들어버리는 실수를 하지 않게 된다. 그러므로 우리는 분노와 슬픔, 절망과 기쁨, 허무와 환희 등의 감정들을 이성이 주관하는 구역으로 이끌고 와야 하는 것이다. 가끔은 감정대로 행동하는 것이 편안할 수도 있다. 하지만 그런 행동을 허락해야 할 때는 그것이 긍정적인 상태를 가져올 때다.

만일 감정대로 마구 행동해서 가정이 파탄 나고 회사에서 충동적인 인간이라는 낙인이 주홍글씨처럼 찍힌다면 어떻게 되겠는가. 그런 때를 대비하고 예방하기 위해서 인간은 이성으로 감정을 컨트롤 할 줄 알아야 하는 것이다. 그 방법은 감정이 일상적인 수준 이상의 비관적인 상태로 변화하기 시작할 때 침착하게 이성적인 사고로 그것들을 정상적인 감정과 구분 짓고 자기가 감당할 수 있을 만큼의 감정 상태로 제어하는 것이다.

지금 이 시간에도 화가 나고 슬프고 우울하고 절망스러운 감정에 고통 받는 무수한 사람들이 있다. 나 역시도 수시로 감정이 변화한다. 인간이라면 누구나 이런 변화무쌍한 감정의 술래잡기에 어리둥절하고 힘들 수밖에 없을 것이다.

인간은 감정의 동물이니까 살아 있는 한, 의식이 있는 한, 피할 수 없는 게임이 바로 감정과의 술래잡기다. 인생은 감정과 함께 하는 오랜 기간의 술래잡기 놀이라고도 말할 수 있다. 술래는 인간이고 숨는 것은 감정이다. 감정을 제대로 제 시간에 찾아서 제 멋대로 요동치지 않게 요령 있게 다스려야 하는 것도 인간이다. 우리의 인생은 감정을 어떻게 다스리느냐에 따라서 극과 극으로 변할 수 있음을 기억하라. 화의 감정을 다스리지 못한 사람은 아무런 지병이 없어도 갑자기 숨을 거둘 수도 있다.

술래의 기본은 무엇인가. 정정당당하게 게임에 임하는 것이다. 감정을 속이지 말고 정정당당하게 감정과의 술래잡기에 임하자. 감정과의 술래잡기에서 술래가 해야 할 임무는 숨어 있는 감정들을 찾아내어서 마음의 질서를 유지하는 것이다. 마음이 소란스럽지 않도록, 마음이 상처받지 않도록, 마음이 슬픔의 늪에 빠져 허우적거리지 않도록 조심스럽게 감정을 다루어라. 하늬바람의 손길처럼 있는 듯 없는 듯 조심스럽게 상처 난 감정들을 찾아서 다독거려라.

인생은 시간 만들기다

　나의 태몽은 시계와 관련된 것이다. 그래서 시간이란 말을 들으면 매우 민감하게 반응한다. 마치 내 몸속에 시계가 있는 것처럼 시간이란 말을 들으면 가슴이 두근두근해진다. 시간은 별과 순수 그 다음으로 나를 설레게 하는 단어다. 시간은 인생 전반에 걸쳐 흘러가는 것이다. 인간은 시간 속에 태어나서 시간 속으로 사라진다. 뭐, 이런 말은 너무나 흔한 시간에 관한 단정이 아닌가.

　나는 새로운 시각으로 시간에 대해 사색하고자 한다. 그것은 지금까지의 시각과는 달리 시간 속에서 피동적으로 살아가는 인간이 아닌 능동적으로 시간을 만들어가는 인생에 관해서다.

　우리는 시간을 만들어가는 중이다. 어떻게 그런 일이 가능하냐고? 모든 것은 관점의 차이다. 시간이 인간을 지배한다는 관점에서 인간이 시간을 만든다는 관점으로의 이동만 한다면 가능한 일이다. 자, 생각해 보자.

우리는 시간을 아주 잘 만들고 있다. 어떤 시간을 만들고 있는가. 먼저 누구나 만드는 시간에 대해 말해보겠다. 아침에 일어나는 시간, 밥을 먹는 시간, 세수하고 씻는 시간, 운동하는 시간, 잠자는 시간. 이렇게 우리는 시간을 만들고 있는 중이다. 아침에 일어나지 않는다면 그는 아침에 일어나는 시간을 만들지 못할 것이며 밥을 먹는 시간에 밥을 먹지 않는다면 그는 밥을 먹는 시간을 만들지 않은 것이다. 우리는 시간의 주관자가 될 수 있다. 아니 이미 되어 있다. 인간은 시간을 통치하는 최고 통치자가 되고 시간의 왕국에서 황제의 자리를 차지할 수도 있다. 시간은 인간 누구에게나 주어졌지 않은가. 그걸 바꾸어 말하면 인간은 누구나 시간을 만드는 창조자가 될 수 있으며 이미 되고 있다. 시간을 만들 수 있다니, 이 얼마나 반가운 일인가. 지금까지 시간이 없어서 무슨 일인가를 못하겠다고 투덜대던 사람들에게 정말 희소식이 아닐 수 없다.

그렇다면 우리가 만들고 있는 시간들에 대해서 다시 한 번 사색해 보자. 우리는 지금 현재도 시간을 만들고 있다. 행복한 시간, 즐거운 시간, 탐욕의 시간, 분노의 시간, 친구와 함께 수다 떠는 시간, 부모님과 함께 텔레비전 보는 시간, 연인과 함께 데이트 하는 시간, 사색하는 시간 등등. 만든 시간들을 일일이 열거하자면 끝이 없을 것이다. 이렇게 만든 시간들이 인생이다. 그러면 이런 결론에 이르게 된다. 인간은 자신의 인생을 만든다. 다시 말해 인생은 다른 누구에 의해서가 아니라 자신이 만드는 것이다. 그것은 시간을 어떻게 만드느냐에 따라서 달라진다.

행복한 인생을 살고 싶다면 어떻게 해야 할까. 당연히 행복한 시간을 만들면 된다. 지적인 인생을 살고 싶다면 어떻게 해야 할까. 물어볼 것도 없이 지적인 시간을 만들면 된다. 그런데 웬 엉뚱한 사람이 자신의 인생을 불행하게 만들고 싶다고 한다면, 그는 불행한 시간을 스스로 만들면 된다. 그런데 여기서 주목해야 할 점이 있다.

그 어느 누구도 자신의 인생을 불행과 좌절로 얼룩진 인생으로 만들고 싶지는 않다는 것이다. 그런데 왜 그런 사람들이 도처에 있는 것일까. 그것은 불행한 시간을 만들었기 때문이다. 시간을 스스로 만들어간다는 사실을 미처 인지하지 못한 까닭이다. 불행한 시간을 만들면서도 자기가 불행한 시간을 만드는 장본인이라는 것을 모른다면 그는 계속 불행한 시간을 만들 것이다. 그러므로 인간은 자기 스스로 시간을 만들고 있다는 사실을 자각해야 한다. 일단 그 사실을 안다는 것만으로도 더 나은 인생을 살 가능성이 열릴 것이다.

시간 만들기가 가능하다면 그대는 무슨 시간을 만들고 싶은가. 우리 모두의 공통된 희망사항이 될 행복한 시간을 만들기 위해 어떻게 하면 될까에 대해서 사색해보고 싶다. 행복한 시간을 많이 만들면 우리는 행복이 가득한 인생을 살게 될 것이다. 행복이 가득한 인생이란 얼마나 좋은가. 마치 천만송이 장미꽃이 활짝 핀 향기로운 정원에서 춤을 추는 기분이 아닐까 싶다. 그런 아름답고 향기로운 인생을 살고 싶다면 앞으로는 행복한 시간을 만들어나가기 위해 주의를 기울이면 될 것이다.

행복한 시간을 만드는 비법은 멀리 있지 않다. 모두 자기 자신에서 비롯된다. 다음과 같은 비법을 실행해보면 좋을 것이다. 아래의 열 가지 비법들이 그대에게 행복한 시간을 만들어 줄 것을 약속한다.

1. 행복한 상상을 하라.

행복한 상상이란 이런 것들이다. 자신이 원하는 무엇이 이미 되어 있는 것을 상상하기, 자신이 먹고 싶은 무엇인가를 먹고 있는 모습을 상상하기, 자신이 가고 싶은 곳에 가서 마음껏 경치를 구경하는 모습을 그려보기, 사랑하는 사람이 행복해하는 모습을 상상하기, 가지고 싶은 무엇인가를 소유하게 된 모습을 상상하기. 또한 이런 것들도 있을 것이다. 부모를 잃고 힘들게 살아가는 소년 소녀 가장에게 남몰래 기부하기, 자선바자회에 나가서 마음껏 지출하기, 독거노인에게 찾아가서 손 잡아드리고 따뜻하게 위로하기 등.

2. 긍정의 마음을 지녀라.

부정의 반대말이 긍정이라고 간단하게 생각할 수도 있지만 나는 조금 더 깊은 사유를 하고 싶다. 긍정이란 부정적인 상황도 바꿀 수 있는 최고의 생각이다. 단지 부정의 반대말이 아니라 부정적인 생각을 희망적인 생각으로 완벽하게 변화시킬 수 있는 힘을 지닌 것이 바로 긍정인 것이다. 긍정적인 인간이 되는 것만큼 인생에 보람 있는 일도 드물 것이다. 모든 성공한 사람들의 배경에는 긍정이 있다는 사실을 아는가. 현실을 회피하지 않고 긍정함으로써 매사에 감사할 수 있게 된다. 긍정적으로 세상을 바라보라. 아무리 대단한 문제라도 긍정이라는 열쇠를 가지고 열면 풀리게 되어 있다. 인간은 긍정의 마음을 죽을 때까지 지니고 가야 한다. 죽음 앞에서도 웃으면서 긍정하라. 긍정적인 마음을 가지게 되면 역경도 고난도 모두 한 낱 물거품이 된다. 긍정적인 사람에게는 두려울 게 없다. 왜냐하면 그는 고난을 이기는 지혜를 이미 지니고 있기 때문이다.

3. 무조건 사랑하라.

무조건 사랑하라니, 이 얼마나 어려운 주문인가. 그래도 나는 그대에게 이 주문을 하고 싶다. 무조건 사랑하려면 타인의 단점을 눈감아 줄줄 알아야 한다. 다른 사람의 잘못을 일일이 까다롭게 지적하는 것만큼 스스로를 지치게 하는 일도 없다. 그것은 지적을 받는 사람의 자존심에 큰 상처를 입히는 일이기도 하다. 그리고 우리의 내면에도 타인을 비방했다는 부끄러움을 새기는 일이다. 그러므로 우리는 무조건 사랑하는 마음으로 상대방의 잘못을 이해해주어야 한다. 아무것도 바라지 말고 사랑해주어라. 조건을 걸지 말고 사랑해주는 것이 진짜 사랑이다. 아무것도 되돌려 받을 수 없는 상대방이라면 더 많이 사랑해주자. 그것이 참사랑이다.

4. 별일 아닌 일에 연연하지 말라.

그대는 오늘 몇 번이나 고민했는가. 그것들의 원인을 생각해보라. 아마 거의 대부분은 별일 아닌 일일 가능성이 높다. 아주 사소한 일, 예를 들어 누군가가 뒤에서 험담을 했다든가, 친구가 약속 시간을 지키지 않았다든가, 출근길에 뒤차가 건방지게 추월을 했다든가 하는 일등에 혹시 머리가 터질 만큼 신경 쓰고 있지는 않은가. 별일 아닌 일들은 누구에게나 일어난다. 그 일에 목숨 걸고 덤벼들다가는 정작 중요한 일에 쓸 정력이 낭비되고 말 것이다. 행복한 시간을 만들려면 별일 아닌 일에 쏟는 열정을 가치 있고 중요한 일에 쓸 줄 알아야 할 것이다.

5. 무조건 용서하라.

인간이라면 죄는 누구나 범할 수 있다. 그러나 죄를 용서하는 것은 아무나 할 수 있는 일이 아니다. 더군다나 무조건 용서하는 일은 거의 성인의 경지에 도달한 사람이나 가능한 일인지도 모른다. 하지만 우리는 무조건 상대방을 용서해야 한다. 그것만이 그가 다시 죄를 범하지 않게 하는 가장 좋은 방법이기 때문이다. 만약 그가 또 다시 같은 죄를 범해도 무조건 용서해야 한다. 타인을 용서하는 일은 스스로에게 주는 최고의 보약이다. 그를 증오하고 원망하다가는 머지않아 중병에 걸릴 것이기 때문이다. 용서는 자신을 살리는 방법이고 행복한 시간을 만드는 밑바탕이 될 것이다.

6. 날마다 좋은 생각을 하라.

각종 매체에서는 실시간으로 온갖 사건들을 보도하고 있다. 우리는 스펀지처럼 여과 없이 그것들을 받아들인다. 그런 것들이 쌓이고 쌓이다 보면 어느덧 세상을 보는 눈이 달라진 것을 느끼게 될 것이다. 오늘 자신이 보는 것, 듣는 것, 먹는 것, 입는 것을 통제하라. 그것이 좋은 생각을 하기 위한 사전작업이다. 그런 다음에 세상을 밝게 만드는 것들에 대해서 관심을 가지고 살아가라. 그렇게 하면 저절로 좋은 생각이 들게 될 것이다. 좋은 생각의 반대말은 나쁜 생각이 아니라 부정적인 생각이다. 그것들과의 오랜 인연을 끊을 수 있겠는가. 오늘부터 부정적인 생각과 결별하라. 그렇게 함으로써 그대의 좋은 생각들은 더욱 윤택해지고 풍요로워질 것이다.

7. 성실하게 꿈을 추구하라.

꿈은 인생의 척도다. 나는 꿈이야말로 인간의 지친 몸을 일으켜 세워줄 최후의 원동력이라고 믿는다. 그대의 꿈을 사랑하고 믿어라. 누가 뭐라 해도 끝까지 자신의 꿈을 지지하라. 그리고 성실하게 노력하라. 노력만큼 꿈에게 어울리는 단짝도 없을 것이다. 꿈은 노력으로 인해 완성되고 노력은 꿈을 이루는 데 절대적으로 필요한 존재다. 성실하게 노력하면 못 이룰 꿈은 없다. 지금 무명이라도 용기를 잃지 말고 노력하라. 아무도 알아주지 않는 일이라도 그대가 성실하게 노력하면서 꿈을 추구하면 머지않아 최고의 자리에 올라 만인의 우러름을 받을 것이다. 우주는 성실한 인간의 노력을 몇 배로 보상해준다.

8. 손해 보더라도 억울해하지 마라.

금전적으로나 정신적으로 손해 본다는 일만큼 화병을 만들게 하는 요인도 드물 것이다. 손해 본다는 건 마치 바보가 된 느낌을 주기도 한다. 자신이 다른 사람에게 이용당한 것이 분하고 억울해서 잠 못 이루는 사람이 많다. 그러나 손해 보더라도 평정심을 유지하라. 억울해하지 말고 울분에 휩싸이지도 마라. 돈이 아깝다고 그대의 생명보다 더 아까울 것인가. 어떤 손해도 그대 자신의 생명을 잃는 것보다 더 큰 손해는 없을 것이다. 손해 본 게 억울해서 심장병에 걸린 사람, 화병에 걸린 사람이 너무 많다. 이제 마음을 편히 가지고 손해

본 것들을 잊어라. 억울해할 것도 없다. 애초에 우리는 빈손이었지 않은가. 억울해하고 괴로워하면 자신만 더 아플 뿐이다. 손해 본 일이 있다면 더 좋은 일을 기획하라. 손해를 만회하고도 남을 이익을 얻을 수 있을 것이다. 단, 다시는 손해 본 일에 대해서 생각하고 괴로워하지 않아야 한다.

9. 우주와 자연에게 감사하라.

대 우주의 놀라운 섭리와 자연의 경이로움에 감사할 줄 아는 사람은 생명의 소중함을 아는 사람이다. 우리는 우리를 있게 해준 우주에게 감사하고 우리를 숨 쉬게 하는 자연에게 감사해야 한다. 그대가 어떤 일을 하고 있든지 우주와 자연에게 감사하는 일을 소홀히 하지 말라. 우주는 우리의 행동과 생각을 모두 읽고 보고 있다. 우리가 무슨 생각을 하는지 다 알고 있는 것이다. 자연도 마찬가지다. 인간이 어떤 생각으로 자신을 대하는지 다 읽을 수 있다. 그러므로 우주와 자연을 함부로 대하지 않도록 조심해야 한다. 우주는 인간이 자신을 멀리하면 그만큼 거리를 둔다. 반대로 인간이 우주에게 감사하고 자연을 아낀다면 우주와 자연은 인간에게 더 좋은 환경과 미래로 보답해준다. 우주는 우리의 안식처요, 자연은 우리의 고향 집이다. 늘 감사하는 마음으로 살아가야 할 것이다.

10. 지금 살아있음에 감사하라.

행복한 시간을 만드는 열 번째 비법은 지금 살아있음에 감사하는 일이다. 감사하는 삶은 만족을 준다. 다 쓰러져가는 초가집에 살아도 감사할 줄 아는 사람은 마음이 행복할 것이지만 호화찬란한 궁전에 살아도 감사할 줄 모르는 사람은 마음이 지옥 불 위에 있는 것과 같을 것이다. 우리는 감사의 중요성을 인식해야 한다. 감사하지 않으면 황금으로 집을 지어주어도 전혀 행복하지 않은 게 인간이다. 감사는 인간만이 행할 수 있는 지적산물이다. 지금껏 어떤 동물도 감사하다고 제 입으로 말하지는 못했다. 우리는 스스로 입을 벌려 얼마든지 말할 수 있지 않은가. 감사합니다. 고맙습니다. 이 말이 그대를 풍요롭게 할 것이다. 이 말은 마법의 말이다. 모든 사람을 최고의 부자로 만드는 마법의 언어다. 원수도 친구로 만들 최고의 메시지다. 지금 자신의 환경에 감사하라. 지금 자신의 처지에 감사하라. 지금 자신이 머무는 집에 감사하고 지금 곁에 있는 그 사람에게 가장 많이 감사하라. 우리는 곁에 있는 것의 소중함을 잊고 살 때가 너무 많다. 그리고 지금 살아 있음에 감사하라. 살아있다는 것 하나만으로도 우리는 감사하다고 느껴야 한다. 작은 것 하나에도 진심으로 감사하고 감동하고 전율하며 사는 사람이 행복한 시간의 창조자가 될 자격이 있는 사람이다.

인생은 관용을 익히는 과정이다

　　다혈질적인 사람들은 감정이 쉽게 달아올랐다가 쉽게 사그라지는 특성이 있다. 우리는 화를 잘 내는 사람에게 그는 다혈질적인 사람이다, 라는 말을 하곤 한다. 하지만 타인에 대한 분노와 원망의 감정은 다혈질적인 사람만 가지는 감정은 아니다. 무던한 성격의 사람도 마음 속 깊은 곳에 펄펄 끓는 마그마 같은 응어리를 가지고 살기도 한다. 서서히 끓어올랐다가 서서히 식는 성격이 무던한 사람도 누군가를 용서하지 못해서 남모르게 괴로워하기도 한다. 잠자리에 누우면 미운 사람들의 얼굴은 더 잘 떠오른다. 신기하지 않은가. 그래서 잠을 못 이루고 뜬 눈으로 밤을 지새우는 사람도 많다. 수많은 불면증의 원인은 바로 특정한 사람에 대한 분노와 증오다. 그러나 그것만큼 자신의 영혼과 육체를 피폐하게 만드는 일도 없다는 사실을 우리는 깨달아야 한다.

사람이 사람을 미워하는 일만큼 자기 스스로를 열나게 하는 일도 없을 것이다. 자신의 기억을 가만히 떠올려보라. 누군가를 원망하거나 증오할 때 얼굴이 벌겋게 달아오르거나 심장이 급작스럽게 두근거리지 않았는가. 그런 변화는 모두 관용이 결핍되어 있어서 나타나는 현상이다. 우리의 내부에 관용의 정신이 풍족하게 있다면 원수조차도 용서할 수 있을 것이기 때문이다.

관용은 용서를 부르는 삶의 태도다. 관용으로 인간이 타인을 대하게 된다면 상대방과 자기 자신 모두를 이롭게 할 것이다. 나는 인생은 관용을 익히는 과정이다, 라고 사색한다. 왜 그렇게 사색하게 되었을까.

그 까닭에 대해서 토로하기 전에 우선 우리는 관용이란 도대체 무엇인가에 대해 사색해보아야 한다. 요즘 들어서 관용의 정신이 자주 회자되곤 한다. 평소에 인생의 선배로서 내게 많은 조언을 해주시는 분에게 앞으로 내가 쓸 책에 어떤 내용을 다루었으면 좋겠느냐고 질문한 적이 있다. 그 분은 망설임도 없이 "관용"이라고 말하였다. 비록 이 책이 전적으로 관용에 관한 책은 아니지만 여기에서 다루게 된 것을 다행스럽게 생각한다. 선배는 아마 관용의 필요성과 가치에 대해 평소에도 줄곧 생각해왔던 것 같다. 그랬기 때문에 그런 갑작스런 질문에도 당황하지 않고 망설임 없이 관용이라고 대답했던 것이다. 그렇다면 관용에는 어떤 매력이 있어서 사람들의 마음을 사로잡은 것일까.

관용이란 말은 이런 것들을 연상시켜서 인간을 저절로 미소 짓게 만든다. 관용은 너그러움, 잔잔한 물결, 따스한 봄 햇살, 어머니의 품, 어느 맑고 화창한 날의 기분 좋은 낮잠, 무조건 이해해주는 사람 등. 이런 긍정적이고 따뜻한 감정들이 바로 관용이란 말로 인해서 떠오르는 것들이다.

인간은 관용에 약하다. 이 말은 인간의 나약함을 꼬집는 것이 아니라 인간이 얼마나 관용을 갈망하는가에 대한 표현이다. 관용이란 조건 없는 용서다. 관용이란 끝없는 사랑이다. 관용이란 마지막까지 함께 하는 배려다. 관용이란 믿음이며 신뢰의 정직한 표현이다. 관용이란 인간이 베푸는 최고의 아량이다. 타인에게 아량을 베푼다는 것은 자신에게 넉넉한 무엇이 있어야만 가능한 일이다. 자신의 마음이 허하고 궁핍한 상태에서 누군가에게 아량을 베풀기는 매우 어렵다. 기근에 시달리는 사람이 옆 마을 사람에게 무엇을 줄 수 있겠는가. 그는 우선 자신의 기근을 해결해야 할 것이다. 그렇다면 관용으로 자신의 곳간을 가득 채우려면 어떻게 해야 할까.

일단 인간은 너그러움에 익숙해져야 한다. 그것이 관용의 시초이기 때문이다. 너그러움은 가장 기초적인 관용의 행위다. 너그럽다는 것은 상대방의 잘못된 행동에 대한 예정된 용서다. 쉽게 말해서 가슴 속에 타인이 하는 어떤 잘못된 행동도 용서하겠다는 다짐이 있는 사람이 너그러운 사람이다. 이러한 다짐을 지니는 것은 관용의 삶을 살아갈 수 있는 자질을 갖추게 되는 것과 같은 뜻이다.

나는 날마다 다짐한다. '내게 어떤 잘못을 해도 나는 너를 기꺼이 용서하겠다.'

어떤 사람이 그대에게 지독한 욕을 한다면 그대는 그를 용서할 마음이 있는가. 이미 마음속에 그런 마음이 있다면 그대는 너그러운 사람이다. 그러나 잘 생각해보고 나서 대답하겠다고 대답을 미루는 사람은 아직 너그러운 사람이 아닌 것이다. 그는 너그러워질 수 있는 가능성을 지닌 사람이다. 왜 너그러움이 중요한가. 관용의 첫 출발이 너그러움이기 때문이다. 우리는 관용의 정신을 익히는 과정에 있는 미완의 존재들이다.

인간으로서 이 세상을 아름답게 살아가려면 관용을 지녀야 한다. 그 이유는 관용으로 서로를 포용하고 용서하지 못한다면 인류가 존재할 수 없기 때문이다. 지금까지 인류가 명맥을 이어온 가장 중요한 원인은 바로 서로 관용을 베풀었기 때문이라고 생각한다. 그러므로 관용은 인류생존의 중요한 요소다. 그것은 곧 각 개인의 삶에도 지대한 영향을 끼치는 것이라는 해석을 할 수 있다.

나는 왜 관용을 익히는 것이 인생이다, 라고 생각하게 되었을까. 나는 관용이 사라진 세상을 상상해보았다. 관용이 사라진 세상이란 용서나 배려, 사랑, 이해가 모두 사라진 세상일 것이다. 검은 하늘에 먹구름만 잔뜩 낀 을씨년스러운 날씨처럼 인간 세상에서 관용의 미덕이 사라지면 단 한줄기의 햇살도 허용되지 않을 것이다. 지금까지 용납되어오던 모든 것들은 결코 용납될 수 없는 사항이 되며 서로를 더 이상 믿지도 않고 사랑하지도 않으며 용서하지도 않으므로 인간 사회 자체가 유지될 수가 없을 것이다. 생산자와 소비자는 서로를 신뢰하지 못하게 되니 모든 물건은 절대로 유통 될 수가 없으며 정치인과 국민은 단 한가지의 오점도 용납하지 않게 될 것이니 누구도 일의 결과를 책임지려는 사람이 없을 것이다. 서로 책임을 미루고 자신의 잘못을 인정하지 않게 되면 법이나 규율 등도 더 이상 쓸모없어질 것이다. 법에 의한 사회질서 유지는 그 기능이 마비될 것이다. 왜냐하면 너무나 사소한 일들까지도 법에 의해 다스려달라고 호소하는 사람들로 법원 앞은 문전성시를 이룰 것이기 때문이다.

관용이 사라진 세상은 인간이 제대로 숨 쉴 수도 없고 마음껏 거리를 걸을 수도 없는 험악한 세상이다. 거리를 걸어가다가 누군가의 발을 실수로 밟기라도 했다가는 무슨 봉변을 당할 지도 모른다. 그러므로 관용은 이 세상에서 우리가 편안히 살아갈 수 있는 환경을 조성해주는 고마운 가치가 아닐 수 없다. 관용이야말로 우리에게 꼭 필요한 산소와 같은 존재인 것이다. 그렇기 때문에 나는 관용을 익히는 것이야말로 인생에서 가장 유용한 처세술을 습득하는 가치 있는 일이라는 사색에 이르게 된 것이다.

관용이란 곡식을 자신의 곳간에 가득 채워라. 그래야 세상에 그것을 나누어 줄 수 있을 것이다. 그렇게 하기 위해서는 위에서 말한 너그러움을 먼저 지녀야 할 것이다. 너그러움이란 어떤 일이 벌어지기 전에 이미 자신의 마음속에 무슨 일이 생겨도 그 사람을 용서하겠다는 강력한 의지와 다짐이 있는 상태다. 어떤 험한 말을 들어도 그 말을 한 사람을 용서하고 이해하겠다는 것은 인간으로서 대단한 결심이 아니겠는가. 어떤 불쾌한 일 앞에서도 상대방을 용서하고 그 사람의 존재자체를 부정하지 않고 존중한다는 것은 인간으로서 최상의 인격을 지닌 사람이 행할 수 있는 자세일 것이다. 관용은 인간이 실천할 수 있는 최상의 예의다. 그리고 또한 자신에게 베푸는 최선의 사랑이다. 타인을 용서한다는 것은 자신에게 마음의 평화를 주는 고결한 행동임을 기억하라.

우리는 오늘 관용을 익히기 위해서 새로운 아침을 맞이했다. 우리들에게 주어진 시간에게 보다 더 아름답고 향기로운 인간의 모습을 선물하자.

열

죽음조차도 아름다운 것,
그것이 인생이다

비 내리는 아침, 나는 이 책의 마지막 장을 쓰고자 사색한다. 마지막이라는 말은 언제나 그렇듯 긴 여운을 남긴다. 다시는 보지 못할 것이라는 안타까움과 무엇인가를 더 하지 못했다는 아쉬움, 그런 것들이 마지막에 이르러서 인간을 회한에 젖게 한다. 글을 쓰기 전에 우선 그대에게 감사하다고 말하고 싶다. 길다고 하면 꽤 길고 짧다고 하면 짧은 시간 동안 나와 함께 사색하여 준 그대가 있었기에 나는 용기를 얻고 희망을 갖고 이 책을 완성하게 된 것이다.

작가에게 독자란 운명 같은 존재다. 내 글을 읽어줄 사람이기도 하지만 내 마음을 공유해주고 영감을 주고 글을 쓸 이유가 되어주는 운명적인 사람이기 때문이다. 그대는 내게 그런 사람이다. 내게 삶의 의미를 찾게 해준 사람이며 작가로서 사상가로서 삶을 살아갈 수 있는 든든한 배경이 되어주는 사람이다. 고마운 그대에게 감사하다는 인사를 하는 것은 너무나 당연한 일이다. 항상 건강하시고 늘 마음의 평화를 누리시고 행복하시기를 간절히 기도한다. 그리고 나는 이 책 속에서 늘 그대를 기다리고 있을 것이다. 서가에서, 혹은 자동차 안에서, 혹은 책상 위에서 그대를 기다릴 것이다. 이 책의 글들이 나이며 내 영혼이고 내 마음이기 때문이다. 그대가 마음이 울적할 때나 외로울 때나 인생의 무게로 힘들거든 이 책을 열어서 나를 만나기를 바란다. 나는 변함없는 모습으로 그대를 기다릴 것이다. 나는 그대를 항상 미소 지으면서 반겨줄 것이다. 그리고 사랑한다고 연인처럼 달콤하게 속삭여주고 그대의 지친 몸을 안아주면서 귓가에 힘내세요! 라는 한 마디를 해줄 것이다.

이제 마지막으로 죽음에 관한 사색을 하려고 한다. 탄생만큼 죽음은 인간에게 최고의 경험이다. 태어난 것 자체도 놀랍지만 죽는다는 것 또한 그에 못지않게 놀라운 일이 아닐 수 없다. 사람들은 죽음에 대해 아직까지는 부정적인 입장이다. 죽는다는 건 소름끼치는 일이며 절대로 경험하고 싶지 않은 자신과는 상관없는 먼 나라 이야기쯤으로 여기고 싶어 한다. 그것은 어쩌면 모두의 소망일 수도 있다. 그러나 그러한 마음가짐으로 사는 것은 불행을 자초하는 일이 될 것이다. 어떤 방법을 써도 죽음을 막을 방도는 없기 때문이다. 그러므로 인간은 죽음을 수용하는 지혜를 가져야 한다.

죽음이 두려운가, 죽음이 꺼림칙한가, 죽음에 대해 부정적인 시각을 가지고 있는가. 우리는 지금보다 더 의연하게 죽음을 대할 필요가 있다. 삶에 대하여 의연한 사람이 선택하는 죽음을 대하는 자세는 이것이다. 바로 초월이다. 죽음조차도 초월할 수 있는 비결은 연륜에 의한 것일 수도 있고 어떤 큰 깨달음에 의해서일 수도 있다. 인간이 무엇인가에 초월해진다는 것만큼 멋진 일도 없을 것이다. 그것은 집착하지 않는 것이다. 구질구질하게 매달리지 않는 것이다. 구차하게 머뭇거리지 않는 것이다. 골치 썩이면서 고민하지 않는 것이다. 죽음을 초월할 수 있는 사람은 살아가는 일에 있어서도 최선을 다할 수 있는 여지가 더 많다. 왜냐하면 어떤 것에 연연하지 않는 대범함과 초연함을 가졌기 때문이다. 죽음이 두렵다면 죽음을 초월하면 된다. 죽음이 꺼림칙하다면 죽음을 초월하면 된다.

그렇다면 어떻게 우리는 죽음을 초월하는 경지에 도달할 수 있을까. 나는 그대와 함께 사색으로 이 해답을 찾아내고자 한다. 정말 손쉽고도 간단한 방법으로 우리는 죽음을 초월할 수 있다.

첫 번째는 따로 설명이 필요하지 않는 것이다. 모든 건 죽는다는 사실을 기억하는 것이다. 이것에 대해 더 이상 무슨 말이 필요하겠는

가. 이것은 우주의 절대적인 법칙이며 진리이므로 그 무엇도 예외가 없을 것이다. 그러므로 우리는 모든 건 죽는다는 진리를 받아들이고 우주의 법칙을 준수해야 한다. 죽는다는 것은 매우 자연스러운 일이라는 것. 태어난 모든 것은 죽는다는 것은 명백한 사실이다. 두려워하지 않아도 된다. 모두가 죽는다.

두 번째 기억해야 할 것은 자신도 죽는다는 사실을 기억하는 것이다. 죽음 속에 자신이란 존재가 포함된다는 사실을 깜박하고 사는 사람도 많다. 건망증에 걸린 것처럼 우리는 자신의 죽음을 까마득하게 잊고 산다. 이것만큼 위험을 초래하는 일도 없다. 자신의 죽음을 잊지 말고 기억하라. 그 날이 곧 다가올 것이라는 사실을 기억해야 한다. 자신은 마치 천 년 만 년 살 것처럼 다른 사람들을 무시하고 깔보면서 재물을 긁어모으기에 급급한 사람들은 자신이 죽는다는 사실을 망각한 사람이다. 자신이 죽을 것을 미리 대비하면서 사는 사람은 살아 있는 동안에도 추하지 않은 인생을 살 수 있다. 인간은 처음과 끝이 이미 정해진 한정된 생명을 지닌 생명체다. 자신의 마지막 모습을 인정한다는 건 더 아름답게 살 수 있는 발판이 될 것이다.

세 번째 방법은 죽음이 임박하면 기꺼이 죽는 것이다. 다소 염세적으로 들릴 수도 있지만 이것만큼 사람을 품위 있게 만드는 것도 드물다. 이런 태도는 단념이나 체념과는 거리가 멀다. 죽음을 받아들이는 자세를 보면 그의 일생을 알 수 있을 것이다. 최선을 다해 인생을 살아온 사람은 죽음 앞에서 괴로워하지 않는다. 그는 순간을 행복하게 사는 지혜를 터득한 사람이고 그것을 삶에 적용시키며 살아온 사람이기 때문이다.

자신의 죽음에 눈물 흘리지 말라. 죽음을 목전에 두고서도 죽음을 인정하지 못하고 발버둥치는 사람. 죽고 싶지 않다고 돈다발을 움켜쥐고 고래고래 소리를 지르다가 숨을 거두었다는 어느 구두쇠 회장의 이야기는 죽음 앞에서 사람이 얼마나 추해질 수 있는가를 보여주는 단적인 예이다.

도대체 어떻게 돈다발을 가지고 죽음의 강을 건널 수 있단 말인가. 그는 돈다발을 움켜쥐고 죽음을 거부하고 울부짖을 것이 아니라 오히려 돈다발을 풀어서 살아 있는 사람들에게 나누어주고 웃으면서 죽었으면 좋았을 것이다. 그랬다면 그는 더 많은 사람들로부터 애도받았을 것이다.

죽어야 하는데 죽기 싫다고 발버둥치는 것은 태어나야 하는데 태어나기 싫다고 엄마의 자궁 속에서 버티고 있는 고집 센 태아보다 더 답답한 노릇이다. 죽을 때가 되면 깨끗하게 죽으면 된다. 그것이 우주의 법칙이 아닌가.

그러나 스스로 자신의 목숨을 끊는 어리석음은 범하지 마라. 그것은 죽을 때가 되어서 죽는 것과는 다르다. 인간은 스스로 목숨을 버릴 자격이 없다. 우리의 생명은 우주의 신께서 창조하신 귀한 것이다. 신께서 우리를 부르시는 날이 죽음의 날이 될 것이다. 타인의 목숨을 거두는 것도 우주의 법칙에 맞지 않다. 누구도 타인의 목숨을 거둘 권리는 없다. 인간의 생명은 소중하다. 물론 다른 존재들의 생명도 전부 소중하다. 생명의 존엄성을 인정하고 자연스러운 죽음을 맞이해야 할 것이다. 그것이 아름답게 죽는 방법이다.

자, 드디어 이 책의 마무리 부분에 이르렀다. 죽음에 관한 사색의 마무리를 나는 이렇게 하고 싶다.

네 번째 방법인 죽기 전에는 결코 먼저 죽지 말 것.

이 말은 생물학적인 죽음이 다가오기 전에는 절대로 먼저 자신을 죽음에 이르게 하지 말라는 것이다. 수많은 사람들이 죽기도 전에 미리 죽어버리고 있다. 분명히 규칙적으로 호흡하고 심장이 뛰면서 멀쩡하게 살아 있는데 죽은 사람보다 못하게 사는 사람들이 많다는 뜻이다. 인생을 포기하고 사는 사람이 그런 사람일 것이다. 자포자기하고 될 대로 되란 식으로 인생이란 소중한 시간을 허비하고 산다면 그는 이미 죽은 사람이다. 우리는 죽음을 초월한 인간이 되어야 한다. 이미 죽어버린 사람은 죽음을 초월한 사람이 아니라 아예 죽음에게 정복당한 사람이다. 그는 곧 진짜 죽음의 사신이 자신을 데리러 올

것을 알아야 할 것이다.

　죽기 전에는 최선을 다해 살아야 한다. 죽지도 않았는데 왜 짐짓 죽은 척 하면서 살아가는가. 그만 울고 그만 슬퍼하라. 자신을 책망하는 일 따위는 잊어라. 그대는 이 세상에 위대한 발자취를 남길 대단한 사람이다. 우리는 이 세상에 행복해지기 위해 왔다는 명백한 사실을 기억하라. 현실이 어려워도 용기를 내어서 미래를 향해 도전하라. 꿈을 가지고 미치도록 열심히 달려가라. 힘들어도 마지막 순간까지 인내하라. 넘어져도 포기하지 말고 다시 일어서서 씩씩하게 걸어가라. 산다는 것이 죽을 만큼 힘겨워도 죽기 전에는 살아가야 한다. 우리의 심장이 마침내 멈출 때까지 뜨거운 가슴으로, 지치지 않는 열정으로 인생을 살자. 살아 있는 시간이 치열하고 아름다운 사람은 죽음조차도 아름다운 인생을 살게 될 것이다. 그리고 지적영혼으로 승화하여 이 세상 모든 것들에게 진리와 지혜와 희망을 가르쳐줄 것이다. 삶도 죽음도 모두 초월한 초연한 사람이 되어라. 자신의 인생을 죽음조차도 아름다웠던 시간이었다고 회고할 수 있도록 가치 있고 보람 있게 살아라. 죽음이 그대의 무덤 앞에 찾아와 무릎 꿇고 고개 숙여 경의를 표할 수 있을 만큼 최고로 멋진 인생을 살아라.

－끝－